新潮文庫

千両かざり

女細工師お凜

西條奈加著

新潮社版

11398

千両かざり

女細工師お凜

序章――

木枯しはうなるように、外の闇《やみ》を切りさいている。

おはいり、とかすれた声にうながされ、お凜《りん》は襖障子《ふすましようじ》をあけた。

仰向けに横たわった病人は、まるで水に浮かんで空をながめているような、静かなたたずまいだった。

――もう、駄目なのだ
ふいにお凜は、はっきり悟った。墨が紙に染《し》みこむように、胸の中にゆっくりと諦《あきら》めが滲《にじ》んでいく。

「五代春仙《しゆんせん》を、決めなくてはならない」

「……四代目……」

まだ三十四だというのに、頬骨ばかりがめだつ病みおとろえた顔は、五十にも六十にも見える。耐えきれず、お凜は目を伏せた。

「そんな顔をするな、お凜。おれが死んだら、おまえは泣く暇《いとま》もなくなる。椋屋《むくや》のこれからを、おまえに託すことにしたのだからな」

四代続いた錺職《かざりしょく》、椋屋には、ざっと百年の伝統がある。寛保《かんぽう》初年、この細工所《さいくどころ》をはじめたお凜の曾祖父《そうそふ》は、職人の域をこえた見事な錺が評判をよび、晩年は春仙を名乗った。根岸の庵《いおり》にうつり住み、近在の文人墨客らとしたしく行き来するような粋人でもあった。

その名を継いだ三人の春仙は、初代の華やかさにはおよばぬものの、それぞれの才により、店構えを広げ、数多《あまた》の弟子を育て、あるいは秘伝の技や意匠を生み、守り、これを伝えてきたのである。

「次の跡目は先代が決めるべきもの。四代目がえらんだ職人を、五代目に据えれば済む話じゃありませんか。あたしの出る幕なぞ……」

お凜は当代春仙に、怪訝《けげん》な目を向けた。

「いまの椋屋には、それがいない。そうは思わないか、お凜。椋屋の弟子、都合二十人余の中に、五代目の器がいると思うか？」

江戸近在に住まうのは、そのうち半分といったところだろう。弟子は親方の商売敵になってはいけない。御府内に住まう職人たちは、いずれも椋屋の下請仕事をこなしながら、安価な錺注文なぞも自前で受けるひとり商いの者たちだ。自ら一家をなそうという気骨と、それだけの腕のある者には、いわば暖簾《のれん》分けのような形をとる。彼らには江戸を出ることが条件に附され、それぞれの生国や大きな城下町へ散ってゆく。

「あまり年寄では駄目だ。先々代の直弟子あたりは、思案から抜いたほうがいい」

四代の忠告を受け、お凜はふたりの職人の名をあげたが、芳《かんば》しい返事はかえらなかった。

「その男は縁あって、加賀の錺師の家を継いだ。もうひとりは、椋屋のような大所帯には向かぬだろうよ」

お凜は細工でえらんだが、技だけでは駄目なのだ。椋屋の細工場には、若い者の姿が絶えることはない。いまも小僧を入れて十二人が、修行にいそしんでいる。内外の弟子たちを束ねながら、彼らを凌《しの》ぐ腕をもち、椋屋という大きな屋台を引いてゆく器量が、親方には求められる。

「でしたら……留《とめ》さんではいけませんか？」

足かけ三十年椋屋の内にとどまり、職人頭と目されている留五《とめご》郎《ろう》の名を、お凜は出した。

「実直で皆にもしたわれていますし、仕事ぶりも間違いがありません」

「お凜、三代目が兄弟子をさしおいて、おれを四代目に推したのは何故《なぜ》だと思う。椋屋の大黒柱となるには、ほんのぽっちりの欲が要る。いい職人だが、留さんにはそれがない」

　言わんとしていることを、お凜は察した。春仙の名を継ぐには、技をそのまま伝えるのではなしに、己の代で新しい工夫を加えることが求められる。

　技と人、さらには才が必要なのだ。どれかひとつが突き出していてもうまくない、三つがそろっていても小粒ではやはりいけない。出された問いの難しさに、お凜の口から思わず大きなため息が出る。病人は、初めてかすれた笑い声をもらした。

「それに留さんは、もうすぐ五十に手が届く。おれがろくすっぽ役目も果たせぬうちに、たった六年で跡目をゆずるんだ。せめて次は、息の長い代にしてえじゃねえか」

「義兄《にい》さん……」

　職人らしい伝法な口調は、義兄《あに》、宇一《ういち》のものだ。二十六の歳《とし》にお凜の姉と縁組し、このとき跡目を約された。そして二年後、お凜の父、三代目長兵衛《ちょうべえ》が亡《な》くなると、四代春仙を襲名した。二十八で大役をまかされた宇一は、その重みをたえず念頭におき、四代目として話すときは、まるで商人のようなあらたまった物言いをした。

「だからな、お凜、おれはおめえに託すことにしたんだ」

「託すと言われても……女のあたしじゃ、椋屋は継げませんよ」

お凜もいつもの調子にもどり、冗談めかしてそう言った。

「そのとおりだ。女のおめえでは春仙は継げねえ」

いささか残念そうな口ぶりだった。

「椋屋の血筋は、代々女が守ってきたっていうのにな」

技を男が継ぎ、家は女が伝える――。職人の身代では決してめずらしいことではない。

目に見える技が命であるだけに、たとえ血のつながった息子でも、器量しだいでは跡目に据えないことはままあった。ことに弟子をかかえる大きな一門となると、その中からすぐれた者を養子にし一家を継がせることはたびたびあり、娘がいれば縁組させるのが慣《なら》わしだった。現に椋屋も、初代より後の三人はすべて先代の弟子であり、娘の婿養子《むこようし》として親方に納まった。

三代目のお凜の父は母の婿養子になり、四代目のこの義兄は、お凜とはひとまわりも年のはなれた姉、お房《ふさ》の亭主となった。

「ひょっとして義兄さんは、五代目とあたしを妻《めあ》わせようと、そういう心積りですか？」

四代宇一がこのように病いを得なければ、五代目の婿取りは、ふたりの一粒種である五歳のお菊《きく》の役目であったろう。だが宇一が床にふせって三月《みつき》もたつと、どうやらお凜にお鉢がまわるのではないか、そんな噂《うわさ》がささやかれるようになった。

職人にしては気質のやわらかなこの義兄をしたっていたお凜は、ひどく情けなくも思えたが、椋屋に生まれ育った娘であるからそれなりの覚悟もあった。

「それならたしかに、留さんではいけないわね。留さんは所帯持ちですもの」

託すと言われた意を、お凜はそのように取ったが、宇一は淡く笑った。

「そうだな、おまえなら立派な内儀《おかみ》になるだろうな。大内儀が亡くなってから、本当ならお房がすべき役回りは、みんなおまえが引き受けてくれたんだからな。……だがな、お凜、おれが心底買っているのは、そういう才覚じゃなしに、おまえの細工を見る目なんだ」

枕《まくら》の上の宇一の顔が、ゆっくりとお凜のほうに傾けられた。

「おまえの目《め》利《き》きは誰よりたしかだ。これはおれが太鼓判を捺《お》す。だからこそおまえにしか頼めねえと思いきめたんだ」

いまだに合点のゆかぬようすのお凜に、宇一が調子を変えた。

「お凜、こっからが本当に大事な話だ」

お凜の身の内が、ぎくりとふるえた。肉が削《そ》げたためか、見開かれた両眼は、異様なまでに大きくみえた。その中に、執念じみた強い光がやどる。

「まず、なにより先に、やってもらいてえことがある」

「……はい」

「年が明けたら、浅草福井町《ふくいちょう》へある男を迎えにいけ。そのころまで、おれのからだはもたねえかもしれねえ。だから代わりにおまえが……」

「義兄さん、縁起でもない……」

「いいからきけ。福井町の長屋で手鎖を受けている、時蔵《ときぞう》という男を番屋で引きとってくるんだ」

「いったい、どういう人なんですか？　なにをしでかして手鎖なんぞ……」

「時蔵は、権《ごん》の松《まつ》の親方のもとにいた職人だ」と、宇一は事情を説きはじめた。

権の松は、神輿《みこし》錺をもっぱらとする錺職人である。時蔵というその男は、親方の権の松に内緒で客から勝手に注文を受け、しかもそれが、お上の禁令にふれる奢《おご》った細工であったため、師走《しわす》の頭から五十日の手鎖になるという。権の松は叱《しか》りだけで済んだが、いまだに腹に据えかねているようで、時蔵はすでに破門されていた。

「あれはやめたほうがいいと、権の松からは逆にさとされたがな」

「うちに置こうっていうんですか？　どうしてわざわざ、そんな人を」

「おれは二度ほど、時蔵に会ったことがある。正直、ひどく変わった奴《やつ》だ。あつかい辛《づれ》え男だが、そいつはめずらしい細工を手掛けてる。少なくともこの江戸では、あいつより他にできる者はいねえはずだ」

「まさか義兄さん、その人に後を継がせるつもりですか？」

「そうは言ってねえ。どっちにせよ、跡目決めはまだ先の話だ。だがな、五代目を立てるのに、この時蔵は欠かせねえ。いいか、よくきけ……」

まるでなにかに憑《つ》かれたように一心に語る宇一は、なまじ病みやつれているが故《ゆえ》に、その姿にはどこか鬼気迫るものがあった。きくたびにお凜の胸は、雨戸がきしむほど吹きつける外の寒風のように、轟々《ごうごう》と鳴った。

天保《てんぽう》十一年十一月、晦日《みそか》に近いこの夜、風はひと晩中やまなかった。

一

番屋の奥から押し出されてきた男は、五尺八寸はあるだろうか。居職《いじょく》にはめずらしい大きな男だが、かといって出職《でしょく》をこなすには、五十日の手鎖のためもあろうが、哀れなほどに痩《や》せこけていた。のびた蓬髪《ほうはつ》と髭《ひげ》に顔の半分はかくれているが、尖《とが》っているのは輪郭ばかりで、見開かれた両眼にはまるで精気がない。

(義兄《にい》さんの目《め》利《き》き違いじゃないかしら)

四代春仙があれほどこだわった男である。どんな傑物が現れるかと、ひそかにこの日を心待ちにしていた。

年が明け、天保十二年正月二十日のこの日、お凛は義兄《あに》の言いつけどおり、時蔵という職人を迎えに浅草福井町へと出向いた。あいにくの雪もよいで、重苦しいほどの厚い雲が空をふさぎ、街ごと灰色に凍えているかのようだった。

寛政の御改革が頓挫《とんざ》して、五十年近くがたつ。奢侈《しゃし》への禁令はいくつも出たが、そんなものはどこふく風とばかりに、人々の暮らしぶりは爛熟《らんじゅく》を極めている。

そんなご時勢に一介の錺師《かざりし》が、咎《とが》を受けるほどの品を拵《こしら》えたのである。その金銀製の手箱には、ご禁制とされている天竺渡《てんじくわた》りの貴石が使われていた。手に入れたのは注文を出した大店《おおだな》の主《あるじ》だが、親方である権の松にも内緒で細工を受けたのはこの職人だ。

「この男、青木《あおき》さんの見知りでしたか」

時蔵を引きわたした南町の若い同心は、ひどくきまじめな調子で言った。

「馴染《なじ》みはこの男じゃねえやな。こっちの別嬪《べっぴん》さ」

青木成之《なりゆき》は、北町の定廻《じょうまわり》同心である。寸の長い下駄《げた》のような顔をほころばせ、いくつか軽口を投げたが、青木よりひとまわりは若そうな、久世《くぜ》と名乗った南の定廻は、たいした愛想も返さぬままに、てきぱきと手続きだけをすませ時蔵を引きわたした。

「長のおつとめご苦労だったな、時蔵。この娘が椋屋お凜。おめえを引き受けてくれた錺屋の娘だ」

青木が介しても、時蔵は礼を述べるどころか頭も下げず、ふたりをだまって見下ろしている。お凜は礼儀知らずを怒るより、つむりの巡りが悪いのではないかと、そんな心配が先に立った。青木のほうは、とりつく島もないような時蔵に苦笑いを浮かべながらも、さまざまな人模様を見慣れた中堅の定廻らしく、腹を立てたようすはなかった。

この同心は年が近いこともあってか、四代宇一とは馬が合った。市中見廻りのついでと称し、ちょくちょく椋屋を訪ねてきては四方山話《よもやまばなし》に花を咲かせていた。定廻同心の常で町人言葉をつかい、こだわりのない気性も手伝って、宇一にとってもうってつけの相談相手だった。宇一は生前、この青木に時蔵の身請けをたのんでいたのである。

「おまえの荷物は、昨日お凜が権の松から引きとってきた。すでに椋屋に運んで……」

「おれの道具にさわったのか！」

あっと思うまもなく、時蔵は様がわりした。怒りに吊《つ》り上がった双眸《そうぼう》はひどく切れ長に見え、半ば狂気と見紛《みまが》うような獰猛《どうもう》な光がまたたいている。

「あの権松野郎、大事な道具を女なんぞにあずけやがって！」

うどの大木のように見えていた男は、刃物になった。決して切れ味鋭い刀ではなく、目の粗い砥石《といし》でこしらえた石刀《せきとう》に似ている。剝《む》き出しの怒りに、肌がこすられる。痛みより、ざらりとした不快さにたまりかね、お凜は叫んでいた。

「ばかにしないでちょうだい！　あたしだって錺師の娘です。職人にとって道具が命だってことくらい、ようくわかっているわ」

その剣幕に、青木がびっくりしたように口をあけた。

「ご心配なく。道具は見ちゃあいませんし、もちろんさわったりなぞしていません。権の松の親方からわたされた風呂《ふろ》敷《しき》包みのまま、大事に持って帰りました」

時蔵はひとたび、鋭い眼差《まなざ》しでお凜をにらみ返したが、ふいに気が削《そ》がれたように視線をはずした。かわりに、手首に痛々しい鎖跡がのこる己の両手を目の前に広げる。

身に合った大きく骨張った手だが、指だけは長くすんなりと伸びている。それをさすったり、十本の指を曲げてみたりと、今度はもうひとつの大事な道具の調えに余念がない。

青木はただただ呆《あき》れているようだが、南の同心は薄気味悪そうな顔をした。お凜も同じ思いだった。

（この人は、異様だ）

お凜は娘らしい潔癖さで、男の身にまとわりついた尋常ならざるものを嗅《か》ぎとっていた。

「おまえのあんなに怒った顔は、初めて見たぞ」

神田川を越え馬喰町《ばくろちょう》を過ぎたところで、お凜と肩をならべた青木はこそりとささやいた。お凜は後ろを、ちらりと見やった。

「あたしだって、怒ることくらいありますよ」

さっきから背中が気になって仕方がないのだが、当の時蔵はこちらを気にするふうもなく、蕾《つぼみ》がふくらみかけた道端の梅の木なぞをながめている。

「いいや、おめえたち姉妹を長いこと見ちゃいるが、泣くのも怒るのもいつだってお房のほうだった。妹のおめえをいじめたときでさえ、なぜだかお房のほうが泣いてたじゃねえか」

「そういえば、そうでしたね。姉ちゃんはなんでもあけすけだから」

お凜が笑いをもらすと、ほっとしたように青木は頬をゆるめた。

番屋を出てからも、お凜はむっつりしたままで、そんなお凜を気遣ってか青木も口をきかなかった。三人は黙りこんだまま、神田白壁町《しろかべちょう》の椋屋を目指していた。

昔は左官職人が多かったためこの名がついた白壁町は、鍛冶町《かじちょう》をはさんで上《かみ》と下《しも》に分かれている。椋屋は、東側にあたる下白壁町にあった。

「お房の具合はどうだい。宇一の葬式のときは身も世もねえ有様だったが」

親のきめた跡取りではあったが、娘のお菊にも恵まれて、夫婦の仲は睦《むつ》まじかった。

「初七日では、少し落ち着いたようにも見えたが」

「おかげさまで、だいぶ調子がもどりました。姉ちゃんも覚悟はしていたようですし」

お凜に後事を託したあたりから、宇一の病の足は早かった。正月を待たず、大晦《おおつごもり》の四日前に息をひきとり、年内に通夜《つや》と葬儀をすませ、明けて初七日をおえた。

「あれで案外たくましくて、おっかさんが逝《い》っちまったときも、先にしゃんとしたのは姉ちゃんでした。ああいうところは、あたしには羨《うらや》ましいようで」

「母親ってなぁ、そういうもんさ。うちの奴《やつ》も子を産んでから、内も外もめっきり肥えた」

自身もふたりの子持ちの青木は、そう言って笑ったが、肩越しに後ろを見やり、ぎょっとなった。

「……時蔵がいない」

驚いてふり返ると、鬱陶《うっとう》しいほどに、にょっきりとした大きなからだが忽然《こつぜん》と消えていた。椋屋はもう目の前だというのに、ふたりはあわてて踵《きびす》をかえした。

「勝手にいなくなるなんて、どういう料簡《りょうけん》かしら。五歳のお菊じゃあるまいし、手を引かないと人込みも歩けないのかしら」

青木との世間話でようやくほぐれたお凜の目許《めもと》が、たちまち険しくなる。

大通りまでひき返し、鉄炮町《てっぽうちょう》までもどったあたりで、

「おっ、あんなところに！」

青木が指差したのは、道に枝をさしかけた大きな松の木だった。時蔵はその根元に、這《は》いつくばっている。お凜のからだが、ひと息に冷えた。思えば五十日もとじ込められて、いきなり寒風に晒《さら》されたのだから、加減が悪くなってもあたりまえだ。

考えの至らなさに歯嚙《はが》みする思いで、お凜は青木をおいこして時蔵にかけよった。

「しっかりして、時蔵さん！」

傍らに膝《ひざ》をつき、意外なほどに広い背中に手をかけた。

と、次の間には、お凜は尻餅《しりもち》をついていた。

「踏むんじゃねえ！　あっち行ってろ！」

時蔵に突きとばされたのだと、そうと察するまでに暇《いとま》がかかった。あまりのことに呆然《ぼうぜん》とすわりこむお凜を、おいついた青木が助け起こした。

「時蔵、おめえ、なにやってるんだ？」

疲れでへたり込んでいたのではなかった。時蔵は地面に覆《おお》いかぶさるようにして、松の木の根方に目をこらしている。濃い緑色に盛り上がったものを、指でそっとつま

み上げた。

苔《こけ》だった。時蔵は指先にのせた苔を、ためつ眇《すが》めつながめているのである。

「面白《おもしれ》え形《なり》をしてやがる」

時蔵の呟《つぶや》きに、お凜は、あっ、と口の中で叫んでいた。

さっきまで淀《よど》んでいた目が輝いて、口許には笑みさえ浮かんでいる。

「おい、時蔵、いい加減にしねえか」

「青木さま、ちょっと……」と、焦《じ》れる青木の背をおして、松の木からはなれた。

「もしかしたら、細工の意匠を思いついたのかもしれません」

「なんだと」

「父も義兄《あに》も、好ましい意匠を考えついたとき、よくあんな顔をしていました」

青木はしばし時蔵をのぞき込み、顎《あご》に手をやった。

「そういや、おれも見たことがある。おれが土産にした菓子の、その形がめずらしいと喜んで、宇一はすぐさま蔵にこもってしまった。茶飲み話でもするつもりでいたおれは、あてがはずれた。おめえの読みどおりなら、少し長くなるかもしれねえな」

青木は松の木からほど近い掛茶屋の縁台に、お凜をすわらせた。

ほどなく、雲がこらえきれなくなったように、空から白いものが落ちてきた。

「ああいうのを、職人根性っていうのかね」

茶碗《ちゃわん》を手にした青木は、ちらほらと降りてくる雪に透かすように、まぶしげに目を細めた。その傍らでお凜は、親の敵でも見るように、息をつめて時蔵の背をにらみつけていた。

正月二十三日――。

襖《ふすま》がとり払われた座敷の上座で、生駒屋《いこまや》広左衛門《こうざえもん》はこほんと涸《か》れた咳払《せきばら》いをひとつした。

「四代目の遺志で、この場はあたしが仕切らせてもらうことになった。これから四代春仙の遺言状をひらく。ここにいる皆は、その立会人だ。そう思ってもらいたい」

京橋筋南伝馬町《みなみてんまちょう》の小間物問屋、生駒屋は、椋屋とは切っても切れない縁にある。

生駒屋は、初代春仙の兄がはじめた店だった。

もとはどちらもこの神田白壁町に住まい、奥で弟が細工をし、それを兄が表店《おもてだな》で商っていた。初代が亡《な》くなって養子が後を継いだとき、そのころすでに二代目となっていた表の店は南伝馬町へひき移り、生駒屋を名乗るようになった。この二代目が商いに長《た》けていたおかげで、いまや生駒屋は押しも押されもせぬ大店となり、息子の広左衛門は三代目にあたる。

椋屋の品のほとんどは生駒屋に納められ、板金《いたがね》をはじめとする材料の多くも、生駒屋をとおして地金屋から仕入れる。間口十二間の大店となった生駒屋もまた、商い物の目玉は椋屋から卸される櫛笄《くしこうがい》、簪《かんざし》のたぐいであり、問屋だけでなく店で小売もしている。親戚筋《しんせきすじ》ということも手伝って、椋屋とは互いに親しく行き来していた。

「では四代の遺言状を、あけさせていただきますよ」

風が吹けばそのまま倒れてしまいそうな肉の薄い広左衛門から、身に合わぬ高い声があがったのは、どうやら少し緊張しているためのようだ。

先代宇一の襲名は、まだ達者であった三代長兵衛から告げられ、盛大な披露目もおこなわれた。先代の死後に跡目が明かされるなど前代未聞《みもん》、椋屋はじまって以来のことだ。

「椋屋四代春仙より、以下の条、申しつくるべく候《そうろう》。ここに記しし事、おさおさ怠りなく遵守《じゅんしゅ》すべく、伏してお頼み候」

広左衛門の向かって右には、お房とお凜の姉妹が膝をそろえ、左側には生駒屋の跡取り息子、伊左衛門《いざえもん》が控えていた。声のうわずるほど張りつめている父親とは逆に、伊左衛門のゆったりとした居住まいは、毛氈《もうせん》の上で花でも愛《め》でているようだ。

「一、五代椋屋春仙は、本状開封の折、呼び集められた者より選ぶべし」

座敷内が一斉に、ざわりと揺れた。

その場には、一門の中から五人の職人が集められていた。椋屋の内で職人頭をつとめる留五郎をのぞけば、どれも三十半ばを越えることのない若い顔ぶれだった。御府内で下請仕事をする者ではなしに、それぞれ暖簾《のれん》分けを許されて、信州上田、備前《びぜん》岡山、武蔵《むさし》川越に店を構える、いずれも細工にかけては折り紙つきの腕の持ち主だ。いちばん年若なのは二十四の伍一《ごいち》で、こちらは三年の旅修行からもどったばかりである。

「えらぶべしってなぁ、どういうことですかい？」

性急に訊《たず》ねたのは、川越の音助《おとすけ》だった。

今年二十七になった音助は、宇一が病に倒れると、その助《すけ》っ人《と》をたのまれて、以来椋屋に起居していた。生来の器用さに加え、新しい工夫を次々と試そうとする気概にもあふれていたが、その分血の気も多く、勇み足ぎみのところがあった。

「四代目は、跡目を決めてはいないんですかい？」

先代が跡目を立てずに逝くなど、まず考えられないことだ。音助の懸念《けねん》に同ずるように、職人たちに小さなどよめきが広がった。

「ほんとにおかしな話だねえ」

相槌《あいづち》を打ったのは、後家となった先代宇一の妻、お房だった。

お凜とはもとはよく似た姉妹だったが、子供を産んでからめっきり肥えて、いまは黒目のまさった瞳《ひとみ》と形のいい富士額のほかは、若いころの面影は失《う》せていた。

広左衛門が、こほん、とまた咳払いをした。

「一、五代目は、本日この時より、三年後《のち》に選ぶべし」

座敷内がまたざわめき出したが、広左衛門は今度はとどまることなく先をつづけた。

「一、五代目を選び決める者は、三代が娘、四代が義妹《いもうと》、凜とする」

「なんだって！」

音助が叫び、座敷内の目という目が、たちまちお凜に向けられた。それまで端然としていた生駒屋の伊左衛門までもが、張りのある大きな眼をさらに広げてお凜を見詰めた。

「おまえが、跡目を決めるって……いったいどういうことだい？」

お房はまさに、あいた口がふさがらないようすだ。

お凜はなにを返すこともできなかった。あの風の強い晩にきいた話は、お凜ひとりの胸にしまっておくよう、宇一から念を押されていたのである。

皆の視線に耐えきれず、お凜はただただ身をすくませた。

「いったい、なんだってお嬢さんが……」

「待て待て、その先に書いてある」

いまの椋屋の弟子の中に、五代目にふさわしい職人がいないこと。三年という期限は与えられた修行の猶予《ゆうよ》と思い、各々《おのおの》細工に精進すること、などが広左衛門の口から語られた。

「それにしても、お嬢さんに五代目をえらばせるたぁ、突飛な話だ」

信州上田の庄六《しょうろく》が、ため息のように呟《つぶや》いた。誰もがとまどいを隠しきれぬようすで、手をこまねいている。座敷は水を打ったように静まりかえった。

「こいつは、どうしたもんだろうね。四代のご遺志とはいえ、ずいぶんと乱暴なようでもあるし、お凜ちゃんにも荷が勝ちすぎる。なにかうまく塩梅《あんばい》する手立てはないかねえ」

広左衛門は、ぐるりと座を見わたして、最後にたよりの息子に首をふり向けた。

「あたしはお凜さんこそ、五代目を決めるにふさわしいお人だと思いますよ」

伊左衛門の冴《さ》えた声は、よどみなくこたえた。

「二年前に大内儀《おおおかみ》が亡くなってから、お凜さんは椋屋の帳場を任されるまでになっています。なにより子供のころから細工場に出入りし、皆の仕事ぶりを具《つぶさ》にながめてきただけあって、細工の目利《めき》きも玄人《くろうと》はだしだ。あたしも生駒屋の跡取りとして品の見分けはそれなり精進してきたが、正直お凛さんには到底かなわない。そうでしょう、おとっつぁん？」

話をふられた広左衛門は、ふむふむと小さくうなずいた。

「たしかに、そのとおりかもしれないね。お凛ちゃんはまだ頑是ないころから、細工についちゃ一家《いっか》言《げん》もっていたよ。品のよしあしを判ずるだけでなしに、なんていったらいいのかね……ああ、そうだ、目のつけどころが新しいんだな。あたしも細工にかけてはうるさいほうだが、お凛ちゃんの評に唸《うな》らされたことは一度や二度じゃあきかないね」

広左衛門は、道具にかけては目が高い。商売物の小間物にとどまらず、書画、焼物から、文房具、指物《さしもの》とその幅は広く、好みのよさは好事《こうず》家《か》仲間のあいだでも一目おかれていた。広左衛門の押す太鼓判には、それだけの重みがある。

生駒屋親子の後押しは、お凛にとって、なによりありがたい追い風となった。

それまで帆のしおれた舟のように、ゆらゆらとたゆとうていたお凛の身の上は、いっぱいの風をはらみ目指す方角へとうごき出した。

「そういやあ、こんな小さい三つくれえのころから、細工場にやってきちゃあ三代目に叱《しか》られていやしたね」

節くれだった手を胸の前にかざし、苦笑いで応じたのは、職人頭の留五郎だった。

「子供が入っちゃならねえと、いくら追ん出されても、いつの間にかまたもどってきちまう。親方に怒鳴られりゃあ、おれたち大の男でもぶるっちまったもんだが、お凜ちゃんは泣きも怯《おび》えもしねえ。たいした肝っ玉だと、感心したもんだ」

ここにいる職人は皆、幼いお凜をかわいがってくれた者たちだ。若い伍一よりほかは、このようなあらたまった席や人前でないかぎり、親しみをこめて名で呼んでいる。

「あの勝負は、なかなかの見物《みもの》でしたねえ」

と、受けたのは、五人の中では留五郎についで年嵩《としかさ》になる、備前岡山の新兵衛《しんべえ》だった。

「三代目も頑固なら、お凜ちゃんもしぶとい。短気をおこした親方が手を上げようとしたこともあったが、こんな幼い女の子になんてことをと、逆に内儀さんにねじこまれて、あとは根くらべになった。勝ったのは、お凜ちゃんだ」

「ついにかぶとを脱いだときの、親方の台詞《せりふ》がまた奮ってらぁ。『なんてえ頑固者だ。いったい誰に似たものやら』」

三代目をまねた上田の庄六の声音に、どっと笑いが起きた。釣り込まれるように、音助と伍一も加わった。

「仕事机の前にきちゃあ、じいっと手許《てもと》を見ているもんで、初めのうちはやり辛《づれ》えように思えていたが、知らずにそれがあたりまえになっちまって、たまに姿が見えないと逆に仕事が手につかねえ」

「お嬢さんが悪い風邪をひろっちまって、半月ばかり寝込んだことがありやしたね。なにやら落ち着かなくて、どうにも仕事がはかどらねえ。思わずため息をついたら、あっちからもこっちからも同じものがきこえる。いちばんでかいのが、親方のため息だった」

「そうそう、まっ先に音をあげたのも三代目だった。景気づけだってんで皆をひきつれて向島《むこうじま》までくり出したはいいが、盃《はい》を重ねながら出るのは愚痴ばかりだ。女がいなけりゃ仕事ができねえたぁ情なくって涙も出ねえと、そのころ跡目に決まったばかりの四代目にこぼしてた。そのうち三代目が舟をこぎ出すと、今度は四代目が、いまからこんな調子では、お凛ちゃんが嫁に行ったらどうしたものかと、真顔で案じはじめる始末だ。お凛ちゃんはそのころまだ、八つだったってのにな」

音助の話に、なごんだ笑いが広がったところへ、水をさしたのはお房だった。

「まさかお凜の嫁入りを見るより先に、うちの人が逝《い》っちまうなんてね」

座敷はたちまち静まりかえった。お房の洟《はな》をすする音が、妙に大きくひびく。

「去年の今頃はあの人と一緒にさ、お凜の亭主にはどんな男がいいかなんて、そんな話をしていたものさ。椋屋の職人の誰かに添わせようかとか、この子は目端がきくから商家が向いてんじゃないかとか……でもやっぱりお凜の気持ちがいちばんだから、お凜の好いた相手に嫁がせてやろうじゃないかって、あの人が……」

「……姉ちゃん……」

袂《たもと》に顔をうめたお房の丸い背をなでながら、お凜はいまさらながら宇一の死を惜しんだ。やさしい義兄《あに》だった。父が亡くなってからは親代わりとなって、お凜の面倒を見てくれた。

「宇一兄《あに》さんは……四代目は、そういうお人だったな」

上田の庄六が、ぽつりともらした。

「いつだってまわりの者のことを気にかけて、他の兄弟子みてえに、おれたちを足蹴《あしげ》にすることもなかった」

「親方になってからも、変わらなかったな。えばったり怒鳴ったりすることもなくて、細工場の気が抜けちまうなんて、そんな陰口をきく奴《やつ》もいたが、あれは弟子に跡目をとられた連中のつまらねえ焼《や》き餅《もち》だ。あんなからくり簪は、誰も真似《まね》ができなかった」

　岡山の新兵衛が呟いたとおり、四代宇一にはからくり簪の才があった。

　からくり簪は、小さなばねや滑車を用い、意匠が動くように工夫されたものだ。宇一は若い時分にどこかで目にしたらしく、師である長兵衛の許しをえて熱心に細工にはげんだ。ばね仕掛けで餌《えさ》をついばむ小鳥、蜻蛉《とんぼ》にとびつく蛙《かえる》、あるいは長鎖の両端にぶら下がった男女が滑車を軸に上下する。簪という限られた大きさの中で、そんな意匠を次々に考え、まわりを驚かせた。

「工夫は奇抜で、技も間違いがねえ。あのからくり簪は、四代そのものだ。あの親方が考え抜いてのことなら、やっぱり間違いはねえとおれは思うよ。跡目を決めかねて逝っちまったなんて、哀れな話じゃねえか。それもこれも、おれたちが不甲斐《ふがい》ないせいだ。三年のあいだきっちりと腕を磨いて、お嬢さんに見極めてもらいてえ。そうは思わねえかい」

　職人頭の留五郎から、鶴《つる》のひと声が放たれた。居並ぶ職人たちから応じる声が次々とあがり、落着の気配がただよった。

「ひとつだけ、きいてもよござんすか」

調子を乱したのは、音助だった。

「旦那《だんな》さんに、たしかめておきてえことがあって」

「なんだい、言ってごらん」

「その五代目は、椋屋の婿《むこ》ってことになるんですかい？　つまりその、お凜ちゃんと……」

「……そいつは……」と、広左衛門は、初めて気づいた顔になった。

がさがさいわせながら、遺言状を隅々まで検分する。

「それについちゃ、なにも記されていないようだが……だが、お凜ちゃんが婿取りするのが、まあ、筋というものだろうね」

広左衛門は同意を求めるように、座敷の内を見わたした。

「お房さんの婿というのは、無理な話ですか？」

新たな案を示したのは、伊左衛門だった。いつも口許に浮いているゆったりとした笑みが、中途半端《はんぱ》にとぎれている。

「よしてくださいな、若旦那。この年で婿取りなんて」

言いながらも、お房の肉づきのよい頬は、嬉《うれ》しげにゆるんでいる。涙はとうに収まっていたらしく、先刻さめざめと泣いていたのがまるで嘘《うそ》のように調子をとりもどしていた。

「お房さんはまだ三十前ですし、多少若い人もいるが、この顔ぶれなら年も釣り合う」

「もう勘弁してくださいな、若旦那。あたしゃこれでも、亭主に惚《ほ》れてましたからね。この先はあの人のわすれ形見のお菊を、立派に育てあげることしか考えちゃいませんよ」

ほころんだ顔のまま、それでも口だけは亭主を亡《な》くしたばかりの後家らしい殊勝な台詞を吐いた。

「夫婦養子って話も、あるんじゃないかい？」

「嫌ですよ、旦那さん。せっかく嫁入り前の娘がいるってのに、なんだって夫婦養子をとらなくちゃいけないんですか」

「ちょっと、姉ちゃん、みんながみんな独り者ってわけじゃあないでしょう」

お凜はわざわざ姉の耳許でこそりとささやいたが、その気遣いもお房には通じなかった。

「そうだ、留さんにはおかみさんがいるじゃないか！　留さんが五代目になったら、どうすりゃいいんだい。困っちまったね」

「その心配はご無用にねがいますよ、内儀さん。おれは五代目の数には入っちゃいねえと、心得てますからね」

　穏やかな笑顔が、逆にお凜には痛々しく見えた。

　ほんのぽっちりの欲――。留五郎にはそれがないと、宇一は言った。

「それはねえや、留の頭。もしも五代目をいまえらぶなら、間《ま》違《ちげ》えなく頭だろう。せめておれたちが追っつくまでは、舞台から降りてもらっちゃ困りますぜ」

　庄六が真顔で言ったのを汐《しお》に、広左衛門は場をおさめた。

「ひとまず婿取りの話は、五代目が決まってから改めてということで異存はないね」

「けど、お凜ちゃんを嫁にできるかもしれねえってえ余《よ》禄《ろく》がつくなら、精進にも俄《が》然《ぜん》気合が入るってもんだ」

　てらいもなく音助が言い放ち、たちまちまぜっ返される。

「五人の中じゃあ、おまえなんぞ下から二番目だ。せいぜい腕を磨くんだな、音助」

「いや、五人じゃない、六人だ。ここに呼ばれた職人は、もうひとりいるだろう？」

広左衛門の言葉に、一同ははっとなり、いっせいに後ろをふり向いた。

「そこにいる、時蔵だ」

見知らぬ男がひとり混じっていることを、皆はようやく思い出した。最初は多少の関心をもってながめていたが、遺言状に気がうつってからは、そろって失念していたものだ。

当の時蔵は、広左衛門やお凜のいる上座からはもっとも遠い、居並ぶ職人たちのその後ろで、あさってのほうを向いている。皆の注視にも、気づかぬようすだ。

（さっきから、ずっとそうだわ）

お凜だけは先刻からずっと、その姿が目の端にひっかかっていた。

時蔵はじっと、向かって右の天井のほうを見上げている。欄間に抜かれた彫りを見詰めていることに、お凜は気づいていた。初代春仙が手慰みに彫った、蓬萊図《ほうらいず》だった。

髪結いに行き、月代《さかやき》と髭《ひげ》をあたった時蔵はさっぱりとして、見かけの男ぶりはだいぶ上がったが、なぜだかそれが、逆にお凜を苛立《いらだ》たせた。

「今年二十七だから、音助と一緒だな。権の松の親方のところで一年ばかり世話になっていたが、もともと簪や香炉なんぞが得手な職人だ。それなら椋屋があずかるほうがよかろうと、四代が権の松に話をつけた」

あらかじめ宇一からきかされていたらしく、広左衛門は時蔵の身上をそう述べた。

権の松は、やはり多くの弟子を抱える錺師《かざりし》だが、椋屋とは違い神輿錺《みこしかざり》をもっぱらとしていた。

「旅修行の最中《さなか》ですかい？」

「いや、そういうわけじゃあ、ないようだな」

留五郎の問いに、広左衛門は曖昧《あいまい》なこたえ方をした。錺師の修行は、十年を相場とする。その後一年の御礼奉公をおえると、修行の旅へと赴くことが多かった。

「それじゃあ、渡り職人てえことか？」

職人たちのあいだから、明らかな蔑《さげす》みがにじみ出た。修行にたえられず、途中で親方のもとをとび出して仕事場を転々と移りかわる。それが渡り職人だ。堪《こら》え性のなさは、腕にも人にもあらわれる。どこへ行っても一人前とは認められず、自《おの》ずとあちこちを流れ歩くことになる。椋屋でみっちり仕込まれた職人たちからすれば、一門の首座をかけた同じ土俵に、渡り職人ふぜいが上がるなぞ思いもよらぬことだった。

「渡り職人といっても、権の松のところへくる前は、京の有名な錺師のもとにいたそうだ」

不穏な気配を察し、広左衛門が話をつなぐ。だが肝心の時蔵は、一同を無視したまんま、相変わらず欄間に気をとられている。

「おい、挨拶《あいさつ》くれえ、したらどうだい」

前にすわる音助が、その肩を乱暴につかんだ。我に返った時蔵は、音助を一瞥《いちべつ》すると、だまって肩にかかった手を払った。

「なんでい、その偉そうなざまはよ。ちっとばかし京にいたくれえで、えばるんじゃねえや。ここにいる者は皆、年季明けに諸国を巡って三年、四年の修行を積んでるんだ。おれも方々まわってみたが、この椋屋の細工はどこにもひけをとらねえ。下りものなんざ、屁《へ》でもねえんだよ」

「たしかにな、京にはたいして面白《おもしれ》えもんはなかったよ」

眦《まなじり》がかすかに上がり、くぼみがちな切れ長の目が相手に据えられた。抑揚に欠ける一本調子で、うすい唇が呟《つぶや》いた。

「ここに、ありゃあいいんだがな」

音助の頬が朱に染まり、たちまちその胸座《むなぐら》をわしづかみにしたが、時蔵は眉《まゆ》ひとつ動かさない。ふり上げられた音助の右腕に、伍一があわてて組みついた。

「喧嘩《けんか》沙汰《ざた》は御免だよ。音助、今日のところはあたしの顔に免じて、その拳《こぶし》をひっこめておくれ。時蔵も、これから椋屋の世話になるんだ。礼儀をわきまえなくちゃいけないよ」

広左衛門にとりなされても、血気にはやる音助は収まりがつかない。

「こんな半ちくな野郎と跡目を競うなんざ、おれはまっぴらですぜ」

「もうその辺にしねえか、音」

「そうはいかねえよ、留の頭。万が一にでもこいつが五代目を継いでみろい。お凜ちゃんの婿に納まって、おれたちを顎《あご》で使うことになるんだぜ。そんなことになっちまったら、椋屋とは縁を切るより仕方なくなる。そうじゃねえのかい？」

誰もなにもこたえないのは、音助の言い分が的を射ている証《あかし》だった。どこの馬の骨とも知れぬ渡り職人を親方に据えられては、弟子の面目は丸潰《まるつぶ》れだ。

「おれぁ、入り婿なんぞ御免だぜ」

低い呟きは、はなれた上座にも妙にくっきりと届いた。

お凜のからだが、かっと熱くなる。

――あたしのほうこそ、あんたなんて御免こうむるわ！

叫び出しそうになるのを、生駒屋親子や職人たちの手前、懸命にこらえた。

「それなら跡目話には加わらねえと、この場でかっきりと誓ってもらおうじゃねえか。その方がおれたちも、すっきりと精進ができるってもんだ」

音助が、にらみつけた。時蔵があっさりと呑《の》むようすを見せたとき、

「細工の腕で勝負するのが、職人ではありませんか」

伊左衛門の晴れやかな声がさえぎった。

「むろん、椋屋の内を納めてゆくだけの器量もいりましょうが、やはり腕がなくては五代目は継げますまい。気にいらぬ相手であろうと、細工で勝てばいいだけの話」

そうではありませんか、というように、涼やかな顔で職人たちを見わたした。あまりにまっとうな言い分に、さすがの音助さえおし黙った。

生駒屋の後継ぎの才は、末恐ろしいほどだ——。

まだ二十五の若さでありながら、伊左衛門の人となりは、すでに世間ではそう噂《うわさ》されていた。

商いよりも趣味道楽にいそがしい父親とは違い、伊左衛門の商才は早くからきわだっていた。目端のきき具合、勘定のたしかさから人を逸《そ》らさぬ話しぶりまで、その評判は高く、百戦練磨の古狸《ふるだぬき》めいた大商人《おおあきんど》でさえも、伊左衛門には一目おいていた。

しん、となった座を促すように、伊左衛門が目顔でうなずき、受けた広左衛門が遺言状の残りを読みあげた。あとは生駒屋へ後見をたのむ旨《むね》が、記されているだけだった。

「お凜ちゃん、若い娘にはさぞかし荷が重かろうが、なにせ四代の遺言だ。あたしらも精一杯、助けになるつもりでいる。この役目、引き受けてくれるだろうね」

お凜は広左衛門に小さくうなずき、畳に手をついた。

「不束者《ふつつかもの》ではございますが、これも先代のご遺志。つつしんでお引き受けさせていただきます。皆さま、何卒《なにとぞ》よろしくおねがい申し上げます」

名のとおり、きりりとひきしまった声は、座敷の隅々までひびいた。

先刻の時蔵の言葉は、お凜の内にまだくすぶっていた。その証のように、一同の拍手の中、頭を上げたお凜のほおは、紅を刷《は》いたように染まっていた。

二

「そんな勝手が通ると思ってんのか！　ふざけんじゃねえぞ！」

怒鳴り声が、蔵の内までひびいた。

仕入れた板金《いたがね》を検《あらた》めていたお凜は、あわてて蔵をとび出して、すぐ目の前の細工場の裏口へと駆けた。むかし表店《おもてだな》があった場所は、いまは母屋《もや》の前庭になっている。庭の西側をふさぐように細工場が立ち、蔵はその裏手にあった。

「いったい、なんの騒ぎなの？」

裏口脇《わき》につっ立っていた若い職人は、困ったふうに奥を目でさした。

間口二間の細工場は、奥に長い造りになっている。向かって右が土間、左は一尺五寸ほど高い座敷で六畳が縦に三つならぶ。そのまん中で音助が、時蔵に覆《おお》い被《かぶ》さっていた。

「おい、ここで喧嘩《けんか》なんかはじめやがったら、ふたりまとめて椋屋からたたき出すぞ！」

「そうよ、音助さん、細工場《ここ》でやり合うなんて尋常じゃないわ」

留五郎とお凜にいさめられ、音助はようやく夢から覚めたような顔になった。

「……すいやせん、こいつがあんまり礼儀知らずな真似《まね》をするもんで、つい……」

まだ腹の虫が治まらないのだろう、拗《す》ねたように口を尖《とが》らせたまま立ち上がった。

「頭が仕事をわりふったのに、こいつはまるきりきこえねえ素振りで、勝手なことをはじめやがったんで」

座敷にずらりとならんだ仕事机には、作りかけの細工がのっている。指で押すだけで形のくずれる繊細な品や、風のひと吹きで舞い上がる金糸なぞもある。ここでは決して荒い動きはできぬと、音助ほどの職人なら肝に銘じているはずだ。

「音兄さんが怒るのも、無理はねえよ」

「いけすかねえな。なにさまだってんだ」

職人たちから、音助と同じ不満がささやきもれる。いずれも年季の明けぬ半人前の弟子たちだが、江戸でも指折りの錺屋《かざりや》にいるという誇りはある。渡り職人は修行を終えていないのだから、半人前はお互いさまだとの侮《あなど》りもある。細かな棘《とげ》を含み、ささくれだっている職人たちに、お凜は景気よく手を打った。

「さあさあみんな、仕事にもどってちょうだいな。捨松《すてまつ》、あんたには麴町《こうじまち》へ使いをたのんだはずよ。さっさと行ってらっしゃいな。蒔絵《まきえ》師《し》の親方には、くれぐれも粗相のないようにね。直吉《なおきち》、炭が足りなくなりそうよ。裏からとってきてちょうだいね」

お凜が指図をおくったのは、ここへきて日の浅い小僧たちだった。それより上の者たちには、留五郎が采配《さいはい》をふる。

「ほら、おめえらもさっさともどりな。徳、てめえのこさえた鏨《たがね》はなんだ。あれじゃあ菊が梅みてえに丸まっちまう。みんなやりなおしだ。作、おめえは今日から打ちをやってみな。ちょうどうってつけの手本がある。仕事の合間にきっちり見ておけ」

留五郎は、仕事机にもどった音助を顎《あご》で示した。

机の上には松脂《まつやに》と粘土を煮溶かした脂台《やにだい》が置かれ、なかば仕上がった打ちものの雉《き》子《じ》がのっていた。時間をおくと、脂はすぐに固まる。音助が何も言わぬうちから、若い弟子のひとりが松脂を入れた小鍋《こなべ》を火にかけた。ほどなく脂独特のにおいが、細工場内にただよった。慣れない者は閉口するが、お凜にとっては懐《なつ》かしささえ感じるにおいだ。新しい脂台が置かれると、音助は道具を手にとった。

薄い板金を槌《つち》と鏨で打つと、やわらかな脂台ごと板金はへこみ、職人の意のままに鳥や花が浮かびあがる。「打出し」と呼ばれるものだが、もうひとつ別に「打ち」があり、こちらは平たい板金を、槌一本で丸底の形に打ち延べる。椋屋ではどちらも「打ち」と称し、音助は両方の技に秀《ひい》でていた。

彫り、打ち、接合《つなぎ》。この三つを会《え》得《とく》して、はじめて錺師を名乗ることができる。どれも欠かせぬ技だったが、それぞれ得手不得手はある。彫りひとつとっても、毛《け》彫《ぼり》、片切彫《かたきりぼり》、蹴彫《けりぼり》と、細かく分ければ数十もの技があった。

今朝方はやく、それぞれ信州上田と備前《びぜん》岡山へと帰っていったふたりは、ともに彫りをよくするが、庄六は片切彫、新兵衛は透かし彫が、ことにすぐれていた。

音助のとなりでは、伍一が蛍袋の花を組みあげている。

伍一は接合《つなぎ》が得意であり、打ちや彫りでこしらえた細工を、金銀の鑞《ろう》を糊《のり》にして組んでゆく技は誰よりたしかだった。年季と御礼奉公を終え、三年の旅修行からもどった伍一は、身のふり方を決めかねていたが、向こう三年は椋屋にとどまることを承知した。親方のいない穴を埋めるには、腕のいい職人はひとりでも多いほうがいい。

得意とする品や意匠、材の好みなどもさまざまで、同じ秋月《あきづき》の題で櫛《くし》を作らせても、精緻《せいち》で華やかなものを好む音助は、満月に菊と尾花、年に似合わず地味な趣向の伍一なら、片割れ月に雁《かり》となった。ひときわ手の込んでいるのはどちらも同じで、それが初代の名人技をうけつぐ椋屋の身上だった。

あつかう品は櫛簪《くしかんざし》なぞの髪飾りが多いが、煙管《きせる》、香炉、簞笥《たんす》金具と、注文次第であらゆる金銀細工を引き受ける。同じ錺職でも、煙管には煙管師がおり、権の松のように神輿錺《みこしかざり》に限る者もいた。

「ここでは留さんに従ってもらわないと困ります」

細工場が常のたたずまいをとりもどすと、その場に棒杭《ぼうぐい》のように立ちつくしていた時蔵に、お凜は言った。

留五郎は、三代長兵衛のころから細工場を仕切っており、注文のはかどり具合から弟子の修行の進みぶりまで、この実直な職人ほど熟知している者は他にいなかった。

注文を任せられるのは一人前の職人だけで、四代宇一のいたころは、気の張るものは親方の宇一が、あとのものを留五郎がひきうけていたが、音助と伍一が加わってからは、どの注文を誰に作らせるかは留五郎が指図していた。

「こいつの腕前がわからねえし、とりあえずヤスリでもやらせようかと思ったんだが」

　時蔵をちらりと見上げ、留五郎が苦笑いする。ヤスリがけはいわば技の基本、修行はじめの若造にさせるような仕事だが、留五郎は決して時蔵を侮ったわけではない。ヤスリがけを見れば、その職人の腕がどれほどのものか、すぐにわかるからだ。

「渡りとはいえ、腕は悪くないときいている。それなら平打なんぞをさせたほうが、いいかもしれねえな」

「おれは平打なんぞ作るつもりはねえ、どこぞの注文を押しつけられるのも御免だ」

　あまりの言い草に、ふたりもさすがにむっとした。しかし次のひと言には、あいた口がふさがらなくなった。

「おれはてめえの作りてえもんを作る」

　誰もがぽかんと、時蔵をながめていた。一家をかまえる親方でさえ、そんな勝手は許されない。ときには気にそまぬ注文も受けねばならぬし、客の好みにかなうよう折合いをつけることもままある。だが、それが仕事であり、玄人《くろうと》というものだ。

　あっけにとられる椋屋の衆を尻目《しりめ》に、時蔵は土間につっ立っていた小僧に言った。

「純銀《さら》の丸線をくれ」

　ここへ来て十月《とつき》、十一歳になる柴太郎《しばたろう》という小僧だった。口が重く動きもとろいが辛抱強い性分で、人より年季はかかるかもしれないが、いい職人になりそうだと留五郎は評していた。名前ばかりでなく顔つきもどこか柴犬に似ており、小さな丸い目をぱちぱちとまたたかせている。

「ここのやりように従えねえってんなら、いますぐどこへなりと出ていきやがれ！」

やおら立ち上がった音助が、唾《つば》をはきながら怒鳴りつけ、おかげでお凜の癇癪玉《かんしやくだま》は、外へとび出す寸前で、あやうく喉《のど》にとどまってくれた。

――五代目を立てるのに、この時蔵は欠かせねえ

宇一の言葉がよみがえった。時蔵をここで、放り出すわけにはいかないのだ。

「わかりました、時蔵さん、お手並拝見といきましょう」

「お凜ちゃん！」

「そうさな、腕を見ぬうちは、なにもはじまらねえな」

ここでの法は、留五郎とお凜だ。音助も先の文句は諦《あきら》めたが、腹立たしいと言わんばかりにどっかと胡坐《あぐら》をかいた。お凜にうなずかれ、小僧の柴太郎がようやく動いた。

「一分の丸線だぞ」

柴太郎は言われたとおり、細いうどんのような銀の丸線の束をかかえてもどった。

時蔵が自前の道具箱をあけた。切箸《きりばし》や床箸《とこばし》、鑿《のみ》をくるんだ布袋に、何十もの鑿が入

った木箱がいくつも続く。切箸とは鋏《はさみ》のことで、やっとこは床箸と称する。仕舞いに時蔵は、箱のいちばん下から線引《せんび》きをとり出した。線引きは針金をつくる道具で、時蔵は銀の針金、つまり銀線を作るつもりなのだと、お凜は見当をつけた。

（銀線なら、拵《こしら》えたものがあるのだけれど）

地金屋や、あるいは針金師にたのむこともできるが、椋屋では弟子の修行のために針金は自前で拵える。線作りにはこつがあり、会得した職人もいるのだが、お凜は黙っていた。意地悪からではなく、時蔵の線引きが、椋屋のものとはいくぶん違っていたからだ。小ぶりの角盆ほどの長四角の鉄板に、大から小へと順番にいくつもの穴が穿《うが》たれた、その形は同じだが、時蔵の線引きは椋屋のものより穴の数が倍ほども多く、しかもひどく径が小さい。

時蔵は切箸で、丸線を一尺ほどの長さに五本切り出し、先をヤスリでととのえた。

ふうむ、と留五郎が唸《うな》ったのは、ヤスリの腕前に、文句のつけようがないと知れたからだ。

時蔵が線を引きはじめた。丸線を線引きの穴に下からさして、閻魔《えんま》と呼ばれる釘抜《くぎぬ》きで真上へと抜く。通す穴は線よりわずかに径が小さく、穴から引き抜かれた線は、より華奢《きやしや》な姿であらわれる。引いた一本をさらにひとまわり小さな隣の穴へと、同じことをいく度もくり返し、線はどんどん細く長くなる。

「いったい、どこまで細くすりゃ気が済むんだい」

留五郎が呟《つぶや》いた。時蔵の動きは、いつまでたってもやまない。すでに銀線は、椋屋の極細の針金よりもさらにたよりない姿になっており、一方で長さは十倍ほどに延びていた。

「おい、いつまでぼっとしてんだ。とっとと仕事にもどらねえか」

いつのまにか、職人たちの手の動きがとまっていた。兄貴風をふかせた音助も、手《て》許《もと》の細工が少しもはかどっていないところを見ると、やはり気になって仕方ないのだろう。

ようやく時蔵が動きをとめた。腕には銀線の丸い束を五つ、かかえている。それぞれ太さが違うようだが、どれも少し引けば楽にちぎれてしまいそうなほどたよりない。

留五郎が、首をひねった。「あんな細いもんで、どう細工するってんだ？」

鎖、金輪《かなわ》、蔓《つる》……線細工はいくつもあるが、なにに使うにせよ細すぎる。弱いこともむろんだが、ああまで細くてはやわらか過ぎて細工には向かない。

だが時蔵は、あてがわれた細工机に向かうと、不思議なことをはじめた。

板の上に細い銀線を三本おいて、ちょうど豆鉋《まめかんな》のような道具の底で、線をかるくこする。三本の線はおなじ向きにころがされ、たがいに縒《よ》れて一本の銀の組紐《くみひも》になった。
骨張ったその手から銀の紐が紡《つむ》がれるたびに、お凜の胸はどきどきと高鳴った。熟練の組紐師の仕事のように、隙《すき》も乱れもない目も綾《あや》なひと筋は、ただの丸線とは異なる密な美しさがあった。

「これは、なに？」

気づかぬうちにお凜は、時蔵のまん前で机にしがみついていた。

「これは、なんていうものなの？」

「なんでもねえ、ただの縒線《よりせん》だ」

時蔵は顔も上げず、面倒くさそうにこたえた。

「この縒線をどうするの？　なにができるの？」

頑是ない子供のような問いに、時蔵は蠅《はえ》でも払うように顔をしかめた。

「これで平戸《ひらど》をつくるんだ。もういいだろ、気が散るからだまってろ」

「平戸……」

お凜の胸が、ふたたび大きく波打った。

座敷に入ると、あでやかな大牡《おおぼ》丹《たん》が咲いていた。

「瑠璃《るり》に白牡丹。色使いが粋《いき》で品もいいわ」

「お凜ちゃんなら、そう言ってくれると思ったわ」

訪ねてきたのは、生駒屋のお千賀《ちか》である。

遺言状の披露目から十日ばかりが過ぎて、暦は閏《うるう》一月になっていた。

「本当は、地に細かな銀糸模様をいれたかったのよ。なのに兄さんが許してくれなくて」

「ああ、そうね。銀がはいれば、もっと華やかになるわね」

瑠璃色と呼ばれる冴《さ》えた青の地に、白い牡丹の裾模様《すそもよう》が大胆に描かれている。着る者によっては負けてしまいそうな柄だが、派手できりりとした顔だちのお千賀にはよく映えた。

ともに亡《な》くなった母親ゆずりだから、兄に似た面差しだが、どちらかといえばやわらかい趣の伊左衛門に対し、お千賀の器量には、どこにいてもぱっと人目を奪うような強さがあった。

「わざわざ染物師だの織師だのを呼んでつくらせたのに、兄さんがずっと張りついていちいち文句をつけるんですもの。ちっとも楽しくなかったわ」

「若旦那《わかだんな》が案じるのも無理はないよ」

茶を運んできたお房は、丸くせり出した腹をゆらし呵々《かか》と笑った。

「おとっつぁんと妹が、そろって道楽者だもの。生駒屋の身代を残らず食いつぶしちまうんじゃないかって、はらはらしてなさるんだろうよ」

父の広左衛門が道具道楽なら、娘のお千賀は着道楽である。小袖《こそで》や帯、櫛簪はもちろんのこと、巾着《きんちゃく》なぞの小物から履物や紅白粉《べにおしろい》にいたるまで、よくよく吟味してえらび抜き、気に染まぬものは決して身につけない。お千賀の身を飾るひとつひとつが、若い娘たちには憧《あこが》れの的であり、華やかな姿形と相まって、わざわざお千賀見たさに生駒屋へ足をはこぶ者も少なくない。

「お金のことだけじゃないのよ。ふた言めには、目立ちすぎる地味にしろって。こっちは嫁入り前の娘なのよ。いま明るいものを着ないでいつ着るってのよ」

ねえ、とお凛に首をまわした。お千賀は今年十六で、お凛のひとつ下になる。

「そうね、びらびら簪みたいに、嫁いじまったら身につけられないものもあるし、お千賀ちゃんは華やかな色形のほうがひきたつわ。やっぱり似合うものを着たいわよね」

「そういうおまえは、いまからそんな渋好みで、この先なにを着るつもりだい。まさかばあさんになってから、黄八丈で出歩いたりしないだろうね」

と、お房は、妹の装《よそお》いをながめまわした。お凜は目の細かい紫紺の小紋に、網代《あじろ》模様の濃茶の帯をしめていた。

「あたしにはこういうものが似合うんだもの。仕方ないでしょ」

「あたしは若いころ、もっとかわいらしい格好をしていたがね」

「あら、お凜ちゃんは地味というより粋なのよ。すっきりとして、どこかぴりっとしまったところもあって、細面のお凜ちゃんにはしごくよく馴染《なじ》むわ」

すかさずお千賀が、お凜の肩をもつ。ともに年のはなれた兄と姉しかいないこともあって、お凜とお千賀は小さいころから実の姉妹のように仲がよかった。

「お房姉さんとは逆に、兄さんはお凜ちゃんの格好をよくほめてるわ。おまえもすこしは見習えって。客より派手に装ってどうするって、近頃じゃそればかりよ」

「若旦那はお千賀ちゃんを案じているんだろうさ。あまり目立つとお上の不興を買うことがあるからね。ご奢侈《しゃし》を楯《たて》に、思い出したようにお縄にすることがあるじゃないか」

寛政のころの改革のように始終目を光らせることはなくとも、奢侈禁止令はしつこく何度も出されている。誰もまともにとりあわず、役人もきつく取締るようなことはしないが、たまの見せしめのつもりなのか、時蔵のように咎《とが》を受けることがあった。

「兄さんが案じているのは、うちの身代の太りぐあいだけよ」

「そんな守銭奴みたいに言っては気の毒だわよ」

お凜は思わず苦笑した。伊左衛門がなにより危ぶんでいるのは、こういう歯に衣《きぬ》着せぬお千賀の物言いや気性の激しさなのだろう。それでもお凜は、きっぱりと正直で、ひたむきなまでにまっすぐなお千賀の性分は、昔から好きだった。

「お千賀ちゃんは本当に口が悪いねえ。若旦那のどこに不足があるってんだい？」

「その不足のなさが、いちばんの不足よね」

お千賀の兄嫌いは、なかなかに根が深い。口ではかなわぬから表立って抗《あらが》うような真似《まね》はしないが、兄への評は誰より辛かった。

「うちの人がこんなことにならなけりゃ、お凜を生駒屋へ嫁に出したいと、その胸算用もあったのにねえ」

「あら、お凜ちゃんは兄さんにはもったいないわ。それよりお婿《むこ》さんを好きにえらべるなんて、うらやましい話じゃないの。で、お凜ちゃんは、どの人が好みなの？」

「お婿さんでなしに、跡目を決めるのよ」

生憎《あいにく》と目の前の女たちは、お凜の訴えに耳をかす気はないようだ。さっそく候補となった六人の職人たちの、品定めにとりかかった。

「そうさね、見てくれでえらぶなら、岡山の新兵衛だね。細面で色も白いし、なかなかの男前さ。けど性根は案外きつくてね、細かなことが気になるたちで口もやかましい」

「それは嫌ね。そんな相手じゃ、おちおち昼寝もできやしないわ」

「そこへいくと庄六あたりはだいぶ大らかだけれど、なにせあの姿形ではねえ。古びた下駄《げた》に目鼻をつけたようないかつい顔でさ、おまけにものすごい蟹股《がにまた》なんだ。あたしゃあんな男と往来を歩くなんざ、百両積まれたって御免だね」

　なまじ悪意はないだけに、かえってお房の口は辛辣《しんらつ》きわまりない。

「男ぶりなら、伍一さんも悪かないわ。ちょいと頼りなくも見えるけど」

「伍一はからきし意気地がなくってねえ。年はたいして違わないのに、兄弟子の音助に頭が上がらないのさ。万一、跡目を任されでもしたら、音助の顔色をうかがっておたおたするのが関の山さ」

「でも伍一さんは、腕はよくってよ。いかにも玄人《くろうと》受けしそうな意匠にも才があるわ」

「いまはそういう話じゃないんだよ」

　お房にあっさり一蹴《いっしゅう》され、お凜が口をつぐむ。

「伊達《だて》っぷりなら、音助さんがいちばんね。あの負けん気の強さも、あたしはけっこう嫌いじゃないわ」

「ちょいと短気なところはあるが、あれで案外目端がきくしね。椋屋の五代目なら、そういうところも肝心さね。けど商売のことを考えるなら、留五郎がいちばんかもしれないね。お得意様の好みに合うものを拵える、腕と気働きがあるからね」

「新しくきた人はどうなの？　さっき細工場の外でちらりと見たけれど、男っぷりは悪くないわね」

「正直、あたしゃ好かないね。ぼんやりな男でさ、こっちがいくら世話を焼いても、礼のひとつも言いやしない。なんだかばかにされてるようで、癇《かん》にさわって仕方がないんだ」

　職人たちは、母屋《もや》をはさんで細工場とは反対側にある離れで寝起きし、飯は母屋の広い台所でとる。いかにも手前味噌《みそ》な口ぶりでお房は言ったが、賄《まかな》いや身のまわりの世話を仕切っているのは、古参の女中頭、お清《きよ》だった。生来のんき者のお房には、繁多な用事を一時《いちどき》にすすめる芸当ができないのである。

「でもどうやらお凛は、あの時蔵って男を、えらく気にいったようだがね」

「まあ、そうなの、お凛ちゃん？」

「あたしはあの人の、めずらしい細工が気になるだけよ」

くるりと背を向けて、お凜は長火鉢から鉄瓶をとりあげた。手にした鉄瓶さながらに、頬がかっかとしている。悟られぬよう祈りながら、急須《きゅうす》に湯を注いだ。

「やれやれ、また細工かい」

「だって姉ちゃん、あんな細工、この江戸じゃあどこにもないわ」

たちまち目つきのかわった妹を見やり、お房は大げさなため息をついた。

「きいたかい、お千賀ちゃん。この子相手じゃ、ちっとも色気のある話にならないんだ。いい年頃の娘がさ、口をひらけば細工、細工。張り合いがないったらありゃあしない」

「それはおたがいさまだわよ。どうして他愛《たわい》のない話にばかり精が出るものか、あたしにはちっともわかりゃしないわ」

亭主の四十九日も過ぎぬというのに、色恋や噂話《うわさばなし》となると米粒を見つけた雀《すずめ》のようにたちまちつつき出す。この図太いまでの女らしさには、いつだってお凜は感心させられる。

「ほんとにおまえは死んだおっかさんに、骨の髄まで似ているねえ」

いやいやをするように、お房は首を何度もふった。

姉妹の父、三代目長兵衛は、無口で頑固。絵にかいたような職人気質《かたぎ》で、椋屋のような大所帯にいるよりむしろ、ひとりでこつこつ仕事をするのが似合いのような男であった。

二代目がわざわざそんな長兵衛を跡目に据えたのは、実の娘であるお美和《みわ》の、気働きのよさを見込んでのことだ。お美和と添わせれば、長兵衛は心おきなく細工だけに打ちこむことができる。代々の親方の女房はみな、そのようにして椋屋を守ってきたが、なかでもお美和は、利発な上に動くことを苦にせぬ働き者で、その裁量の腕前は椋屋のすみずみまで行きわたった。

そんなお美和の唯一《ゆいいつ》の気がかりは、跡取り娘のお房が、まったくたよりにならぬことだった。朗らかでこだわりのない気性は、ふつうに縁づき母親になるには、なんのさわりもなかったが、こと椋屋の内儀《ないぎ》となると話は別だ。お美和はあたりまえのように、小さい時分からお房を仕込もうと試みたが、当のお房には才もやる気もまるで見えなかった。根を詰めて教えても覚えはすこぶる悪く、きつく叱《しか》ろうものならすぐに涙をこぼし女中の膝《ひざ》へと逃げてゆく。

「お房ばかりは、どうしようもない。あれなら小さいお凜のほうが、よほどましというものだ。順をたがえて生まれてくれたら、なんの手間もかからなかったものを」

ため息をつきつき、長兵衛にこぼしていたものだ。

幸い長兵衛が推した宇一は、そんなお房にはうってつけだった。もっとも長兵衛が兄弟子を尻目《しりめ》に宇一をのぞんだのは、お房との釣合を慮《おもんぱか》ったのでなしに、頑固な職人らしく、ただそのからくり簪《かんざし》の腕に惚《ほ》れ込んでのことである。

「宇一なら、あたしも申し分ない。お房の婿には、ねがったりかなったりだ」

お美和はひとまず、胸をなでおろした。大方の職人がそうであるように、決して弁が立つとは言えないが、長兵衛にくらべれば挨拶《あいさつ》まわりなぞも無難にこなし、まじめで人あたりのやわらかい気質《たち》も、お美和の気にいるところだった。

ふたりの祝言《しゅうげん》から二年後の晩秋、長兵衛は朝の井戸端でたおれ、そのまま帰らぬ人となった。長兵衛の初七日があけ、宇一が跡目を継ぐと、まもなくお美和は腹をくくらざるをえなくなった。やはり宇一ひとりに負わせるには、椋屋の屋台は重すぎるのだ。お美和のからだがきくうちはいいとして、先々のこともある。

お凜に白羽の矢が立ったのはこのころだ。お美和はあてにならぬお房にかわり、十になったばかりのお凜を仕込むようになった。仕入れ、勘定、得意先への挨拶まわり、同業の錺師《かざりし》仲間や、蒔絵《まきえ》師《し》、象嵌師《ぞうがんし》など、商いにかかわる職人たちとのつきあい、内外の弟子たちへの心配り。

お美和はまるで先をいそぐかのように、びしびしとお凜を仕込んだ。お凜も懸命についていった。お美和は厳しい師匠ではあったが、並みの女より性根はすわっていた。間違いをやらかしても、その日の気分で叱りつけるようなことは決してなかった。

お美和が他界したのは、一昨年の二月のことだ。

ふとした風邪が長びいて、肺腑《はいふ》をやられたのである。亭主の死後、四年のあいだ椋屋の内をとり仕切っていたお美和は、いよいよからだがいけないとわかると、

「お房はあのとおり、気はきかない分おおらかだ。おまえを邪魔にはしないだろうから、四代目さえ許せば、あとはおまえの好きにしていい」

と、後事をお凜に託して逝《い》った。

お千賀を見送ったその足で細工場へもどると、ちょうど戸口から留五郎が出てきた。どうやら一服つけにきたようで、外に据えられた縁台に腰をおろす。

「二月にはいれば、おっかさんの三回忌ももうすぐだわね」

「そうでしたね。先代の四十九日がすぎたら、すぐに段取りをつけやしょう」

「なんでもかんでも留さんまかせで、本当に心苦しいのだけれど……」

「あの小さかったお凜ちゃんにそんな心遣いをされるとは、こっちが年をとるはずだ」

胡麻塩《ごましお》の無精髭《ぶしょうひげ》をなでながら、留五郎は黄ばんだ歯をみせた。

「ただでさえ忙しいってのに、細工場はこんなだし……」

と、お凜は、細工机のならんだ座敷をじろりと見わたした。一見職人たちは、常のとおりもくもくと仕事に励んでいるように見える。だがその実、どこかうわっ調子で尻のおちつかぬようすが、ここになれ親しんだお凜には手にとるようにわかる。

「これじゃあ、いい仕事なんてできっこないわ」

「もうちっとすりゃあ、嫌でも性根が入りやすよ」

自信たっぷりに留五郎は、細工場内の戸口近くを顎《あご》でしゃくった。長いからだを机にかぶせるようにして、時蔵が手指を動かしている。

「あいつの細工がね、形を成してきたんでさあ」

時蔵は彫りも打ちも、いまだにやろうとしなかった。銀線を拵《こしら》えおえた時蔵は、『平戸』にとりかかった。縒《よ》った銀線の先を小さくくるりと丸め、これを芯《しん》に渦を描くように銀線を巻いてゆき、外枠でかこって形をととのえる。これが『平戸』だった。

「あんな線細工は、はじめて見るわ。銀唐草とでも言えばいいかしら」

線細工なら、椋屋にも相応の技はある。だが時蔵が平戸と称する線細工には、必ず二本ないし三本を合わせた縒線を用いるという特徴があった。これを寸分の狂いもなく巻き上げて、花びらや柳の葉、蝶《ちょう》の羽、魚の鱗《うろこ》と、どんなものでも作りあげる。編まれた縒線が織りなす繊細な紋様が、唐草に似ているようにお凜には思えたのだ。

「場所替えは、すこしは効き目があって？」

「いく分ましってほどのもんでしょうね」

留五郎が、にやりとする。時蔵の机は、もとは音助や伍一の傍に据えてあったが、あまりの悶着《もんちゃく》の多さにたまりかね、小僧をおえた駆出し職人のならびに移されたのだ。

「時蔵さんがきてからこっち、気の休まる暇《いとま》がないわ。あの人はどうしてああも、こちらの気を逆なでする才覚に恵まれているのかしら」

時蔵はいつまでたっても、まわりに馴染《なじ》もうとしない。それは頑《かたく》なというよりも、椋屋そのものが相手にならぬと言いたげな、傲岸不遜《ごうがんふそん》なものを感じさせた。

「面倒はたしかだが、でもね、あいつのおかげではっきり判《わか》ったことがある。あっしはもう、職人として枯れちまってるんだなってね、それがよく判ったよ」

留五郎は煙管《きせる》の吸口を袂《たもと》できゅっとひと拭《ふ》きし、刻みを詰めて火をつけた。

「時蔵のことが癪《しゃく》にさわるのは、若い連中の焼《や》き餅《もち》でさあ」

お凜はぎくりとなった。己の嫌な性分を、目の前に広げられでもしたようだ。

「平戸はたしかにめずらしい。どうやら腕もありそうだ。だがね、新しい細工と技なら、精進しだいでどうにかならあ。若い衆が恐れているのは、あいつの天分だ」

「細工も仕上がらないうちに、どんな天分がわかるというの？」

「あいつには、迷いがねえ」

留五郎がふうっと煙をはいて、それまで匂《にお》っていた梅の香がきえた。

「錺職《かざりしょく》に限ったことじゃねえ。迷いのねえ奴《やつ》には、なにをやったってかないっこねえ」

松の根方に這《は》いつくばって一心に苔《こけ》を見詰めていた姿が、お凜の胸によみがえった。

「なみの職人なら決してしねえことを、平気の平左でやってのける。あれがいい証《あかし》だよ」

「あの人が、技を見せびらかすことね？」

留五郎はうなずいた。苦労して身につけた技は、職人にとっては命より大事な宝となる。技や工夫はもちろん、道具さえひたかくしにかくす職人もめずらしくはない。

「彫りでも打ちでもねえ、あいつだけの目新しい技だ。ところが時蔵は、それさえ頓《とん》着《ちゃく》しねえ。盗めるものなら盗んでみやがれと、言わんばかりだ」

「そうね……肝が太いのか面《つら》の皮が厚いのか、それが皆の癪にさわるんでしょうね。とはいえ、どこぞの親方の世話にならないことには、細工もままならないでしょうし」

ひとり細工が似合いの性分に思えるが、あれではとても商売なぞできぬだろうし、なにより金銀はお上の目がうるさい。伝手《つて》がなければ板金《いたがね》を仕入れることさえひと苦労だ。

「他人《ひと》の才をまのあたりにすれば妬《ねた》み嫉《そね》みはもっともだが、ああも憎むのは尋常じゃねえ。玄人がそれをやっちゃあ、お仕舞《しめ》えだからな。憎む暇があったら、やっきになっててめえを鍛えるのが先だ。音助や伍一も、性根をすえれば時蔵の工夫を会得《えとく》することはできまさあ。ただね、あの小面憎いほどの自惚《うぬぼ》れだけは、真似《まね》のしようがねえ」

若い連中が腕を上げたいとやっきになるのは、いつかまわりや世間に認めてもらいたいと功をあせる気持ちからだ。ところが時蔵にはそれがない。時蔵が見ているのは己の細工と、その先にあるものだけだ。たとえ世の中の一切を敵にまわしても、時蔵はああして細工だけを見ていられる。留五郎は、そう判じた。

縁台の尻に叩《たた》かれた、煙管の銀が鳴った。火皿に蟹《かに》、吸口に波の紋様が浮き彫りにされたその品は、お凜の父の三代目が留五郎に与えたものだ。長く傍に仕えてくれた弟子への礼と、跡目にはできなかった罪ほろぼしの、その両方の気持ちがこもったものだろう。

留五郎はこれまで、どんな気持ちでこの煙管を吸い続けてきたのだろうか。

「あいつをやっかむよりも、どんな代物《しろもの》ができあがるのか、そいつを待ちかねるようじゃあ、もういけねえ。それにね、お凜ちゃん、奴に引きずられて他の職人たちがどこまでのびるか、三年先が楽しみだ。あいつを連れてきたのは、間違いじゃあなかった。いまさらながら、四代の深い心算には感服しまさあ」

屈託のない笑顔だった。ここからは見えぬ庭の白梅の香が、また漂ってきた。

三

留五郎の見込みとは裏腹に、時蔵の細工ははかどらなかった。

四代宇一の四十九日の法要が営まれ、お美和の三回忌がすぎても、なかなか姿をあらわさない。いい加減のところにくると、時蔵が細工を潰《つぶ》してしまうからだ。

「子供の泥饅頭《どろまんじゆう》じゃあねえんだぞ」

音助の嫌味もどこふく風で、時蔵は作っては壊しをくりかえした。金ほどではないにせよ、銀も立派な贅沢品《ぜいたくひん》だ。ひとかけらでも無駄にはできず、切り屑《くず》もやすり屑もより分けてためておく。火で溶かし固め金槌《かなづち》で伸ばす「吹延《ふきのべ》」を行ってからまた使うのだ。量があれば生駒屋にひきとってもらい、生駒屋から地金屋にまわされるのだが、厄介なのは銀鑞《ぎんろう》だった。

銀鑞は、銀や銅を張り合わせるときに、いわば糊《のり》の役目をするものだ。銀に銅と鉛を混ぜたもので、同じように金なら金鑞が、真鍮《しんちゆう》なら真鍮鑞が使われる。銀鑞がついてしまえば、それは純銀の価《あたい》をなくす。地金屋にひきとってもらうにも、がっくりと値がおちる。たまりかねたのは、帳場をあずかるお凜だった。

「いくらなんでも、度が過ぎるってもんだわ。まるで紙屑のように銀を使われちゃあ、こっちがたまらないわ！」

人目がないのをいいことに、お凜はやぶからぼうに怒鳴りつけた。

椋屋の敷地の裏手にあたる、堀端だった。また細工を潰したときかされて、今日こそは灸《きゆう》を据えてやらねばと、いさんで作業場にのり込むと時蔵の姿がない。四《し》半刻《はんとき》すぎても戻らぬことに、いっそう腹立たしさをあおられて、蔵から離れまで探し歩き、ようやく裏手にある堀端に行きあたった。三丁ほど東でどん詰まりになっている狭い堀には、いまは舟の姿もなく、表通りの喧騒《けんそう》が嘘《うそ》のように静かだった。

「作るのはいつも同じ形ばかり。同じ意匠のものを、何度も拵《こしら》えなおしてるってことでしょう？　いっぱしの職人なら、絵図を引いたときに仕舞いまで段取りをつけるものだわ」

　お凜の声などまるで耳に入らぬように、まったりと淀《よど》んだ水面をながめていた時蔵が、

「もう少しだ」と、低く呟《つぶや》いた。

「え？」

「もう少したてば、いまほど潰さずにすむようになる」

　己の右の手指を、左手でこすった。

「こんなに長《なげ》えこと使わなかったのは、初めてだからな」

　お凜は、ようやく気がついた。時蔵は五十日の手鎖で、指の勘が鈍っていたのだ。接合《つなぎ》の具合に納得がゆかないということは、鈍っているのは指ばかりではないのだろう。

　すっかり勢いをなくしたお凜のかたわらを、何事もなかったかのように時蔵がとお

りすぎる。その足音がっと止まり、ふいに背中で時蔵が言った。

「ここいらに、陽の沈む海はねえか」

「え？」

「海に陽の沈む景色が、見えるところはねえかときいてんだ」

「陽が沈む？　そんなの、見たことがないわ。だってお日様は、海から上るものでしよう？」

「……そうか」

　声をかけるまもなく、時蔵は歩み去った。

　堀から冷たい風がのぼってくる。日はすでに、落ちはじめていた。苦いような酸《す》いようなものが、冷えてきたお凜のからだの内に広がっていった。

「さすが親方、きれいな仕上がりだわ」

　小窓の光に透かすようにかかげ、道具に穿《うが》たれた穴を、お凜は指の腹でなでた。

　時蔵が持っているのとほぼ同じ線引きは、馴染《なじ》みの道具鍛冶《かじ》にたのみ内緒で作らせたものだった。お凜は、母屋《もや》の二階の北側にある納戸《なんど》にいた。両袖《りょうそで》に長持や行李《こうり》がつみ重なったせまい板間の奥に、小さな机が据えてある。

さっそく新しい道具を、床《とこ》と呼ばれる切株台にのせ、たすきがけになり着物の裾《すそ》を端折《はしょ》った。まるで田舎出の女のような格好だが、ここにはお房とお清のほかは誰もはいってこないから気にもならない。あらかじめ先をヤスリがけした銀線を穴に入れ、時蔵がやっていたように閻魔《えんま》で引っ張った。鉄板と線がこすれ、しゅるしゅると高い音がする。線引きなら、お凜も何度もやっている。こつはつかんでいるつもりだった。

三、四度もくり返し、

「あっ！」

引いた銀線が、ぶつりと切れた。尾を失った線がはね、お凜の鼻頭をたたき、ちり、と痛みがはしる。切れた銀線はかなりの細さになっているものの、線引きにはまだ入れるべき穴がいくつも残っている。

「もっと力を加減しなけりゃいけないんだわ」

そこから先は、いく度《たび》試しても、銀は糸みみずの如《ごと》くぶつぶつと切れた。せまい納戸の中で、お凜は額に玉の汗をうかべていた。手の中で、閻魔がすべる。針金は中途で千切れ、時蔵のような何尺もの長さの線にどうしてもならない。親方がいれば、うまくゆくまでひと月だって線引きをさせられるところだが、あいにくとここには師匠はいない。

お凜は線引きをひとまずそこであきらめて、今度は縒線《よりせん》を拵えてみた。

「これじゃあとても、銀唐草になぞならないわ」

あちこちに瘤《こぶ》ができ、まるで瀕死《ひんし》の蛇のようにのたうつ銀をながめ、お凜は深いため息をついた。時蔵は淀みなくこなしていただけに、見るとやるとでは大違いだ。

お凜は机につっ伏した。

「おっかさんや義兄《にい》さんがいれば、少しは助けてもらえたかしら……」

浮かんだふたつの顔が、水に映った影のように、頭の中でぼんやり揺れた。

「ふたりとも、どうして死んじまったの……」

お凜の細工の師匠は、亡《な》くなった母親と義兄《あに》だった。

女は錺師《かざりし》にはなれぬ――。

それは世間では、ごくあたりまえのことだった。

お凜は八つのとき、生まれてはじめて父に叩《たた》かれた。

「ここには入っちゃならねえと、あれほど言っておいただろう！」

細工場裏の蔵だった。金銀の板金《いたがね》に、代々の職人が残した細工、意匠を描いた帳面なぞがあり、親方である父と板金を賄《まかな》う母以外、古参の弟子さえも出入りは禁じられていた。

父がいっとき蔵をはなれたすきに、お凜は細くあいていた扉の隙間《すきま》から中へはいった。

なにを思ってそうしたのか、お凜は覚えていない。ただ、薄暗い蔵の中にただよう密《ひそ》やかな匂《にお》いだけは、いまでも鼻の奥に残っている。入ってすぐの板間には、行李や棚がならべてあるだけだったが、そこから梯子《はしご》がのびていた。天窓からななめに射《さ》した光に招かれるように、お凜は梯子をのぼっていた。

上は六畳にも満たない広さの板間で、机がふたつおかれている。父の細工部屋だと、そのとき初めて知った。ここは代々の春仙が、凝った細工をしたり新しい意匠や工夫を考えたりするための間《ま》で、長兵衛は二代目からゆずりうけ、父の亡きあとは宇一が主《あるじ》となった。

父の仕事机の上でなにかが光り、たちまちお凜の目をひいた。金で拵えた稲穂に菊の花、数個の俵に一匹の鼠《ねずみ》。簪《かんざし》に組まれるばかりになっていた、小さな細工の群だった。

かわいらしく丁寧なつくりは、高価な雛飾《ひなかざ》りの道具のようで、お凜はすっかりうれしくなった。細工場では決して、手も口も出してはいけない。きつく戒められていたことも忘れ、夢中で細工を組みあげた。稲穂を俵の下にしき、また上にのせ、鼠を菊のわきにおき、首をひねってから場所をうつした。どのくらいそうしていたものか、

「なにをしてるんだ」

父親のものとは到底思えぬ、薄気味の悪い声を背にきいた。ふり向いたとたん、頬を張られていた。お凜の大きな泣き声がとどいたらしく、母親があわてて蔵に駆けつけた。

「お凜、おとっつぁんにあやまりな。蔵へは入るなと、あれほど言っておいただろ。まして細工にさわるなんぞ、ぶたれても仕方のないことをしたんだよ」

泣いてすがりつく小さなからだを抱きとめて、お美和はかんで含めるように娘をさとした。張りついた涙でつっ張った顔をあげ、

「ごめんなさい……もう決して蔵へは入りません。細工にもさわりません……だから……」

――これまでどおり、細工場への出入りだけは許してください

仕舞いの言葉は、恐《こわ》くて言えなかった。お凜の目からまた、迸《ほとばし》るように涙があふれた。

「おまえさん、堪忍《かんにん》してあげてもらえませんか。この子が泣くなぞ、よほどのことだ。

物心ついてからは、親のあたしでさえ泣き顔を思い出せないほどだもの」

父はやがてお凛に言った。

「お凛、おめえ、細工は好きか」

いつもの父の声だった。お凛はおそるおそる顔をあげた。長兵衛はもう、怒っていなかった。ちょん、と頬をおすと、たちまち破顔するか、あるいは憤怒《ふんぬ》に染まりそうな、どっちつかずの中途はんぱな表情で、机上を見詰めていた。

「……はい……凛は、細工が好きです」

「てめえで拵えてみてえと、思ったことはあるか」

しゃくり上げながら、小さくうなずいた。

「……凛も細工がしたい。簪を拵えたい。おとっつぁんみたく、職人になりたい」

涙だか鼻水だかが喉《のど》の奥にからまっていたが、それを無理にこじあけて、お凛ははっきりと返した。

「そうか……」

「おまえさん、なにを……」

お美和は怪訝《けげん》な顔を亭主にむけた。長兵衛はやはり、細工に目を落としている。

「おれは鼠を、俵の上にのせるつもりだったんだ」

毒気を抜かれた、ぼんやりとした呟きだった。お美和は机の上をのぞき込み、はっと目を見張った。右袖に稲穂と菊、それはいい。肝心の鼠は、山形に積まれた俵のまん中から、ちょこんと顔をのぞかせていた。

「これはおまえが組んだのかい？」

また叱《しか》られるものと思い、お凜の顔がふたたび歪《ゆが》んだ。

「ああ、ああ、もう泣くのはおよし。目が涙でとけちまうよ。ほら、おとっつぁんにちゃんとお言い」

「……そのほうが……ね、鼠が……かわいいと……思って……」

「たしかにな、そのとおりかもしれねえ」

長兵衛は顎《あご》をなで苦笑いしたが、お凜は母の膝《ひざ》につっ伏して、あとはひたすら泣きつづけた。これでいよいよ細工場への出入りは禁じられる、そう思うと涙がとまらなかった。

長兵衛は蔵への出入りは固く戒めたものの、細工場へはこれまでどおり通ってもよいと言いわたした。

それから半月ばかりが過ぎたころ、お美和はお凜を、二階の納戸へと連れていった。

「お凜、今日からここで修行をおし」

納戸の奥に机が据えられ、鏨株《たがねかぶ》やヤスリ、木槌《きづち》や金槌がのっていた。

「これ、あたしの細工机？　ここで細工をしてもいいの？」

母親がうなずくと、お凜は鏨株を手にとった。鉄のひんやりとした冷たさと重みが、手のくぼみから伝わってくる。目を輝かせ道具をひとつずつなでる娘に、お美和は言った。

「おまえ、本当に細工がしたいのかい？」

「うん、凜は細工がしたい」

「女は職人にはなれないんだ。いくらおまえが好きでも、おとっつぁんの後は継げないし、細工場で皆と仕事をすることもない。それでもいいんだね」

この数日、くどいほど何度も念を押されたことだった。

「凜は細工さえできればそれでいい。簪や櫛《くし》を拵えたい」

「拵えて、凜の頭に飾るのかい？」

「ううん、お千賀ちゃんに作ってあげるの」

お美和は一瞬、目を見張り、それからやさしく訊《たず》ねた。

「お千賀ちゃんを、元気づけてあげたいんだね」

お凜は、こっくりとうなずいた。

「おばさんが床についてから、お千賀ちゃんはずっと泣いてばかりだもの。お千賀ちゃんはきれいな櫛や簪が好きだから、拵えてあげたら喜ぶと思うの」

そうかい、とお美和は娘の頭をなでた。

「でもね、お凜、まともな簪を作れるようになるまでは、何年もかかるんだ。細工場に入りびたっていたおまえならわかるはずだ。そうだろう？」

「うん、太市《たいっ》ちゃんも和助《わすけ》の兄ちゃんも、うちへきて一年経《た》つけど、道具にもさわらせてもらえないって言ってた」

お凜は少し考えてから、もっとも年の近いふたりの小僧の名を出した。

「そうさ。あのふたりはもう一年はあのままさ。それが修行ってもんなんだ。太市も和助もいろんなことを堪《こら》えて、ここで踏ん張っているんだ。なのに女のおまえが細工をやっていると知ったら、ふたりはどう思うね？」

「……きっと、ずるしてるって言われる。おっかさん、凜が細工をするのは狡《ずる》いことなの？」

「いまはそうだね」

と、お美和は、職人の女房らしいすっぱりとした口調で断じた。

「お凜、おまえは姉ちゃんみたいな跡取り娘じゃないけれど、それでもやっぱり椋屋の娘だ。おまえが細工を覚えることは、椋屋のためになるかもしれないと、おとっつぁんとおっかさんはそう考えた。和助や太市や、ほかの職人衆にすまないと思うなら、そのぶん一所懸命励むことだ。いつかおまえの腕があがったときに、おまえにしかできないことがきっとある。それができれば、ずるも帳消しだ。そうお思い」

ずるでもいいからやはり細工がしたい。神妙にうなずきながら、お凜は内心そう思った。

「だからね、お凜、このことは誰にも内緒だ。お千賀ちゃんにも、決して言っちゃならない。わかるね、お凜」

お凜はこの言いつけを、決して違《たが》えぬと母にちかった。約束を破れば、どんな玩具《おもちゃ》より晴着より欲しかった、せっかくの細工机がとり払われてしまう。

両親のあいだで本当はどういう話がなされたのか、お凜が知らされたのはずっと先のことだった。

お凜に細工のいろはを教え込んだのは母だった。

「門前の小僧なんとやらでね、道具を持ったことはなくとも、もう二十年も職人衆をながめてるんだ。おまえの修行のすすみ具合を計るくらいは、あたしにだってできるさ」
お凜の懸念《けねん》とはうらはらに、母の仕込みの段取りは淀《よど》みがなかった。仕込むといっても、お美和は五日に一度ほど納戸《なんど》に顔をだし、出来ばえを見てよしあしを判じ、また次の指図をするだけだ。こまかな技はすべて、細工場にいる職人たちから学んだものだった。

——おまえの修行のすすみ具合を計るくらいはできる

お美和の言葉どおり、技は教わるものではなく、見て盗むものだ。細工場に出入りしていたお凜にとって、それはしごくあたりまえのことだった。

毎日お凜は朝から細工場に詰めて、じっと職人衆の仕事をながめ、昼餉《ひるげ》がおわると母屋《もや》の納戸にこもった。まもなく一日中姿の見えない妹を不審に思ったお房や、女中頭のお清にも、打ち明けねばならなくなった。おしゃべりなお房がこのことだけは口外せずにいたのには、母の戒めだけではなしに、こんな変わり者だと世間に知れたら、妹を嫁にしようという男なぞひとりもいなくなるに違いないと、そう信じていたからだ。

お凜がもうすぐ十一歳になろうというときに、父の長兵衛が亡くなった。

お凜は父が四十六の歳《とし》に生まれた娘で、とんだ恥かきっ子で、と長兵衛は苦笑いをしながらも、やはり遅くに授かったぶん甘くなったようで、せがまれるままに細工場への出入りを許したのも、そのあらわれだった。

お凜もたいそう心細く思えたが、細工修行のほうは父の死後もなんら変わることはなかった。お凜の簪がはじめて形を成したのは、十四の夏のことだった。

「これは、なんの葉っぱだい？」

「莢豌豆《さやえんどう》よ」

「花籠《はなかご》ならぬ、野菜籠とはね」と、お美和は、くくっと笑った。

大きな八手《やつで》の葉の上に籠をのせ、なかに莢豌豆と茄子《なす》と蕪《かぶ》を入れた。籠の片端にとまった銀の椋鳥《むくどり》が、どれからついばもうかと思案するように首をかしげている。

「へんかしら……」

「さあてね、おまえの師匠がなんと言うか」

「師匠って、おっかさんのことじゃないの？」

「ちょいとお待ち、いまなら母屋にいるはずだ」

と、お美和はいったん中座して、待つほどもなく、階段を上がるふたり分の足音がした。

母親と一緒に入ってきたのは、四代春仙となっていた宇一だった。にわかにあわて出したお凜の前で、宇一は手にとった簪をしげしげとながめた。

「籠は打ちで拵《こしら》えるより、透かしにするか線細工にした方がよかろうな」

お凜のからだが、かっと火照《ほて》った。

「……そう思ったのだけれど……どちらもうまくできなくて……」

板金を模様に切り抜く透かし彫はむずかしい技であり、線細工もうまくゆかなかった。とにかく早く仕上げてみたくて、いまできる技でごまかそうとしたのである。それをすっかり見抜かれて、脇《わき》の下がじっとりと冷えた。恥ずかしいのは、そればかりではない。

「この意匠は……」

「すみません！　四代目の作から拝借しました！」

たまらずお凜は、宇一の言葉をさえぎっていた。

「野菜籠は、四代目の花籠から思いつきました。その鳥の姿も……そっくり真似《まね》ました！」

宇一とお美和は、ぽかんとお凜を見詰めている。ふたりはどれほど呆《あき》れていることか、お凜はたまらず顔をふせた。母よりほかにだれに見せることもない習作だと、浅い心づもりから他人の意匠を気やすく借りたのである。

「真似は別段、悪いことではないよ。技も意匠も、人の真似からはじまる。おれのからくり簪だって、どこぞの職人が編み出したものだ。見よう見まねで拵えながら技を身につけ、それからだんだんに己で工夫するようになった」

おだやかな声が、頭を上げるよう促した。

「それにこの意匠は、おれのものにはたいして似ちゃいないようだ。野菜籠なぞ、おれには思いもよらないからな」

宇一はさらに、こまかな技の不出来を示し、次からは直《じか》に自分に見せるよう言いそえた。

「やれやれ、これでやっと肩の荷がおろせそうだ。たのみますよ、四代目」

お美和は、娘婿《むすめむこ》に頭を下げた。

「本当はね、おとっつぁんが生きてたころは、おまえの修行の段取りは、おとっつぁんがしてなすったんだ」

「おとっつぁんが?」

「そうさ、おまえにはえらそうに言ったけど、あたしは職人じゃあないからね。細工のことなんぞ、まるで素人《しろうと》さ。次になにをさせるか、おとっつぁんにうかがいを立ててね」

いわば父とお凜のあいだの使い走りのようなものだった、とお美和は笑った。

「そうだったの……おとっつぁんが……」

いくらお凜に甘くとも、しょせんは頑固で気むずかしい職人気質《かたぎ》である。べたべたと猫かわいがりするようなこともなく、むしろむっとしている顔のほうが多かった。

「でも、どうして？　どうしておとっつぁんは、そこまでして……みんなに内緒にしてまで、あたしを仕込もうとしなすったの？」

それは長いあいだお凜の胸の片隅に、呑《の》み込みそこねた小骨のようにひっかかっていた。

子供のころは、好きな人形でままごとをするようにただ夢中だったのが、長じるにつけ先のことを考えるようになった。遅くさずかった愛娘《まなむすめ》への、たんなる甘やかしにしては念が入りすぎている。

「女は職人にはなれない――。こうやって精進しても、技が日の目を見ることもない。そりゃああたしは好きでやってることだもの、なんの不満もないけれど」

甲斐《かい》のないことを続けさせる、納得ずくのわけは浮かばなかった。

「三代目はな、おまえには意匠の才があると、そう思っていなすったんだ」

こたえたのは、宇一だった。

「お凜には新しい工夫の才がある。職人は無理でも、意匠を編み出すというなら女にもできるんじゃないかと、先代はそう考えていなすったんだ」

「意匠……」

それはまさに、目から鱗《うろこ》だった。

「いくら意匠を思案できても、技をまるで知らぬようでは、それは素人の思いつきに過ぎぬ。だから三代目は、おまえに技のいろはを仕込んでみることにしたんだ」

あまりの頑張りに、技のいろははとうに越えちまったがね、とお美和が苦笑する。

「蔵でおとっつぁんの細工にさわり、ぶたれたときのことを覚えているだろう？　あのときの簪《かんざし》はね、おまえが組んだとおりの、あの意匠のまま納められた。得意先でもたいそう喜ばれてね、ことに俵から頭を出した鼠《ねずみ》に愛嬌《あいきょう》があるとほめられて、それでおとっつぁんも、やらせてみようかと、そんな気を起こしちまったんだよ」

お凜にとっては、苦い思い出のはずだった。だが時を経るごとに、炙《あぶ》った海水から塩の欠片《かけら》がとり出されるように、よけいなものが削《そ》ぎ落とされて、きらきらとした断片だけがのこっている。

それは憤怒《ふんぬ》に駆られた父親でも、ぶたれた頬の痛みでもなく、薄暗い蔵に暖かな光をはなっていた金の細工だった。思えば父が精魂こめて拵《こしら》えたあの花や鼠こそが、己をここまで導いてくれたのかもしれぬ。

「本当は細工場の切り盛りまで、させるつもりはなかったんだ。だけどおとっつぁんがあんなに急に逝《い》っちまったもんだから、あたしもいつまで元気でいられるものかと、つい先が案じられてね。人ってのは、いつなんどき迂闊《うかつ》な目にあうとも限らないからね」

と、それまでにこやかだったお美和の顔に、ふうっと翳《かげ》りがさした。誰よりもぴんしゃんとした母である。取り越し苦労だと、お凜は笑った。まさかその翌年に、この元気な母が身罷《みまか》るなどとは、夢にも思っていなかった。

「おまえひとりに苦労を押しつけるつもりはないよ。大内儀《おおおかみ》もこのとおり達者だし、私も及ばずながら力になる」と、宇一も言い添えた。

この納戸に膝《ひざ》をならべ、笑顔でうなずき合っていたふたりの姿がまぶたの裏でゆれた。

ぽとりと落ちた雫《しずく》は、瘤《こぶ》だらけのいびつな銀線にあたり四方にはじけた。

四

その年の五月の末は、暑い盛りとなった。

生駒屋の奥座敷で、お凛《りん》は小僧の直吉に持たせてきた風呂敷《ふろしき》包みをひらいた。なかには桐箱《きりばこ》の山があり、長細い箱には簪《かんざし》や煙管《きせる》が、小さく平たい箱には櫛《くし》が入っている。先代宇一亡《な》きあと、お凛はこうして月に一、二度、生駒屋へ品納めにかよっていた。

お凛はなかのひとつ、厚みのある長い箱を広左衛門にさし出した。

「こいつは……！」

蓋《ふた》をあけた広左衛門が、言葉を失った。繁々《しげしげ》とあらためてから、くるんであった布ごと両手で注意ぶかくもちあげ、目の高さにかざした。

「ううむ、これほどの腕とはな……。店を継いで三十年になるが、ここまで細かな細工には、お目にかかったことがないね。それにどうだい、この二匹の蛇の姿といったら」

その大ぶりの銀簪は、時蔵が椋屋《むくや》で初めて仕上げたものだった。

大きな玉を守るようにからみつく一匹の細い蛇と、それを下からねらう大蛇。大蛇の尾は、簪の片足にうねうねと這《は》っている。にらみ合う二匹の蛇も巻きついた玉も、時蔵が言うところの『平戸《ひらど》』で組まれていた。

「こいつはいったん捕われると、なかなか目がはなれないね」

どんなきらびやかな細工の中でも、この簪にはいっとう先に目がすいよせられる。まずその妖《あや》しい意匠に呑《の》みこまれ、計算のゆきとどいた図柄に唸《うな》り、最後に繊細な技にあらためて舌を巻く。

「この玉がまた、凝っているじゃないか。ほら、小さな模様が散らばっているだろ。まるで日を受けて、玉が光っているようだ」

道具道楽は伊達《だて》ではなく、よくよく目を凝らさなければ気のゆかぬ細部の意匠まで、広左衛門は見逃さなかった。優雅な網目をなした玉のところどころに米粒ほどのなにかが散って、ちょうどはじかれた光の粒のように見える。八つに割れた花のような形に、お凜は覚えがあった。時蔵を椋屋につれてくる道筋で、松の根方に張りついてながめていたあの苔《こけ》だった。日陰に生える苔を、あえて時蔵は光の粒に見立てたのである。

「あの人のどこにそれをつくる細やかさがあるものか、見当もつかないわ」

「ははは、時蔵は相変わらずかい」

「というより、ますます身勝手になるばかりで。その蛇の目を見てくださいな」

と、お凜は、緑色に光るものを示した。珊瑚《さんご》にとんぼ玉、さまざまな材をためした揚句、時蔵は玉《ぎょく》が欲しいと言い出した。玉は翡翠《ひすい》のことである。また手鎖になりたいのかと、どうにか諦《あきら》めさせて、結局、螺鈿《らでん》につかう夜光貝に落ちついた。

「おかげでずいぶん手間賃がかさんじまって、この簪にいったいいくらの値をつければいいものか……無駄にした材を合わせれば、相当な元手になるんですもの」

めずらしく愚痴をこぼすお凜を、広左衛門は、まあまあ、となだめた。

「これだけの細工なら、どんな値をふっかけても買手はつくだろうよ。そのあたりは、うちの伊左衛門がうまく計らってくれよう。それよりも気がかりなのは……」

と、廊下を派手にきしませる足音に、広左衛門がことばを切った。

「おとっつぁん、知っていて？　今年の明神さんの……あら、お凜ちゃん、来ていたの」

座敷にふみこんできたのは、お千賀だった。お凜の隣にいささか乱暴に尻を落とし、秋草の小紋の袖《そで》が畳にちった。季節の先取りは、お千賀にとっては息をするようにあたりまえのことだった。板廊下を鳴らすほどの剣幕に、なにごとかとお凜は訊《たず》ねた。

「ちょうどよかったわ、きいた？　明神さんのお祭りのこと」

「今年もそろそろ、話が出はじめるころだとは思っていたけど」

明神さんの祭りとは、神田祭のことだった。

山王祭とともにお上が上覧する天下祭で、本祭と陰祭が毎年交互に行われる。神田祭が本祭の年は、山王祭が陰祭となり、翌年はその逆になる。今年は神田祭の年で、九月十五日の本祭に向けて、白壁町でも来月あたり寄合がひらかれることになっていた。

「そうではなくて、祭りへのお触れが出たのよ」と、お千賀は口を尖《とが》らせた。

「町触れのことなら、あたしもいまさっき名主さんからきいたばかりだ。白壁町にも、いまごろ知らせが行ってるころかもしれないね」

お上からの町触れは、高札場に掲げられたり番屋にも張り出されたりするが、大事な知らせは町奉行から町年寄へ達せられ、さらに名主と差配を介して各屋に伝えられる。お千賀は行きつけの履物屋で、話を仕入れてきたようだ。

「今年の祭りでは、行灯《あんどん》も作り物もいけないっていうのよ。ひどい話でしょう？」

「一切合切を禁じられたわけじゃなかろう。目立つものはいけないって話だったよ」

「目立たぬ山車《だし》じゃあ、なんの甲斐《かい》もありゃしないわ。ああ、ああ、公方《くぼう》様が代わって少しは住みやすくなるかと思ったら、とんだ当てはずれだわ」

十一代将軍家斉《いえなり》が身罷《みまか》ったのは、この年の閏《うるう》一月晦日《みそか》のことである。将軍の座についた当初は、松平定信《まつだいらさだのぶ》を任じて寛政の改革を行わせたが、これが頓挫《とんざ》してからはいたって野放図な政《まつりごと》だった。おかげで文化文政は、下々がのびやかに暮らせる時代となって町人文化も花ひらいたが、さすがに在職五十年は長すぎた。四年前に将軍職を退いてからもその力は衰えず、亡くなったときには公儀も城下もやれやれといった感が強かった。十二代様のおてなみ拝見、とばかりに町人たちはその治世にいくらかの期待をもっていたのだが、とんだ伏兵が控えていたことに、ここへきてようやく気がついた。

老中首座、水野忠邦《みずのただくに》である。

天保《てんぽう》の改革は、半月前の五月十五日にはじまり、町人への最初の触書は七日後の二十二日に発布された。それでもこのころは、まだまだのんきなものだった。

「そんなにめくじら立てることもないんじゃない？　いつものように、七十五日もせぬうちに消えちまうかもしれないし」

お上からの町触れは、これまでにもたびたび出され、ことに奢侈《しゃし》への戒めは多かった。

「人の噂《うわさ》は七十五日もちますが、お上の触れは、それより早く骨なしになりますね」

と、言ったのは、椋屋の女中頭、お清である。

お触れが有名無実になるのは毎度のことで、よほど目にあまるか運が悪くないかぎり、時蔵のように咎《とが》をうけることはむしろまれだった。

「でも、祭りの寄合はもう目の前だもの。きっとお触れにかこつけて、勢いを削《そ》いじまおうって旦那衆《だんなしゅう》も多いはずよ。うちの誰かさんみたくね」

「白壁町《うち》と違って、南伝馬町は毎年のことだもの。愚痴のひとつも出ようってもんだわ」

椋屋のある白壁町がかかわるのは神田祭だけだが、大伝馬町をはじめとする九町だけは、山王、神田、両祭ともに当番町となっていた。

祭りのための出費も他町よりそれだけかさみ、生駒屋のような大店《おおだな》ともなれば祭りの金蔵としてあてにされ、毎年かなりの金子《きんす》を積むことになる。ここで少しでもしみったれた真似《まね》をしようものなら、陰口はもちろん、下手をすれば火消人足や地回りやくざのような連中に嫌がらせをされかねない。せっせと祝儀《しゅうぎ》をはずむことになるが内心は面白いはずもなく、広左衛門のように喜んで寄進する旦那は、むしろ珍しかった。

「生駒屋は金ばなれのよさが身上だのに、兄さんが金蔵番になってからこっち、けちな豆腐屋みたく嵩《かさ》が縮む一方なのよ。毎年祭りに出られるなんて、大いに誇りにすべきでしょ？」

「お千賀ちゃんの祭り好きときたら、まるでうちの若い衆《し》みたいね」

祭りにひときわ熱を入れるのは、内証の豊かな商人《あきんど》ではなしに、裏店《うらだな》住まいの小商いの連中と、そしてなにより職人だった。

「祭りに横槍《よこやり》が入ったと知れば、きっと蜂《はち》の巣をつついたどころの騒ぎじゃないわ」

お凜は苦笑い混じりに桐箱の群に目をやって、お触れの不満に忙しかったお千賀も、広左衛門の手のなかにある細工にようやく気がついた。

「それはひょっとして、この前入った職人のもの？」

「そうだよ、見事なもんだろう」

お千賀はしばし簪をじっと見詰めたが、手に取ろうとはせず、かわりに風呂敷の上に広げられた他の桐箱を次々とあけた。

「あら、これ、かわいいわ」

お千賀がえらんだ小さな箱を見て、お凜はどきりとした。中身は銀の櫛だった。

「蜻蛉《とんぼ》と垣根の市松模様なんて、面白いわ。蜻蛉は彫りで、垣根は線細工になってるのね」

櫛歯の上は碁盤の目のような市松になっており、蜻蛉を彫った薄い板金《いたがね》と、銀線で編んだ垣根が交互に配されている。

「こいつは修行途中の職人のものかい？　打ちや彫りは申し分ないとして、線細工はたぶん時蔵の技を真似たんだろうが、まだものにできてないね。なによりも、どこか拵《こしら》え慣れていないような素人《しろうと》臭さがある」

お千賀がかざした櫛を見て、広左衛門は玄人《くろうと》らしい評を述べた。お凜のからだ中から、どっと汗が吹き出した。

「え、ええ、それはまだ半人前の弟子のものを、試しにもってきただけで……」

たまに修行中の職人の品も、生駒屋で披露することがある。それに紛らせて、お凜は自分のつくった櫛を初めて出してみたのだった。

宇一が死んでから、細工の出来映えを見せる相手はいなくなった。さらに時蔵がきてからは、ますます己の腕に自信がもてなくなっている。この市松の櫛も、辛うじてましな縒線《よりせん》を格子《こうし》に組んだだけのものだ。それさえ鑞付《ろうづ》けが覚つかず、格子のあちこちにだまや歪《ゆが》みが見える。店に出せぬ代物《しろもの》だという広左衛門の言も、もっともなことだった。

「だったら、おとっつぁん、あたしに買ってちょうだいな」

「え！」

「いいでしょう？　お凜ちゃん」

「え、ええ、そりゃあ……でもお千賀ちゃん、そんな不出来なものでほんとにいいの？」

「気になるほどの粗《あら》ではないし、あたしはなにより趣向が大事。それに金櫛《かなぐし》は蒔絵《まきえ》なんぞにくらべると、どうしても重くなってしまうでしょう？　でもこの櫛は、薄板と線細工だからとてもかるい。使い勝手がいいなら、なおさら文句はないわ」

　お凜にとって、涙が出るほど有り難いお千賀のことばだった。先ほど水を浴びせられたようだったからだが、少しずつぬくもってくる。

「好事《こうず》にかけちゃ、お千賀にかなわないね。見事な蛇には目もくれないってんだから」

「あら、その銀簪はたいそうなものだと思うわよ。でもあたしみたいな町娘に、似合うもんじゃないわ。簪にしちゃあ大きすぎるし、なにより可愛《かわい》くないもの。考えてもごらんなさいな、そんな恐ろしげな蛇を頭にのせて街中を歩きたいとは、誰も思いやしないわよ」

　お凜ははっとなり、思わず声をあげそうになった。

「それだけの品なら欲しがる人はいくらもいるでしょうけど、お大名家とかどこその通人とか、あるいは吉原《よしわら》の花魁《おいらん》とかね。どちらにせよ、町場の娘には縁のない代物だわ」

お千賀のきっぱりとした洒落道《しやれどう》は、お凜の迷いを見事にふっきった。

たしかに時蔵の腕はすばらしい。揺るぎのない信念も、決して譲らぬこだわりも、細工の高みへと翔《か》け上がる凄味《すごみ》に満ちている。

だがお凜が本当に拵えたいものは、それとはちがう。お千賀のような町の娘が喜んでくれるもの、もっと欲を言えば、お千賀のような恵まれた大店の娘だけではなしに、たとえば長屋に住む娘や女房が気楽に髪にさせるような、粋《いき》で手軽な髪飾りがいい。

「有り難う、お千賀ちゃん」

「いやね、お凜ちゃんたら、どうしてお礼なんて言うのよ」

お千賀は無邪気に、ころころと笑った。

お凜が案じていたとおり、神田祭へのお触れには、職人たちは存分にいきどおった。地を這いずるような味気ない暮らしの中で、祭りは鬱憤《うつぷん》を晴らす数少ない機会である。だからこそ競うように、派手にも華美にもなろうというものだ。それを頭ごなしに押さえつけられては、怒りのもってゆき場がない。晩飯どきの酒量がふえて、それでも足りずに音助あたりが先頭切って、一杯呑み屋にくり出す日々がしばらく続いた。

「呑むための口実にしているようじゃ、七十五日どころか十日で飽きるでしょうよ」

ぶっきら棒に言いきったのは、お清だった。

このいかつい顔の四十女は、まず笑わない。頬をゆるめることさえ勿体《もったい》ないと言わんばかりの仏頂面《ぶっちょうづら》だが、お清の洒落のきき具合は、お房なぞよりずっと上手《うわて》だ。

お清の予言はぴたりと当たり、まもなく椋屋の内は落ち着きをとりもどした。祭仕度がはじまるころには、これまで同様、お上の口も鳴りをひそめているだろう。皆、そういう思案でいたのだった。

ちょうど同じころ、霧雨をついて伊左衛門が椋屋を訪ねてきた。

「この前納めてもらった品のことで、うかがいたいことがありまして」

白っぽい着物に黒の絽羽《ろば》織《おり》が涼しげで、伊左衛門の品のよさを引き立てていた。

「じつは妹が気に入ってもとめた、市松模様の櫛《くし》なのですが」

お凜の唇がすうっと冷えた。うつむいた姿を、伊左衛門が不思議そうにながめる。

「あの……やはりあの櫛は、いけませんでしたか」

「いいえ、その逆です。あの櫛をもう五本ほど、注文にきたんですよ」

まさか、とお凜は驚いたが、伊左衛門は大真面目《おおまじめ》である。お千賀があの櫛をさして店に出たところ、ふたりの客の目にとまったという。

「受けた注文は二本ですが、このさい五本、いえ、十本でもさばけましょう。まったく同じ趣向では芸がない。たとえば蜻蛉の彫りを、別の秋冬向きの絵に変えるなぞしてもらえれば、うちとしても有り難い。とにかくこちらへの注文と、できればあの櫛を拵えた職人に会いたいと思いまして、こうして訪ねてきたんです」

伊左衛門の明るい声は、お凜をしだいに雁字《がんじ》搦《がら》めにしてゆく。

(どうしよう……)

目がまわるほどの後悔が、お凜をおそった。いくら細工を見せる相手がいないとはいえ、あれを椋屋の外に出したのは、かえすがえすも浅はかだった。

「あれは……あの櫛は……そんなには作れません……」

「どうしてです？　なにか障《さわ》りでも？」

「……その、あれを拵えた職人は、まだ半人前で……」

「それはあの品を見れば、見当がつきます。せいぜい、年季奉公を終えたくらいでしょうか。けれど椋屋には、腕のいい職人がいくらもいる。その者たちに仕上げを任せれば済むことでしょう」

理詰めでせまられ、お凜はそれ以上なにも言えなくなった。

「お凜さん……？」

穏やかな瞳《ひとみ》の中に、不審の色が浮いた。その目に射竦《いすく》められたかのように、お凜は指一本動かせぬまま途方にくれていた。

「なにか、わけがあるのですね」

伊左衛門の肩の辺りから、ふっと力が抜けた。

「よければ、話してもらえませんか。あたしは四代目の遺言をきいたときから、どんなことでもお凜さんの力になるつもりでいました。他言するなと言うなら、それも守ります」

「若旦那に、明かしてみたらどうだい？」

「……姉ちゃん……」

いつのまにか廊下に、盆を手にしたお房が立っていた。話し好きなお房は、生駒屋など見知りの者がきたときは、こうして茶を運びがてら話に混ざりにくる。おそらく少し前からそこにいて、ふたりの話を立ちぎいていたのだろう。お凜の細工も目にしているから、市松模様の櫛ときいて、お房はすぐに察したにちがいない。

「まあ、おまえしだいだけどね……」

重そうに腰をおろし、ふたりの前に冷たい麦湯と葛羊羹《くずようかん》をならべた。

礼を言って茶碗《ちゃわん》を手にとった伊左衛門は、ゆっくりとひと口飲んで徐《おもむろ》に口をひらいた。

「もしやあの櫛は、お凜さんの意匠ではありませんか？」

姉妹は同時にはっとなり、同じ表情で固まった。

「……どうしてあたしだと、察しがついたんですか？」

少しのあいだためらって、ついにお凜は白状した。

「いや、じつは妹の受け売りです」

「お千賀ちゃんが？」

「あの市松は派手過ぎず、また遊び心もあって、一方でつくりは真面目。まるでお凜さんそのものだと、お千賀は言いました。お凜さんが思案した意匠とまでは思い及んじゃいませんが、職人になにか手掛かりを与えたのではないかと、そんな見当でいるようです」

お凜はいまさらながら、お千賀の鋭さに頭のさがる思いがした。

「なにもこの子も、騙《だま》すつもりなぞなかったんですよ。やっぱり女がそういうことにしゃしゃり出るのは、きこえも悪いですからねえ」

「お凜さんは錺屋《かざりや》に生まれ育ったんですから、悪いことなぞ少しもありませんよ」

「やっぱり若旦那《わかだんな》は、話のわかるお方だね。そういうわけでね、若旦那、お話は有り難いんですが、いまのこの子では十本も拵えるなぞまだ無理で……」

「拵える？　あの櫛は、お凜さんが細工したんですか？」

伊左衛門が頓狂《とんきょう》な声をあげ、お房はあわてて口を押さえた。

「あたしはてっきり意匠だけだと……お凜さんに細工ができるなぞ、思ってもみなかった」

大きなからだを精一杯すぼませて、お房はすまなそうに拝み手をした。

「いいのよ、姉ちゃん。どうせみんな話しちまわないと、辻褄《つじつま》が合わなくなるわ。それにあたし、お千賀ちゃんには打ち明けたいと、ずっとそう思っていたの」

お凜は細工をはじめた経緯《いきさつ》を、伊左衛門に話してきかせた。

「女が細工を覚えても、なんの足しにもならないもの。あたしはやめさせたかったんですがね、なにせふた親ばかりか、死んだ亭主までが後押しするもんで始末に負えませんよ」

お房は時折、合の手を入れるようにそんな愚痴をこぼしたが、伊左衛門は両手をきちんと膝《ひざ》におき、お凜の話が終わるまでひと言も口をはさまなかった。

「お凜さん、どうでしょう。これから細工ができるたび、あたしとお千賀にだけ見せてはいただけませんか」

話が終わると伊左衛門は、初めて膝をのり出した。

「それは……あたしにとっても有り難いことですけど……」

「妹の好みのよさは、あたしも高く買っている。妹ほどではないにせよ、あたしも生駒屋を継ぐ身です。たまにはお役に立てるでしょう。親父《おやじ》にも目利《めき》きをさせたいところですが、正直頭は古い。女のお凜さんが職人の真似《まね》ごとをしているときけば、泡を吹きかねない」

「そりゃあそうでしょうとも。ともかくうちとしても、知られる耳目は少ないに越したことはありませんからね。広左衛門の旦那には、どうかご内密に」

お凜がなにも言わぬうちから、お房は勝手に話をまとめてしまった。

「あの櫛を、他の職人に拵えさせることはかないませんか？　たとえば生駒屋の客から、あの意匠で注文を受けたと言えば……」

伊左衛門はにわかに商売気を見せたが、お凜は首を横にふった。

「それは無理です。ほんのさわりですが、あの櫛には時蔵さんの線細工の技が入っていますから。椋屋では他にできる人はいませんし、誰も作ろうとはしないでしょう」

「せっかく目新しい技があるというのに、誰もやろうとしないのですか？」

　これ見よがしに見せびらかしちゃいるが、盗むほどの技でもない——。職人衆は、すっかり臍《へそ》を曲げていた。時蔵の意固地も相変わらずで、椋屋の仕事には見向きもしない。あんな偉そうにふんぞり返っている男には、まずお目にかかったことがない、とお房は評した。

「まるで己ばかりが殿様で、他の者は足許《あしもと》の蟻《あり》だとでも言わんばかりですよ」

「話はわかりましたが、やはりせっかくの技を試さないとは勿体ないように思いますね。その殿様めいた男の腕が、いくらになったかご存知ですか？」

「あの蛇の簪《かんざし》に、買い手がついたんですか？」

「ええ、通人として名高いさる札差《ふださし》ですが、こちらの言い値二十五両をぽんと払いました」

「二十五両！」

「簪一本に二十五両だって！」

　やはり同じ顔で仰天する姉妹を、伊左衛門はおかしそうにながめた。

「あつらえのよい鼈甲《べっこう》簪だって、二十五両なんて滅多にあるもんじゃないわ。金ならともかく、鼈甲には遠くおよばない銀簪にそれほどの値がつくなんて……」

「ふんぞり返るだけの腕は、あるってことなのかね」

「腕もたしかですが、なによりあの細工は珍しい。それこそが好事な者が求めるところですからね。線だけで組み上げる奇抜さに加え、絵柄は大和絵なのにどこか異国の匂《にお》いがする。通人には好まれる細工です」

「異国……」

お凜の身の内に、新しい風が吹き入ったようだった。

「時蔵さんはあの細工のことを、『平戸』と呼んでいました」

「平戸はたしか、異国との玄関口になっていた島です。いまは長崎の出島に移されましたが、それまでは平戸に商館があったとききました。時蔵という男は、そこで細工を学んだのですか？」

「わかりませんけど、なにか関わりはあるのかもしれません」

「それにしても、二十五両とはねえ」

ひたすらそこにこだわるお房は、まるで時蔵には勿体ないと言わんばかりだ。

「じつを言うと、これには仕掛がありましてね。時蔵が手鎖をうけた話は、札差《ふださし》仲間で評判になっているようなのです。時蔵が椋屋へ移ったと知れて、細工が仕上がったらぜひ譲ってほしいと念をおしてきた札差は、ひとりふたりではありません」

半年も待ってようやくあがった簪を、さてどの旦那へわたせばよいものか、生駒屋としても思案のしどころとなった。つきあいの深さ浅さなどもあり、早いもの順というわけにもゆかない。そこで伊左衛門は、前々からの得意先であった、さる札差に相談した。

「この旦那は、いわゆる札差仲間の顔役をしていましてね、その計らいで一席もうけ、入れ札で決めてもらいました」

お房が、首を何度もふった。「それで二十五両まで、はねあがっちまったんだね」

「ですから時蔵の細工については、元手の心配は無用です。むろん、唐物なぞのご禁制を使うのは……まあ、欲しがる輩《やから》は多いでしょうから、うまくさばけば障りはありませんが……やはりよしておきましょう。こちらも手鎖は御免ですからね」

ちらりと欲をのぞかせながらも、伊左衛門は手堅い商人《あきんど》に立ちもどり、それよりあの市松の櫛のことですが、と、それた話をそつなくもどした。

「あたしの拙《つたな》い細工でよければ、注文を受けた二本だけは作らせていただきたいのですが、あのような行き届かない品を椋屋のものとして出すのは……」

「わかりました。名のない職人が作ったということに致しましょう」

「せっかくのお話なのに、若い衆に作らせちゃどうだい？」

「無理よ、姉ちゃん。これ以上、細工場に悶着《もんちゃく》をもちこむことはできないわ」

「下手に無理強《むりじ》いして、お凜さんが厄介を背負いこむだけなら、それはあたしも本意ではありません。二本だけで結構ですよ」

伊左衛門はあっさりと引きさがり、にっこりと笑った。

「そのかわり新しいものが仕上がったら、必ず見せにきてくださいね」

「はい、こちらも励みにさせていただきます。よろしくお願いいたします」

「楽しみにしています。それと、些細《ささい》なことでもかまいません、なにかありましたら相談にのりますから、遠慮なしに仰《おつしや》ってください」

そのときだけは、いつになく神妙な顔でそう告げた。

「前々から思っていたんだけどね、若旦那は、おまえに気があるんじゃないかねえ」

伊左衛門を門前で見送ると、待ちかねたようにお房が切り出したが、お凜の頭の中は、二本の市松模様の櫛のことで、すでに一杯だった。

五

八月も半ばあたりから、職人たちは仕事そっちのけで、神田祭の仕度にかまけるようになった。二年に一度のことでもあるし、雇い主の側にも神田っ子の意地がある。九月十五日までのひと月ばかりは仕方がないと、毎度この時期は大目に見ていた。そればかりかお凜は、祭仕度の労をねぎらうために宴席まで設けることにした。

「仕事もろくにしていないってのに、このうえ機嫌をとるような真似《まね》をしなくとも」

度が過ぎている、とお房はいさめたが、例年とは逆に、日を追うごとにしょぼくれてくる職人たちが、お凜は気がかりになったのだ。

「かーっ、うめえ。このところのお触れつづきに、くさくさした気が洗われるようだぜ」

歓声とともに職人たちは、さっそく徳利をもちあげて互いの盃《さかずき》を満たしはじめた。

「なにせ文句が細けえからな。いちいち伝えてあるく差配衆も苦笑いしてなさる」

祭礼ひきしめのお触れは五月以降もたびたび出され、八月十九日には、わざわざ神田祭を名指しして着物や道具の新調を戒め、次いで二十五日には、天鵞絨《ビロード》から金糸まで、さらに事細かな禁令が出された。

「天下祭がこうしみったれじゃあ、お上のご威光にこそ傷がつこうってもんじゃねえか」

留五郎からこんな文句が出るほどに、今年の祭りにはケチがついた。

公方《くぼう》様が見物なさるからこその天下祭であるが、ほぼ毎度《まいたび》のように上覧を受けていた山王祭に対し、神田祭の御上覧は、わずかに二、三度と伝えられている。だが、それだからこそ、神田祭こそ江戸っ子の祭りだ、と自負する輩《やから》は少なくない。お上の目に触れるだけに、山王祭はどうしてもお上品にならざるを得ないが、神田祭には庶民の意気と熱気が存分にこめられていたのである。それが直前になって、だめ押しの令が出された。

「まさか付祭《つけまつり》の数を、あれほど減らされるとはな」

誰かが重いため息をつき、にぎやかな座がしゅんと沈んだ。

祭行列には、神輿《みこし》と山車《だし》がある。この他に臨時で仕立てられる踊屋台や練物などを、付祭といった。付祭にはにぎやかな音曲を鳴らす囃《はや》し方がついて、祭りをいっそう盛りあげる。年ごとに趣向を凝らし、いきおい華美になりがちなのがこの付祭だった。

「十六の付祭が、たった三つだぜ。お上はおれたちに葬式行列をさせるつもりらしいや」

「それもこれも水野ってえ、いけ好かねえ老中の差金だろ」

水野忠邦の名は、このころはすでに町場でも噂《うわさ》になっていた。

「そういや、お嬢さん、生駒屋のお千賀嬢さんの話をききやしたか？」

言った伍一に、お凜は首をめぐらせた。「いいえ、お千賀ちゃんがどうかして？」

「南伝馬町の顔役たちに、啖呵《たんか》を切ったそうですよ。触書の一枚や二枚で、あっさり祭りの筋書きをかえるようじゃ、明神さまの氏子の名がすたるってね」

「あのお嬢さんがそれほど信心深いとは、おそれ入りましたね」

あいた銚子《ちょうし》をてきぱきと下げながら、お清がすかさず横槍《よこやり》を入れる。

「お千賀ちゃんの祭り好きは、たいしたものだもの。今年からは踊屋台に立つって張り切っていたから、その分気落ちも大きいんでしょうね」

「ああ、ああ、こんなに気が滅入《めい》るようじゃ、なんのための祭りかわかりゃしねえ」

音助が、大きく伸びをした。

「お凜ちゃん、祭りが過ぎたら、ちょいと気晴らしにつきあっちゃもらえやせんか。そうだ、巣鴨《すがも》に菊見としゃれこみましょうや」

たちまち職人衆のあいだから、おおっ、とどよめきがあがった。いまひとつ湿っぽさの抜けなかった宴が、にわかに活気づく。

「さすがは音兄さんだ、おれたちの前でよくもいけしゃあしゃあと」

いよっ、ご両人、とどこかから掛け声がとんだ。

「伍一の兄い、ここでがつんと男を見せずば負けちまいやすぜ」

「音兄さんが相手じゃあ、はなっから勝負にならねえよ」と、伍一は頭をかいている。

「こうなりゃ細工場総出で、音兄さんの逢引成就《あいびきじょうじゅ》をあと押ししようぜ」

逢引ということばに、お凜の頬がかっとなった。

「人を肴《さかな》に、遊ばないでほしいわ」

「せっかくの宴が湿っぽいままじゃあ、お嬢さんの心づくしが無駄になっちまう。そんなところですかね」

肩越しにお清が呟《つぶや》いて、お凜も、ああ、と料簡《りょうけん》した。ああ見えて音助は、そういうことには気のつく男だ。

音助をながめていたお凜の目のはしで、なにかが動いた。時蔵が立ち上がったのだ。その場の騒ぎにはまるで関心のないようすで、座敷を出ていこうとする。

「待って、時蔵さん！」

そのひと声に、わいていた座が一瞬で静まりかえった。職人たちは、呼びとめたお凜とふり返った時蔵を、交互に見ている。お凜もまた、自分で自分にびっくりしていた。

「なんだ」

時蔵はさも迷惑そうに、露骨に顔をしかめた。

「あの……この前の……細工のことで……」

言ってようやく、本当に用件があったことを思い出した。お凜は落ち着きをとりもどし、背筋をのばした。

「この前の煙草盆《たばこぼん》が売れました。それで時蔵さんの取り分を相談したいんです」

一人前の職人には、椋屋から給金がでる。それとは別に祝儀《しゅうぎ》と称し、売値の何分かが作った職人に支払われる。腕のいい職人を椋屋に囲っておくための、ひとつのやり方だった。祝儀の歩合は職人によって異なり、双方の話し合いできめられる。

「奥の座敷に、きていただけませんか」

皆の視線が、からだに刺さるようだ。ばつの悪さを押しかくし、お凜は立ち上がった。

「取り分はみんな板金《いたがね》でくれと、前に言ったはずだ」

「でも、そういうわけにも……」

時蔵は先日、尾をはねあげた鯉《こい》をかたどった、総平戸の煙草盆を仕上げた。火入や灰吹き、あるいは飾り金具に金銀を使うことはあっても、一切が銀で作られた煙草盆は珍しい。

伊左衛門はこの前と同じに、また札差《ふださし》のあいだで入れ札をおこなわせ、三十三両もの値がついた。ここまではねあがれば、さすがに板金だけというわけにもゆかず、逆に世間が知れれば、生駒屋や椋屋ばかりが阿漕《あこぎ》な金儲《かねもう》けをしているようできこえも悪い。やはり一度、時蔵と話をつけるようにと、伊左衛門から念を押されていたのだった。

「お金のことはきちんとしておかないと、うちとしても困るんです」

「……だったら、そっちの気のすむだけ寄越せばいい」

「そんなわけには……」

言いかけたお凜を残し、時蔵はうしろも見ずにさっさと座敷を出ていった。

「相変わらず、すかした野郎だ」

そんな囁《ささや》きが、もれきこえた。時蔵だけは天下祭も町触れもどこ吹く風で、むろん祭仕度にも加わらず、晩飯あとも仕事場へもどり遅くまで細工に励んでいる。おれたちへの面当《つらあ》てのつもりかと、他の職人衆にはさらに評判がわるい。さっきまでの喧騒《けんそう》が嘘《うそ》のように、座敷はすっかり静まりかえっていた。

「お清さん、こっちに一本たのめるかい」

座持ちがわりのつもりか、留五郎が声をかけた。心得たお清がお凜をうながし、一緒に台所へと立った。部屋を出しなにふり返ると、しらけた面持ちの職人たちの中に、音助の寂しそうな背中があった。

勝手の戸口で、お凜はへたへたと膝《ひざ》をついた。

（どうして、あの場で時蔵さんを……）

生駒屋との勘定は、節季ごととなっている。祝儀の相談も、暮れまでに済ませればよいことだった。わざわざあそこで持ち出すほどの用件ではない。

「あたし、とんでもないことをしちまったわ」

職人衆の仲をとりもつのが己の役目のはずが、と思わず弱音がこぼれた。

「お嬢さん、たいしたことじゃありませんよ」

燗《かん》の仕度をしているお清は、お凜には背を向けている。

「でも、お清……」

「大層なしくじりだと思っていなさるなら尚《なお》のこと、たいしたことではないと堂々としていればいいんです。たまった澱《おり》をちらすには、それがいちばんの早道ですよ」

お清の言うとおりだと、うなずきながらも、お凜は別の思いにとらわれていた。

（あの人がきてから、椋屋はおかしくなっちまったんだわ）

椋屋ばかりでなく、己の身の内でもなにかが軋《きし》みをあげている。

お凜にはそれが、恐ろしくてたまらなかった。

その年の神田明神の祭礼は、ひときわ寂しいものだった。神輿かつぎや山車《だし》曳《ひ》きの者が景気をつけても、新調を禁じられた出し物は目新しさに欠け、なにより鳴物の少なさは侘《わび》しさばかりをきわ立たせた。気晴らしに岡場所などの悪所へくり出す男たちも多かったが、それさえ御改革の標的となっており、かえって憂《う》さをためる始末だった。

そんななか椋屋の職人たちは、霜月の到来を、ことのほか楽しみに待つようになった。

「まけまけ拾え！　鍛冶《かじ》やの貧ぼ！」

待ちかねた十一月八日は、子供らのやかましい声ではじまった。

「わかった、わかった、今やるから、その騒々しい鳴りを納めやがれ！」

音助が笑顔で怒鳴ったが、椋屋の門前に集まった子供たちは、

「まけまけ拾え！　鍛冶やの貧ぼ！」と、さらに大声でかえした。

「みんな、しっかり拾ってちょうだいな」

お凜が右手をぱっと振ると、鮮やかな橙色《だいだいいろ》が宙に舞う。子供らが歓声をあげて飛びついたのは、蜜柑《みかん》だった。留五郎をはじめとする職人衆も、お凜にならい蜜柑をほう

る。弧を描いた蜜柑を上手に受けとめる者、道に落ちた実を拾う者、と椋屋の前路地は大騒ぎだ。

鞴祭《ふいごまつり》恒例の、蜜柑撒《ま》きだった。

鍛冶師、鋳物師《いものし》、石工など、日ごろ鞴をつかう家業では、毎年この日に鞴祭をおこなう。

錺職《かざりしょく》の椋屋も同じで、朝は近所の子供たちに蜜柑をまき、それから稲荷社《いなりやしろ》に詣《もう》で、火《ひ》防《ぶせ》や家業安泰を祈願するのである。この日は御府内に住まう下請職人たちも顔をそろえ、皆でうちそろって三崎稲荷に参拝し、椋屋の座敷で祝膳《いわいぜん》をかこむ。

配られた祝儀をふところに、外弟子はそれぞれの家に、内弟子は久方ぶりの町遊びへと出てゆくと、お凜はようやく息をついた。

「お嬢さん、終わりやしたかい？」

「あら、音助さん、まだいたの？　早く出掛けないと、せっかくのお休みが勿体《もったい》ないわよ」

「冷てえなあ、今日こそは一緒に遊《ゆ》山《さん》でもしようと、こうして待っていたってのに」

お凜は思わず、くすりと笑った。「またなの？　音助さんも懲《こ》りない人ね」

菊見に誘われたあの日、お凜の失言は音助の面目を潰《つぶ》してしまった。それでもまた何事もなかったかのように、音助は粉をかけてくる。図々《ずうずう》しいとも思えるが、腹にためぬ気性だけは、お凜にとっても有り難かった。

「ふたりぎりでは行かないと、いつも言ってるでしょ。五代目の話があるんだから、音助さんとだけ仲良くすれば揉《も》めるもとだわ」

「ちぇっ、おれは跡目話がもちあがる前から、せっせと声をかけてたってのに」

音助が口を尖《とが》らせる。その話は本当で、四代宇一の生前も、二度ほどお凜は音助から誘いを受けたことがあった。どちらもその場で断ったのは、音助がどうこうということではなく、ただただお凜が奥手なためだった。いくら気安い相手でも、若い男のそういう思惑は、お凜には手に余るものだ。お嬢さんと弟子という垣根越しでなければ、なにを話してよいかさえわからない。

「それに今日はこれから、お千賀ちゃんのところへ行くつもりなの」

「生駒屋に会いにゆくのは、本当にお千賀お嬢さんすか？　若旦那《わかだんな》ってんじゃあ、ねえでしょうね」

やけに嬉《うれ》しそうなお凜のようすを訝《いぶか》しんだものか、音助はそんな揶揄《やゆ》を口にした。

「いやね、音助さんまで、姉ちゃんのおふざけを真に受けないでちょうだいな」

胸の中にしまっておけない性分のお房は、伊左衛門はどうやらお凜に気がありそうだと、その勘繰りを職人たちにも吹聴《ふいちょう》しているものである。

「仕方ねえ、久しぶりに都々逸《どどいつ》でも拝んでくるか」

後の世に音曲の都々逸として名をのこす都々逸坊扇歌《どどいつぼうせんか》は、このころ江戸の寄席《よせ》でたいそうな評判をとっていた。

音助を見送って、お凜は母屋《もや》へもどった。鞴祭の采配《さいはい》で疲れきっているはずが、納戸《なんど》への階段をあがる足はかろやかだ。奥の細工机の上が、天窓からの日を受けてきらりと光った。市松模様の櫛《くし》から初めて、ようやく新しい細工を仕上げることができたのだった。

これほど時が要ったのは、宇一の死後、お凜の仕事が増えたためである。

一日の大半は、内儀《おかみ》代理の繁多な用向きについやされ、細工机と向き合えるのは晩のわずかな時間だけ、ひとたび細工場で揉め事でも起きようものなら、それさえままならず、遅い刻限に布団《ふとん》に倒れこむ日々が続いた。お千賀から頼まれた、冬を題材にした品には手がつけられず、代わりに正月用の簪《かんざし》をどうにか仕上げてみたのである。

まだまだ納得のゆく出来ではなかったが、やり終えた喜びは大きい。木箱に納めた簪を手に、はずむような足どりで母屋の勝手口を出た。細工場の脇《わき》を過ぎたとき、おや、とその足がとまった。戸が半開きになっているのである。

「音助さんが、まだいるのかしら？　それにしても……」

鞴祭の今日は火を落とし、細工場は閉めていたはずだ。中をのぞくと、やはり誰もいない。首をかしげて踵《きびす》を返し、敷居をまたいだところを出合いがしらに誰かにぶつかった。

からん、と乾いた音が足許《あしもと》にひびき、つんのめるように前にかしいだお凜のからだは、相手に抱きとめられていた。目の前に、紺の微《み》塵縞《じんじま》の着物からはだけた、男の胸と喉仏《のどぼとけ》がある。顔も見ぬうちに、時蔵だとすぐにわかった。

「ご、ごめんなさい！」

後ろにとび退ろうとしたが、かなわなかった。お凜の左腕を、時蔵がつかんでいる。

炙《あぶ》られたように火照《ほて》った顔を、おそるおそる上げた。時蔵は、足許に目を落としている。時蔵の手が袖《そで》からはなれ、お凜を押しのけるようにしてしゃがみ込んだ。

「あ、あの……」

「あ、それは！」

時蔵が手にしたものは、お凜の拵《こしら》えた簪だった。布に包んだ木箱は、お凜の手をはなれ、土間へ落ちた拍子に簪がとび出したのだ。一本は大黒、もう一本は亀《かめ》の意匠の、二本で一対となる簪だった。こんもりとした梅の花にかこまれた大黒は右手に羽子板をもち、首をかしげた亀もやはり小さな羽子板をくわえている。

「駄目、見ないで！」

時蔵の手から簪をひったくり、背中に隠した。

梅の花びらや亀の甲羅には、平戸細工をつかってある。しかも線だけで組むことがどうしてもできず、お凜は窮余の策で、切嵌象嵌《きりばめぞうがん》を用いた。地板に溝や鏨跡《たがねあと》をつけ、ここに別の金物を嵌め合わせるのが象嵌で、地板を底まで透かしたものを切嵌象嵌という。これを生業《なりわい》とする象嵌師もあるが、錺師の大事な技のひとつでもあった。

お凜は打ちもので梅と亀をこしらえ、ところどころを切り抜いて平戸を嵌め、花や甲羅の模様にしたのだ。巻いた銀線を自在にたわませ、ほころびかけた花のねじれ具合や鳥のふくらんだ胸までも、難なく作り出す時蔵である。平べったい線細工しかできず、しかもそのあちこちに鑞付《ろうづ》けの失敗が如実《にょじつ》に見える細工は、どれほど惨《みじ》めに映るものか。考えただけで身が震えるほどやるせなかった。

「これは……その……あの……」

「ちょうどいい、蔵をあけちゃくれねえか」

「え？」

「板金が欲しいんだ」

「でも、今日は細工場はお休みで」

「火を使わなきゃ、いいんだろ」

いま見た簪のことなぞ、まるでなかったかのような口ぶりだった。

蔵へはお凜しか入れぬようになっている。お凜は母屋から鍵《かぎ》を持ってもどると、蔵をあけた。時蔵は板金を手にすると、礼も言わず、さっさと細工場へとって返そうとした。

「あの！」

時蔵がふり向いた。お凜がもじもじしていると、早くしろと言わんばかりに、片方の眉《まゆ》をしかめた。

この簪のことは内緒にしてほしい――。勝手に技を盗んでごめんなさい――。言いたいことはいくつもあったが、まるで棒杭《ぼうぐい》をながめるような、時蔵の素っ気ない目を見ていると、どんなに繕っても無駄なようにも思えた。

「いえ……その……せっかくのお休みなのに、出掛けなくていいんですか。若い人はみんな、花街なぞにくり出して……」

「くだらねえ」

投げられた言葉は、お凜の胸をえぐった。己のことか、細工のことか、その両方を貶《おとし》められたように思われた。来たときとあまり変わらぬやせた背中が細工場の中へと消えても、お凜はその場を動けなかった。秩父颪《ちちぶおろし》の寒風が、思い出したように吹きつけてきた。

生駒屋へ出かける気も失《う》せて、とぼとぼと母屋へもどると、

「お凜ちゃん」

「お千賀ちゃん！」

「鞴祭も終わったころだし、今日あたり来てくれるのじゃないかと待っていたのだけど」

待ちきれずに出向いてきたという。まるで計ったような間のよさだが、お千賀とは昔から、こういうことがよくあった。

「なによりも細工のことが気になったのよ。どう、正月までにはあがりそう？」

お凜がちらりと視線を落とした箱に、お千賀は目ざとく気がついた。

「あら、ひょっとして、もう出来上がったの？」

「まだよ、まだ。細工が中途だから、見ないでちょうだい」

「中途でもかまやしないわ。あたしは注文主なのよ、お凜ちゃん」

猫のような大きな瞳《ひとみ》ににらまれて、お凜はしぶしぶ木箱をわたした。蓋《ふた》をあけたお

千賀は、子供のような歓声をあげた。

「生駒屋の商売が末永く続くように、最初は大黒のほうった小槌《こづち》を、万年の亀が受けとる趣向だったのだけど」

「大黒と亀の羽根つきのほうが、よほど面白いわ。ありきたりな目出度《めでた》模様じゃなしに、どこかとぼけていて愛嬌《あいきょう》がある。お凜ちゃん、有り難う、あたしとても気に入ったわ」

「あの、でも、それは……もう少し手直ししたいの」

「あら、どこを？」

「……平戸細工が、どうしてもうまくゆかなくて……」

お千賀はしばし、お凜と簪を見比べていた。

「お正月までに、接合《つぎあわせ》の技が上達する見こみはあって？」

「お千賀ちゃん……！」

「ひと月半のうちに、鑞づけの痕《あと》がわからぬくらい、そうね、ちょうど時蔵さんの細工のように、見事なものができるのかしら」

お凜の胸にぐずぐずと疼《うず》いていた、そのちょうどまんなかを、見事にすっぱりとお千賀は射抜いてみせた。

　鑞づけは、火との戦いである。鑞づけにつかう銀鑞は、銀よりわずかに早く溶ける。その一瞬の隙《すき》を見極めるのは、熟練の職人でも至難の業だ。火鉢に入れた炭火を小さな箱鞴で加減しながら、細工と炎の間のとり具合、銀鑞をのせる頃合と、すべては職人の勘にゆだねられる。細い銀線は、この間隙《かんげき》がさらに短い。少しでも鞴の操作を誤ると、あっと思うまもなくどろりと溶ける。椋屋では、伍一が誰よりこの技に秀《ひい》でている。さまざまな鑞の性質を熟知して、絶妙な火加減で素早くやってのける。

　火の始末の心配もあって、お凜が鞴と火鉢を許されたのは、修行をはじめて五年も経《た》ってからだった。それでも懸命に修行して、伍一には及ばぬものの、どうにか勘所を会得《えとく》したつもりでいたが、平戸にさいしては加減がまだつかめずにいる。

　お千賀は正しい。ひと月、ふた月で勘を養えるほど、接合《つなぎ》は甘いものではない。

「お凜ちゃん、そんなに粗《あら》ばかり探すものではないわ。これがいまできる、お凜ちゃんの精一杯なのでしょう？　だったらそれでいいじゃない。半年経ったら半年分、一年過ぎればその一年分、技は必ず上がるわ。職人技って、そういうものでしょ」

「お千賀ちゃんは、あたしにだけは甘過ぎるわね」

「あら、あたしは世辞なんて、決して言わないわ。仲よしの贔屓目《ひいきめ》なんぞじゃなく、お凜ちゃんの錺が好きなのよ」

単に贅《ぜい》を尽くし数を集めればよいというものではなく、お千賀の衣装道楽には筋がとおっている。間違っても好みに合わぬ細工を、褒めるようなことはしない。

「じつをいえば、驚いているのよ。もしあたしの頭で隅々まで思案したとしても、これほど好みに適《かな》ったものにはならないわ。お凜ちゃんの意匠は、いつもあたしの先を行く。あたしの考えどおりのものを、あたしが思い描くよりずっと面白く目の前に見せてくれる。こんなにどきどきすることって他にないわ」

語るお千賀の目は、輝いていた。

「お千賀ちゃん、お千賀ちゃんほどのお師匠は、いまのあたしには望めないわ」

染《し》みひとつない白い両手を、お凜はにぎりしめた。

「お正月にはこの簪をつけて、うんと奢《おご》った着物を着て、江戸中を練り歩いてやるわ。神田祭の仇を討たなくちゃあね」

と、はしゃぐお千賀に、お凜はふと、昼間お清が口にしたことを思い出した。

「次の正月は、たいそうなことはのぞめませんね。手抜きの焼きなおしとはいえ、また御禁令が出されちまいましたからね」

祝膳《いわいぜん》の後片付けをしていたときだ。すごい勢いで皿小鉢を拭《ふ》きながら、お清は言ったものだ。享保《きょうほう》と寛政の改革で出された奢侈《しゃし》禁止令が、あらためて十箇条にまとめられて発布されたのは、ちょうどひと月前のことだった。

「なんだか、嫌な風向きですね。芝居小屋も焼けちまったし、本当に今年は厄年でしたよ」

日本橋堺町《さかいちょう》、中村座の楽屋から火が出て、隣町の市村座をはじめ多くの芝居小屋や操座《あやつりざ》が焼失したのは、この十月のことだ。

お凜《りん》からその話をきいても、お千賀の機嫌は翳《かげ》らなかった。

「また、でしょう? おめでたい正月なら、お上も多少は目をつぶってくれるだろうし、そのうちきっと、もとの木阿弥《もくあみ》になっちまうわよ。もし本当に触書どおりになれば、金銀をあつかう生駒屋や椋屋なぞ、あっというまに干乾《ひぼ》しになっちまうわ」

「そうね。来年はきっと、いい年になるわよね」

娘盛りのふたりには、暗い世相への不安よりも、先々への希望のほうが勝《まさ》っていた。

だがこの年の暮れ、十二月二十八日、この改革を決定づける布石が打たれた。

鳥居《とりい》甲斐守《かいのかみ》耀蔵《ようぞう》の、南町奉行就任である。その名と甲斐守をもじって、やがて『妖《よう》怪《かい》』と恐れられるこの奉行の出現により、人々がどうにかやり過ごそうとしていた火の粉は、とんでもない大火事となって江戸の街を舐《な》めつくそうとしていた。

六

　母屋《もや》までひびく怒鳴り声に、傍らのお菊がびくりと身をすくませた。

「大丈夫よ、お菊。あの声は音助さんだもの、きっとまたいつものだわ」

　お菊を安心させるように、赤い着物の背をなでた。お凜はお菊と一緒に、母屋の縁先で、初めて開いた朝顔の花をながめていた。

　天保《てんぽう》十三年の五月末、梅雨はあけ、陽射《ひざ》しはすっかり夏めいていた。

（どうせまた、相手は時蔵さんに違いないわ）

　よくもまあ飽きぬものだと呆《あき》れるほどに、音助と時蔵は悶着《もんちゃく》を起こした。もっとも音助がひとりでいきり立ち、食ってかかるのが常であり、時蔵はまるで相手にしない。それがなおいっそう、音助の負けん気をあおることとなる。

（それにしても、時蔵さんも頑固なこと）

　お凜の口から、小さなため息がもれた。ここへ来てもうすぐ一年半にもなろうというのに、時蔵の頑《かたく》なさは苔《こけ》むした巌《いわお》のようだった。しゃべらず、笑わず、誰とも馴染《なじ》まず、人を見下し蔑《さげす》むような目つきの悪さも相変わらずだった。

　それでもお凜はひとつだけ、有り難く思っていた。ぶつかった拍子に見られてしまった簪《かんざし》のことを、時蔵が黙っていてくれたからだ。己の平戸《ひらど》の技を盗んだと文句をつけることもなく、また、話相手がいないためもあろうが、誰にももらさずにいてくれた。お凜の細工だとは夢にも思わなかったのか、あまりの下手さゆえ歯牙《しが》にもかけなかったか。お凜は最初のうち、そう勘繰っていた。

　だがまもなく、妙なことに気がついた。

　あの鞴祭《ふいごまつり》の翌日、時蔵はほぼ出来上がりかけていた己の細工を潰《つぶ》してしまったのである。指先の勘がもどってからは、細工を中途で潰すことはなくなっていた。時蔵が差しとぶんまわしで描く図面には狂いがなく、細工はまったくそのとおりに形造られてゆく。

　それからまる二日ほど、時蔵は細工場に姿を見せなかった。音助をはじめとする職人たちは、これにも大いに悪態をついていたが、留五郎はほうっておいた。細工場の諍《いさか》いに、よくもわるくも慣れてしまったのである。

　やがて時蔵は、先のものとはまるきり違う新しい図案を描きはじめた。潰した細工は、豪華なしだれ梅の盆だった。その趣向が頭から変えられて、亀《かめ》となった。平戸づくりの角盆はともかく、盆の横からにょっきりと頭と尾がつき出して、さらに太い四肢が盆の下で踏ん張っている。お凛の胸を騒がせたのは、そのあまりに珍妙な形のためではなく、亀の頭や四肢に切嵌象嵌《きりばめぞうがん》が使われていたからだ。

そのときから、時蔵の細工は一変した。さまざまな技や材と、平戸の組み合わせを試すようになり、さらには意匠も大きく変わった。

時蔵のつくるものは、道具の形さえとらなくなった。一枚の羊歯《しだ》の葉の先に、一匹の蜻蛉《とんぼ》。本物と見紛《みまが》うほどに精密を極めた細工は、風のにおいさえ感じさせる見事なものだが、それはただそれだけだった。目新しさをもてはやす旦那衆《だんなしゅう》のあいだでは、それがまた格好の話題となったが、次に仕上げた品を見て、お千賀は怪訝《けげん》な顔をした。

「これは、なに？　倒れた香炉かしら？」

「シャボン玉だと思うわ。あたしとお菊が遊んでいたのを、えらく熱心に見ていたから」

破れたシャボン玉から、中身がとろりと流れでたような趣向だった。

「どうころんでも、時蔵さんとは好みが合わないようだわ」

お千賀だけは相変わらず感心せぬようすでいたが、お凛にとっては、ひとつひとつが新鮮な驚きに満ちていた。時蔵は他人の細工なぞ眼中にない。そうと知ってはいたが、お凜にはまるで時蔵からの果たし状のように思われた。さあ、どうだ、これより素晴らしい細工を作ってみやがれと、嘲笑《あざわら》う声がきこえるようで、しぜん己の修行にも力が入った。

「この、裏切者が！　てめえは椋屋を裏切るつもりか！」

また音助の声がした。お菊が声のほうに顔をめぐらせる。ここにきてようやくお凜は、いつもとようすが違うことに気がついた。声のするのが、細工場とは反対側なのである。離れのほうからだと見当をつけ、お菊を姉にたくすと、お凜はそちらへ駆けた。

「音助さんと……あれは、伍一さんだわ」

離れの軒下に、伍一に詰め寄る音助の姿があった。

「おれは、裏切ってなんか……」

「あんな野郎に尻尾《しっぽ》をふるなんざ、椋屋《むくや》の錺師《かざりし》の名折れじゃねえか！」

「もうやめて、音助さん、伍一さん。いったい、どうしちまったのよ」

お凜はふたりのあいだに、割ってはいった。

「ふたりが喧嘩《けんか》するなんて初めてよね。なにがあったの？　きかせてちょうだい」

「この伍一の野郎が……！」

激したままに言いかけて、急に口をとじる。ひと度大きく息をすい、長くはいた。

「……あとは、こいつにきいてくれ」

そのまま、ぷいと背をむけて、大股《おおまた》で立ち去った。細工場とは反対の、路地へとぬける潜戸《くぐりど》へ向かったところを見ると、しばらく頭を冷やしてくるつもりのようだ。

「お嬢さん、おれは椋屋を裏切るつもりなんぞ、これっぱかしも……」

と、伍一はつらそうに、形のよい唇をかみしめた。色の白い顔が殊更《ことさら》青ざめて見えるのは、日陰にいるせいばかりではなさそうだ。

「おれはただ……平戸をやってみてえと、そう思っただけなんだ」

「ああ、そう……そうだったの……」

そのひと言で、お凜には一切の合点がいった。

「せっかくあんな珍しい細工を、あれだけ見事に拵《こしら》えるやつが目の前にいるってのに、いつまでも意地をはって技を盗まねえ手はねえと思うんだ。銀線の縒《よ》りや接合《つなぎ》をおぼえて、てめえの細工にとり入れてみてえと、それでもっとよい品ができれば、椋屋へのご恩返しにもなると……」

時蔵と音助との諍いばかりが目立っているが、いちばん根深いのは時蔵対椋屋という、いわば技のにらみ合いだった。互いの技を秘すこともなく、相手の眼前に見せつけながら、一方の技を決して試そうとはせぬ意地のはり合いが、いまだに続いているのである。

お凜はすでに、早くから平戸にとり組んでいる。その難しさがわかればわかるほど、どうせはじめるなら一日でも早いに越したことはないと、身にしみて感じていた。椋屋の職人たちに自分からすすめてみようかと、留五郎に相談をもちかけたこともある。

「ややこしいのは時蔵の側には、椋屋から教わることは、なにひとつねえってことなんで」

留五郎は、太いため息をついたものだ。

「このところあいつは、平戸の他にもいろんな技をつかうようになった。だが彫りでも打ちでも、椋屋のやり方とはどこか違う。あれはここにくる前に身につけたもんだ。一方の職人どもには、椋屋の名の許《もと》に、てめえたちこそ江戸随一だとの誇りがある」

「そうよね、たとえば得意の打ちものなら、音助さんのほうが勝《まさ》っているわ。時蔵さんがひと言口に出しさえすれば、丸く収まるのにねえ」

「それを口にするくれえなら、あいつは喜んで、逆立ちしたまま御《お》曲輪《くるわ》を一周するほうをえらぶだろうよ。そいつは音助もおんなしだ」

いくらお凜のたのみでも、おいそれとは首を縦にふるまい。逆にお凜がかかわれば、さらに意固地になることは目に見えている、と留五郎は苦い顔をした。

「それで、平戸をやりたいと、時蔵さんには……？」

「へい、断りを入れやした。まあ、案の定というか、おれにはかかわりねえとにらまれただけでやすが……」

「そう……」

「そりゃあおれだって、ああいうやつは好きにはなれねえ。けど、腕だけはとび抜けている。嫌いな相手の技を認めねえってのは、違うと思うんだ」

伍一のおとなしい気性は、ふだんは派手な音助の陰にかくれて目立つこともない。しかし細工にたいする腰の入れようは本物だった。だからこそもっとも年若い身で、五代目候補に名を連ねたのである。

「平戸をやるんなら、お嬢さんや留の頭、まわりの皆にも許しが要る。だからまずいちばんに、音兄さんに打ち明けたんで。そしたら、あんなことに……」

気の弱い伍一は、音助の剣幕にすっかり気圧《けお》されてしまったようだ。たとえ揉《も》めることになろうとも、どうせ一度は膿《うみ》を出さなければならない。お凜は、腹をきめた。

上野寛永寺傍に店を構える大きな扇問屋若狭屋《わかさや》は、椋屋の古くからの馴染みであり、生駒屋をとおさず特別あつらえの注文を受ける数少ない客でもあった。婚礼を間近に控えた娘のために金簪をたのまれて、それを留五郎は音助に任せた。きらびやかで華のある錺を得意とする音助が、大いにはりきり念を入れただけあって、簪の出来はすばらしかった。

音助をともなって、若狭屋に品納めに出向いた帰り、お凜は途中で足をとめた。

「せっかくだから、不忍池《しのばずのいけ》で蓮《はす》を見ていきましょうか」

「え」

音助はどこか、途方に暮れたような顔をしている。

「そんなにびっくりしなくても。梅見だの菊見だの、言い出しっぺはいつだって音助さんだったでしょ」

「そう……そうでやしたね……いつもいつもあっしが誘いをかけては、お嬢さんに肘《ひじ》鉄砲《でっぽう》くらってやしたね」

十年も前のことを、懐《なつ》かしんでいるかのような口調だった。

やはり御改革のためだろう、池之端《いけのはた》の屋台はめっきり減っていた。それでも蓮見の人出はそれなりにあって、けっこうな混雑ぶりだ。まるで湿気た花火のように冴《さ》えない音助を引き立てて、お凜は池をのぞき込んだ。水面は緑の葉にみっしりとおおわれて、その隙間《すきま》に白や紅の丸い花が顔をのぞかせていた。小暑が過ぎて日も浅く、まだ数は少ないものの、ぽつりぽつりと花が開いている。仏のための花だけあって、手を合わせている年寄の姿もあったが、お凜の頭の中には、新しい意匠が次々とわいてくる。

「紅も美しいけれど、やはり白だわね。銀で拵《こしら》えたら、見事な白い蓮になるでしょうね」

「時蔵の平戸なら、できるかもしれやせんね」

え、とお凜はふり向いた。疲れたような音助の顔が、そこにあった。

「お嬢さん、あっしに話がありなさるんでしょう？　わざわざ若狭屋の品納めに連れてきたのも、ここへ誘ってくだすったのも、そのためでござんしょう？」

半ば夢中で意匠拵えに没頭していたお凜は、ようやく己の役目を思い出した。

「話ってのぁ、伍一のことですかい」

「ええ、そう……そうなの」

伍一の話をきいてから、数日が過ぎていた。あの日、お凜は伍一の件を留五郎と相談し、とりあえず自分から音助に話してみようと申し出た。ところがどうしたわけか、いつもお凜にまとわりついていた音助が、なかなかつかまらない。いくら声をかけても、金簪の仕上げがあるからと毎度《まいたび》逃げられてしまう。考えあぐねたお凜は、若狭屋への品納めに同道させたのである。

「音助さんや椋屋の皆の気持ちは、よくわかっているつもりなの。でもね……」

と、ふいに音助がさえぎった。

「お嬢さんは、時蔵を好いてんですかい」

「えっ！」

音助の両の腕《かいな》が、お凜の小さな肩をがしりとつかんだ。

「あいつと夫婦になろうってぇ、その心積もりなんじゃああありやせんか」

「いいえ……いいえ……そんなことは……」

首を横にふるのが、精一杯だった。つかまれた肩が、焼けるように熱い。

「あいつを、あの時蔵を、椋屋の五代目に据えるつもりですかい！」

「違います！　時蔵さんは、五代目にはなりません！」

とび出したことばをまた、口の中に押しこめるかのように、お凜は両手で口をふさいだ。

音助の眉間《みけん》が、かすかにゆるんだ。「そいつは、本当ですかい」

「……時蔵さんのあの気性では、とても椋屋の跡目など継げません……そういうことです」

音助は真意を計るかのように、しばらくのあいだじっとお凜を見守っていたが、静かに肩から手をどけた。

「わかりやした。それだけきけば十分です」

「音助さん……伍一さんのこと……」

「あいつがやりてえなら、好きにすればいい」

「……それで、いいのね？」

「ええ、他にもおぼえてえ奴《やつ》がいるなら、止めやしません。ただ……」

お凜にくるりと背をむけた。

「おれは決してやりやせん。それでようござんすかい？」

「ええ、ええ！　音助さんの腕は、ようく知っているもの。いまのままでも十分、立派な仕事ができるのだもの。音助さんのいいようにすれば、それでいいわ」

お凜は半ば叫ぶように言って、ゆっくりと歩き出した音助を小走りに追った。音助は黙ったまま、ぶらぶらと不忍池を離れたが、池之端の茶屋街が見えてくると足をとめた。

「それじゃあ、お凜ちゃん、そこの鰻屋《うなぎや》の二階にでも上がりやせんか」

ふり向いた音助は、にっかり笑った。

「まあっ！　調子に乗るにもほどがあるわ！」

お凜は、ぷいと横をむき、音助を追い越してさっさと歩き出した。鰻屋の二階座敷は、男女の逢引《あいびき》の場所である。鰻が出来上がるまでのあいだが、ちょうどよい頃合なのだ。

「ほんのおふざけでさあ。ええっと、ああ、あそこの茶店で汁粉でもどうです」

すっかり常の調子にもどった音助を、やはりいつものごとく軽口まじりにあしらいながらも、お凜の胸の中には影のように時蔵の姿がはりついていた。時蔵を五代目にできぬのには、もっと違うわけがある。

(時蔵さんは、あの人は、職人じゃあない。職人ではないから椋屋を継がせられないのよ)

肩をならべる音助に、お凜は心の内でそう呟《つぶや》いた。

七

「おや、ついにお取締りにお出張りですか？」

「そんな意地悪を言うなよ、お清。ちょいと立ち寄ってみただけだ」

　六月末のある日、北町の同心青木が椋屋を訪れた。そろそろ立秋だというのに、暑気はいっこうおさまらない。きつい陽射《ひざ》しに炙《あぶ》られて、定廻《じょうまわ》りらしい手入れのゆきとどいた青木の月代《さかやき》からは大汗がしたたっていた。常のように冷たいおしぼりも麦湯もならべず、いつにも増して愛想のわるいお清の側には、それ相応の言い分があった。

「あんなお触れを出しておいて、よくも椋屋《うち》の敷居がまたげたものですね」

「いや、だからこそ案じられてな、それでこうして様子見に……」

「ようすうかがいなら、いちばんに芝居町へ走るのが道理でしょうが。まあ、たとえ旦那《だんな》に百遍土下座されたって、今度ばかりは許してなんてやりませんがね」

「……お清、おめえが機嫌を損じているのは、金銀についての触書のためじゃあねえのか」

同心と女中頭のかみ合わぬ応酬に、こらえきれずにお凜はふき出した。

「青木さま、お清がおこっているのは、海老蔵《えびぞう》の追放ですよ」

「あ、そっちか。お清がそれほどの贔屓筋《ひいきすじ》だとは知らなかった」

「海老蔵を贔屓にしない江戸っ子なんざ、いやしませんよ」

五世市川海老蔵は、歌舞伎《かぶき》十八番を定めた立役者であり、一昨年は『勧進帳』を初演して人気を博した。江戸っ子の侠気《おとこぎ》を体現したかのように、御改革の最中《さなか》にも派手な暮らしぶりや金遣いを改めず、「飾海老《かざりえび》」の人気は上がる一方だった。

「お清ももう、いい加減になさいな。なにも青木さまが、御改革の先陣を切っているわけでもあるまいし。それに北町のお奉行さまは評判のよいお方だわ」

このころ北町奉行の座についていたのは、遠山左衛門尉景元《とおやまさえもんのじょうかげもと》だった。

「これで南町の片棒なんてかついでいたら、金輪際縁を切っていたところですよ」

お清の鼻息は、荒くなる一方だ。

「あの蚊柱殿の飼い蛇は、いつまで南に居座るつもりなんでしょうね」

「お清ったら、そんなことを大声で……早く青木さまに、お茶をおもちしなさいな」

不機嫌な女中頭が台所へ消えると、青木はよく動く瞳《ひとみ》を、くるりとお凜にふり向けた。

「蚊柱殿ってのは、ひょっとして……」

「ええ、お千賀ちゃんが言ったんです。……水野さまのお触れは、蚊柱のようだって」

あとのところは声をひそめたが、青木は膝《ひざ》を打ってげらげらと笑い出した。

「笑いすぎですよ、青木さま。仮にもお上の御用をされてるお方が……」

「いや、言い得て妙だ。細かさといい、数の多さといい、お千賀はまたうまいことを」

「お清もすっかり気に入ってしまって、以来、椋屋《うち》では……」

「蚊柱殿で落ち着いてしまったというわけか、こいつは傑作だ」

目《め》尻《じり》に涙をためて、青木は底抜けに笑っている。下々の鬱憤《うっぷん》を、もっとも身近に感じているのは、青木のような町方同心だ。お上への揶揄《やゆ》に、これほどあからさまに興じる底には、日頃のやりきれなさが溜《た》まっているものかもしれない。やがて笑いをとめた青木は、肩を落とし、ぽつりと呟《つぶや》いた。

「まったくあれは、蚊柱だな」

老中水野忠邦が発する触書の多さは、それほど異様なものだった。

庶民に歓迎されたのは、湯銭の引き下げと、株仲間の解散くらいのもので、それさえ後には商いの混乱を招いただけの結果となった。富くじや女義太夫《むすめぎだゆう》の禁止くらいはまだしも、とかく失笑をかったのは、その事細かさだった。子供の玩具《がんぐ》は銭百匁《もんめ》を越えてはならぬ、市ヶ谷御門から牛込《うしごめ》御門までの濠《ほり》では魚釣りをしてはならぬ、初物禁止令にいたっては、野菜の種類までをもいちいち書き出す始末であった。

しかし南町奉行鳥居《とりい》甲斐守《かいのかみ》の執拗《しつよう》な取締りがはじまると、笑うどころではなくなった。

庶民がなにより嘆いたのは、ささやかな娯楽を奪われたことだ。料理茶屋や岡場所は軒並潰《つぶ》されて、遊女はすべて廃業か、あるいは今年の秋までに吉原《よしわら》へ引きうつるよう命じられた。浮世絵、絵双紙は発禁となり、絵師や戯作者《げさくしゃ》は次々と手鎖をうけた。芝居より手軽な見物として親しまれていた寄席《よせ》は、たった十五に減じられた。

一方の芝居小屋にいたっては、火事で焼けたことを口実に、浅草の田舎地への移転を命ぜられ、猿若町と称された。そんななか人気の極みにあった市川海老蔵が、江戸を追放されたのである。お清ばかりでなく、誰もが怒り心頭でこの知らせを受けとめたが、このころにはすでに抗《あらが》う力も出ぬほどに、江戸の町は弱りはじめていた。

「青木さま、今日いらしてくださったのは、あのお触れのことですね？」

髪飾りのたぐいは価銀百匁を越えてはならぬだの、煙管《きせる》などの小物に金銀はいけないなど、すでに去年のうちから種々の禁令は出ていたが、これまではあまり気にせずにいた。しかし、海老蔵の追放令とちょうど同じ六月二十二日、わざわざ四年前の禁令を引き合いに出して、あらためて金銀の品を百姓町人が所持せぬよう重ねて触書が出されたのである。

「すまねえな、お凜、おれにはどうにもしてやれねえ」

「青木さまがあやまることじゃありません。それに先月のお触れが出たときから、覚悟はしていましたし」

きっかりひと月前の五月二十二日には、古金銀引替令が出されていた。古い貨幣を含む金銀具の一切を、金座、銀座などの引替所へさし出すよう命じられたものだった。

「あのお触れどおり、金銀は集まっているのですか？」

「いんや、ここだけの話だが、さっぱりなようだ。誰だっててめえの財を、そう楽に手放せるもんじゃねえ。大方はかかえこんで、隠しちまってるんだろう。椋屋や生駒屋は、どうするつもりだい？」

「町方のお役人に打ちあけるのも、おかしな話ですけれど」

「ここだけの話だ、お凜。おれは役人としてじゃあなく、宇一の友達として来てるんだ」

青木は心底切なそうに、お凛を見やった。まむしだの妖怪《ようかい》だのと恐れられる奉行のおかげで、いかんせん南町ばかりが矢面に立たされがちだが、遠山景元とてしょせんは役人、さらに水野の信頼も厚い。北町でも市中取締掛の人数は増えつづけ、気に染まぬながらも青木もその片棒を担《かつ》がざるをえない。それを承知で、お凛はあえて正直にうちあけた。

「生駒屋とも相談して、いくらかの金銀を納めることに致しました」

「そいつがいちばん面倒のねえ策だ。あの伊左衛門なら、抜かりはなかろう」と、青木はひとまずうなずいて、「だがな、お凛、椋屋はこの先やっていけそうか？」

「椋屋の身代は、ちっとやそっとで潰れやしません。それに焼きや白が使えなくとも、赤や真鍮《しんちゅう》でも錺《かざり》はつくれます……見劣りはするでしょうけどね」

焼きは金、白は銀、赤は銅のことで、いずれも職人がつかう隠語だった。金銀は昔から、いく度も禁令が出されている。焼きや白と称し、金銀ではないと言い張ったのである。先のお触れが出て以来、お凛たち椋屋の衆もせっせと口にするようになった。

「出来がぱっとしねえんじゃ、職人たちも力がはいらねえだろう。先に宇一にきいたが、材が違えばつくり勝手も異なるのだろう？」

「ええ、曲がりぐあいも伸びも火加減もさまざまですから、戸惑うことは多いでしょうね。ちょうど大事な頃合だから、正直、厄介なことになっちまったなって……」

「このまえ言っていた、平戸のことだな。職人衆に試させることにしたんだろう？」

「はじめたのは、伍一さんと太市さんのふたりだけです」

お凜が細工をはじめた時分、太市はまだ小僧だった。一緒にいた和助は我慢がきかず、あれから一年ほどで椋屋を去ったが、残った太市は来春で年季があける。

「あとは小僧の柴太郎が、下拵《したごしら》えにあたる線引きを……じつはこの柴太郎が、いちばん熱心なんですよ。以前から平戸が気になってならなかったようで、時蔵さんの前を通るときだけ足が止まっちまうもんだから、皆にぽかぽか頭を張られていたんです」

末頼もしい、と青木が笑う。音助が口をつぐんでくれたから、表立っての諍《いさか》いには至らぬものの、それがかえって癇癪玉《かんしやくだま》をためこんでいるようで、いつかはじけるのではないかと、お凜はびくびくしていた。

金銀の禁令は職人たちにも知れていたが、こんな折に気鬱の種を増やすのもはばかられ、店からは殊更《ことさら》の達しはしていない。しかし取締りはきつくなる一方で、明日にでも生駒屋と相談するつもりでいたと、お凜は青木に告げた。

「難儀だろうが、もうしばらくの辛抱だ。先の御改革とおなじに、こんな無理はいつまでも続きやしねえ、と北町《うち》のお奉行も仰《おつしや》っていたそうだ」

「北のお奉行さまは、もののわかった、たいそう粋《いき》なお方だそうですね」

「なあに、南のまむし殿の不人気ぶりがあまりにすごくてな、逆にうちのお奉行は、なにもせずとも評判が鰻《うなぎ》のぼりというわけよ」

「いいんですか、上役の方にそんなご無礼を仰って」

「だからな、ここだけの話だ」

　青木は悪戯《いたずら》げに、目玉をくるりとまわした。


　夜半から強い雨がふり、夜明けとともにやんだ。ぬかるみが気にはなったが雨上がりの朝は涼やかで、昨日青木に言ったとおり、お凜は生駒屋へ出向くことにした。

「お凜ちゃんじゃねえか、ちょいと見ねえうちに、すっかり娘らしくなっちまったな」

　日本橋のたもとで行き逢《あ》ったのは、時蔵のもとの抱え主、錺職の権《ごん》の松《まつ》だった。御改革で厄介をこうむっているのはお互いさまだ。無聊《ぶりょう》をなぐさめがてら、開いたばかりの掛茶屋に腰を落ち着けることにした。

「こっちは祭りのご禁令だけで御陀仏《おだぶつ》だからな、この前のお触れなんざ、もう屁《へ》でもねえや」

去年の神田祭につづき、六月の山王祭も緊縮令が下った。天下祭がこの有様であるから、江戸に祭礼は数あれど、神輿《みこし》の新調はおろか修繕さえままならない。権の松の痛手は、椋屋の比ではなかった。

「このままじゃあ、弟子を食わせていくことも難しい。江戸から出して伝手《つて》のある錺師にあずけようかと文を送ってみたが、焼きがまわっているのはどこも同じらしい」

手抜きを知らぬ水野忠邦の触書は、国中に出まわっていた。信州上田の庄六、備前《びぜん》岡山の新兵衛をはじめ、椋屋門下の弟子たちからも同様の知らせがはいっていた。

「上方はもちろん、百万石の加賀さまのお膝元でも駄目らしい。以前、時蔵をかかえていた京の親方も、やはり芳《かんば》しくねえようだ。もっともその錺屋は、御改革云々《うんぬん》よりも、時蔵に荒らされた痛手のほうが大きかったようだがな」

「それは……どういうことです？　親方」

ぎょっとしたお凜に、権の松は真顔を向けた。

「じつはおれも、つい先だってとどいた便りで初めて知った。わかっていたら、いくら四代目に頭を下げられても、あいつを椋屋に出したりはしなかったろう」

茶の代わりをたのみ、初手から話そうか、と権の松は言った。

「おれは若いころ二年ばかし、京に修行に出されたことがあってな。京の錺師は、そのときの親方だ。時蔵はそこに三年ほどいたようだ。江戸へやるから面倒を見ちゃくれねえかと、その親方にたのまれてな、うちは神輿錺しかやらねえからいったんは断ったんだが、あちらはどうにも扱いに困り果てていたらしい」

「困る、というと、やっぱりまわりに馴染《なじ》まないところかしら？」

「それだけじゃねえんだ。奴《やつ》はその親方のもとで彫りと打ちを修行したそうだが」

「まさか、それまではずぶの素人《しろうと》だったとでも言うんですか？」

　思わずさえぎったお凜に、権の松は苦笑いをうかべた。

「いやいや、そうじゃねえ。たいがいの技はすでに身についていたようだが、その京の錺屋は古くてな、彫りにも打ちにも他所《よそ》にはないめずらしい手際《てぎわ》がある。楽に盗めるような技じゃねえんだが、それを時蔵は、たった二年であらかた会得《えとく》しやがった。もっともあいつのように朝から晩まで細工漬けになっていりゃあ、それも道理かしれねえが」

　職人というものは、とかくよく遊ぶ。修行中はなにかと不自由なものだから、それをとりもどすかのように年季があけると遊びに精を出す。

　椋屋は大所帯であるし、修行さなかの弟子が多いこともあり、月に二度の休みのほかは常に職人が詰めてはいるが、音助や伍一の働きぐあいは半日にも満たない。だが時蔵が細工机にむかう時間は、ゆうにその倍にはなろう。晩餉《ばんげ》を終えて小僧が後片付けをすませたあとも、ひとり細工場にいることも少なくなかった。

「おまけにあいつは、ひととおりの技をおぼえると、今度は己の平戸にそれをとりいれて、好き勝手に細工をはじめやがったってんだ」

「待ってください。それじゃあ、あの線細工は、京で覚えたものじゃあないんですか？」

「時蔵は、てめえが編み出したと、そう言っていたぜ」

「まさか……そんなこと、あるはずがないわ。よしんば己であれこれ工夫を凝らしたとしても、もとになる技は誰かから盗まぬことには……」

「ああ、そんとおりだ。うちだって椋屋だって、職人なら皆おなじ道筋をたどる。廻り道はあっても、近道なんぞ決してねえ。だがな、それをあの時蔵は、やってのけたんだ。おれもその錺屋にいたからよくわかるが、なみの職人なら五年はかかる技を、たった二年だ。しかもそれより前に、誰も見たことがねえあの線細工をもっていた」

喉《のど》をならして椀《わん》をあける権の松の横で、お凜は額の汗をぬぐった。だいぶ日が高くなり、じりじりと暑さは増していたものの、そのためだけの汗ではなかった。

「あの線細工を、時蔵さんは平戸と呼んでいますよね。平戸は、長崎に近い島だとききました。昔、異国と交易をしていたところだと」

「ああ、そんなことを言ってたな。時蔵はだいぶ前、その平戸にいたことがあるようだ」

「時蔵さんは、そこの生まれじゃあないんですか？」

「いや、あいつの生国はずっと北、出羽《でわ》の秋田だときいたことがある。おれもよくは知らねえが、陸奥《みちのく》の西寄りになるらしいな」

西ときいて、お凜ははっとした。——海に陽の沈むところはないかと、いつか堀端で訊《き》かれたことがあった。時蔵の生国では、それがあたりまえの景色だったのかもしれない。

「平戸と言えば、うんと南の地なのでしょ？　生国が北なのに、どうして平戸なぞに行ったのかしら」

「なんでも若い時分に、北前船《きたまえぶね》なんぞを乗り継いで平戸へわたったそうだ。とにかくそのころに、あの線細工の技を己で工夫したと、あいつはそう言った」

「己で工夫を編み出した……」

あまりのことに、お凜は呆然《ぼうぜん》となった。

「嘘《うそ》か実《まこと》かは、わからねえ。だがな、あいつの腕は神がかってる。それだけは認めざるをえねえ。そのために京の親方は、えらい目に遭ったようだ」

　時蔵がいた京の錺屋は、代々御所や大寺院の御用をつとめる大看板を掲げていた。二百年以上も続く古い家柄で、現親方の八代目は還暦を過ぎている。弟子の中から跡目を決めて、孫娘との祝言《しゅうげん》を待つばかりだった。ところがその弟子と時蔵が、揉《も》めに揉めた。音助とのいざこざを目にしているだけに、お凜にはそのようすが手にとるようにわかる。それでも三年ものあいだ時蔵を置いていたのには、その腕を高く買っていたことに加え、平戸の技が欲しかったこともあろう、と権の松は推量を口にした。

だが、そんなのんきなことも言えなくなった。時蔵を出すか、己を出すか、どちらか決めてくれとその弟子に詰め寄られ、親方は迷わず時蔵を切った。

「ところがだ、話はそれで済まなかった。時蔵が去ってから後も、跡目を継ぐはずだった弟子はちっとも仕事に身が入らねえ。どうやら時蔵の細工が目にちらついて、どうにもならなかったらしい。それから半年も経《た》ぬうち、弟子は親方のもとを出奔しちまった」

　腕のある職人ならなおのこと、他人の細工の良さも、身に沁《し》みてわかるというものだ。その弟子はおそらく、時蔵の幻にとり憑《つ》かれ、己の細工を見失ってしまったのだろう。

「親方からの便りにあったが、いまだに行方知れずのようだ。残された孫娘も、半病人みてえな有様らしい」

と、権の松は話を締めた。近くの木陰から、蟬《せみ》の声がとどく。黙りこくったお凜を気遣うように、権の松が申し訳なさそうに盆《ぼん》の窪《くぼ》に手をやった。

「どうやら要らぬ話までしちまったみてえだが、京からの便りを読んで、やはり耳に入れたほうがよかろうと思ってな」

「いいえ、親方、話してくだすって有り難うございました」

「お凜ちゃん、本当に大丈夫かい？　いくら病に臥《ふ》せった四代目の頼みとはいえ、いや、だからこそ逆に、考えなしのことをしちまったんじゃねえかって、なにやら気が咎《とが》めてな」

「親方、椋屋は大丈夫です。それに義兄《にい》さんは……四代目は、もしかしたら京での時蔵さんの仔細《しさい》も、知っていたのかもしれません」

まさか、と権の松は一笑したが、お凜は病床の宇一が、京と便りをやりとりしていたことを思い出した。相手は椋屋とつきあいのある、江戸に出店をもつ京の漆問屋の主《あるじ》である。宇一はその商人《あきんど》に、時蔵の過去を調べてもらったのではなかろうか。

（それにしても……）

お凜は義兄《あに》の思惑に考えをめぐらしていた。いまの椋屋にはおそらく、京の錺屋《かざりや》を出奔した男ほど、腕の立つ職人がいないのだ。お凜や伍一のようにその技に屈するか、音助のように意地をとおすか、どちらにせよ、己の腕を駄目にするほどの域に達した者はいない。そこまで見越していたものかと、お凜は四代宇一の深慮に、あらためて慄然《りつぜん》とした。

権の松と別れたころには日はすっかり高くなり、生駒屋への道筋には陽炎《かげろう》が立っていた。

額にも首にも玉の汗を浮かべたお凜を、古参の番頭、九郎兵衛《くろべえ》が出迎えた。

「あいにくと、旦那《だんな》さまとお千賀お嬢さんは、ご一緒に舟遊びに出ておりまして」

「あら、ということは、ひょっとして……また？」

「はい。また、でございます」

九郎兵衛は、意味深な含みをもたせた。

「二度目だったかしら？　今度はうまく運べばいいわね」

「三度目でございますよ。本当にこればかりは、数の多さは自慢になりませんからねえ」

舟遊びにはよい季節だが、この夏三度目ともなればさすがに多すぎる。お千賀は舟遊びにかこつけて、見合いをさせられているのである。

「はじめのお方は、まるで南瓜《かぼちゃ》のようで嫌だと仰られたもので」

その札差《ふださし》の跡取り息子とはまとまらず、次には役者のような男前だと評判の呉服問屋の倅《せがれ》との話が舞い込んだが、お千賀はやはり気にいらなかった。

「まるで食べごろ前の青茄子《あおなす》のようだと」

九郎兵衛は、情けなさそうに白髪《しらが》混じりのふっさりとした眉《まゆ》を下げ、たまらずお凛は吹き出した。

「笑い事じゃあございませんよ。なんとかこの辺りでまとまってくれないと、悪い噂《うわさ》でも広まっては一大事ですからね」

「お千賀ちゃんの噂なら、存分に広まっているじゃない。装《よそお》いも気性も誰より先行く小町娘と、すでに世間で名高いんですもの」

「それを耳にするたびに、あたしなんて胃がきりきりいたしますよ」

「あら、江戸の若い娘はみんな、お千賀ちゃんに憧《あこが》れているのよ。生駒屋の小間物は趣味がいいと謳《うた》われるのも、そのためでしょう？　うんと自慢になさるべきだわ」

「それはあたしどもも、有り難く思っておりますよ。ですがね、あたしのような古い者には、どうにも空恐ろしいような気がいたしましてね」

九郎兵衛ではなしに、苦労兵衛だ。お千賀がそう評するように、年がら年中悩みの種が尽きぬ番頭は、ほうっと長いため息をついた。

「お小さいころはむしろ弱々しくて、始終お兄さまの陰で泣いてばかりでしたのに、まさか十年も経たぬうちにここまで変わられるとは……やはり男手ひとつでは、行き届かないものでしょうかね。お嬢さんの気性が荒くなったのは、内儀《おかみ》さんがお亡《な》くなりになってからのことですからねえ」

番頭の愚痴につきあいながら、お凜は昔のお千賀を思い出していた。九郎兵衛の言ったとおり、泣き虫で甘えん坊の姿しか浮かんでこない。だが九郎兵衛は、ひとつだけ思い違いをしている。お千賀が様変わりしはじめたのは、母親のお円《えん》が亡くなる前だ。

「いらしていただいて、うれしいですよ。たとえ頭のいたい相談事であろうとね」

苦労性の番頭に半刻《はんとき》ほどもつきあって、お凜は奥の間にとおった。出迎えた伊左衛門は来訪の目的をすぐに察したようだが、お凜は本題の前に、権の松からきいた話を語った。

「ほう、時蔵の生国は、出羽秋田ですか」

「陸奥の西寄りだということですが、どういうところか若旦那はご存知ですか」

「詳しくはありませんが、伯父の営む袋物屋に秋田出の手代がおりまして、話をきいたことがあります。もっとも訛《なま》りがひどくて、ききとるにも難儀しますが」

時蔵には訛りなぞあったろうか、とお凜は首をかしげた。もっともほとんど口をきかぬから、気づきようもないのかもしれぬ。

「たいそう寒く雪も多いところで、冬は二階屋より高く雪が積もるそうですよ。たびたび家が埋もれてしまって、二階から出入りすることもあるとか」

「まあ、そんなに」と驚いて、そのようすを思い描こうとしたが、うまくゆかなかった。

そのかわり、時蔵とはじめて出会った日のことが、胸の内にふっとわいた。松の根方に寝そべっていた時蔵の背中に、雪が落ちていた。

「少々、妬《や》けますね」

「はい？」

知らずに物思いにふけっていたお凜は、顔を上げた。

「お凜さんが執心するのは、平戸細工ですか、それともあの男ですか」

「もちろん……細工です」

伊左衛門は、面白そうにこちらをながめている。急に居心地の悪さをおぼえ、無駄話が過ぎたとお凜は詫《わ》びて、本題へと話を転じた。

「先の金銀のご禁令は町衆に向けてのものです。お武家への品だとすれば言い訳も立ちますし、しばらくは焼きや白をその名目で使うということでいかがでしょうか」

「お凜さん、あたしは生駒屋の店先から、焼きと白の品を一切はずそうかと、その思案をしておりました」

「そんな！　若旦那！」

思わず仰いだ伊左衛門の端正な面《おもて》に、迷いはなかった。

「この先職人衆に、赤や真鍮《しんちゅう》しか使うなと、そう言えと仰《おつしや》るんですか？」

「落ち着いてください、お凜さん。一部の職人には、これまでどおり焼きや白で細工を作らせます。あくまでこれは、お上の目を欺《あざむ》くためです。あたしどもには後ろ盾となる金看板がありません。それだけ他所《よそ》より先回りして手を打つべきだと考えたのです」

御用達《ごようたし》看板をもたぬことは、初代が決めて代々守られてきたことだ。金看板の上に胡坐《あぐら》をかくようなことがあっては錺の腕も商いも鈍ると、ふたつの家を興《おこ》した兄弟は、それをなにより戒めた。おかげで贔屓筋《ひいきすじ》は金まわりのよい町人が多く、御用達商人が抱えるような面倒も負わずにすんだのである。公儀や大名、あるいは大寺院の看板は、旨味《うまみ》は大きいが、それだけ気苦労も多い。ことに金の面では厄介で、支払いの滞りはもとより借金を申し込まれることも少なくなかった。

「初代春仙は、なによりも町職であることを誇りにしていました。椋屋が武具をあつかわぬのも、お上やお侍におもねることなく職人たれと、その思いがあってこそです」

曾祖《そうそ》父《ふ》である初代の血だろうか、語るお凜の口調には、知らずに熱がはいっていた。

古くから金銀は、権力者のものだった。この時代、金工師といえば装剣師や馬具師をさすほどで、ことに椋屋ほどの構えの大きな金工師が、武具を一切あつかわぬというのは、むしろ珍しいことだった。しかしお凜の訴えにも、伊左衛門の怜悧《れいり》な表情は変わらない。

「ですがこのご時世では、もっとも的になりやすいということです。万一にらまれでもしたら、言い訳が立つかどうかも危うい。ここは先手を打って、御改革に従う素振りを見せたほうが上策です。お上のうるさい目を払い、裏で高直《こうじき》の錺をさばくのです」

「……そんなことが、できるのですか？　焼きや白の差出令も出ているというのに

「……」

裏というひびきに気圧《けお》されて、お凜には不安が先にたつ。

「世の金持連中は、お触れに従うつもりなぞ毛ほどもありませんよ。あの後藤家でさえ己の財を隠しもっていると、噂があるほどですからね」

「御金改役《ごきんあらためやく》の後藤さまがですか？」

金貨の鋳造所である金座の長を、御金改役といって、代々後藤家が世襲している。

「お上のいわば、懐刀《ふところがたな》であるはずの後藤家でさえその始末です。ほかの豪商が、やすやすと財を手放すはずがありません。時蔵の細工なら、欲しがる輩《やから》は必ずいます」

「待ってください。では、焼きや白をあつかわせる一部の職人というのは……」

「ええ、時蔵のことです。あの細工なら、ものによっては五十両か、それより上も望めましょう。ほかの職人には赤や真鍮の錺を……」

「若旦那は、椋屋を潰《つぶ》すおつもりですか！」

伊左衛門が目を丸くして、口をつぐんだ。

「そんなことをすれば、音助さんも伍一さんも、いいえ、留さんだって黙ってはいないでしょう。皆、椋屋からはなれていってしまいます。それよりなにより若旦那は、椋屋を侮《あなど》っているのですよ。椋屋の技では商売にならぬと、平戸にたよらねば立ち行かぬと……」

「お凜さん、あたしは決してそんな……」

お凜は目をつむり、きゅっと唇をかんだ。そうしていないと閉じたまぶたの端から、涙がこぼれそうだった。しんとなった座敷で、縁先の風鈴がちりんと鳴った。

「……すみません、どうすれば椋屋と生駒屋と、双方がやりくりしてゆけるものかと、そればかりを思案していました。お凜さんや職人衆の気持ちにも思い至らないとは……これだから妹にまで愛想をつかされる」

お凜が顔を上げると、いままで見たこともないような伊左衛門の姿が、そこにあった。

「お千賀があんなふうに向う気の強い娘になったのは、あたしのせいだ。あたしの心ないひと言が、お千賀を変えた」

肩を落とし、しょんぼりとうなだれて、顔には自嘲《じちょう》まじりの苦しい笑みが浮いていた。

「床についたおっかさんの枕元《まくらもと》で、毎度のように泣くものだから、つい言ってしまった。『おまえが泣けば、おっかさんの病が悪くなる』と……お千賀と一緒に涙をこぼす母を見ていられなくて、つい、口をついてしまった。だが、六つのお千賀には、きつい仕打ちだった」

「それまでなにかとあたしを頼っていたお千賀が、以来、一切なつかなくなったからね」

「だったら詫びとはゆかずとも、なにかひと言、お千賀ちゃんに言ってあげるべきです。お千賀ちゃんは若旦那のことを、温かみのないお人だと勘違いして……」

「いったん口から出したことは、いくらあやまったところでとり返しはつきません。それに、冷たい性分とそしられるのも仕方がない。商いの裏を読むことはできても、人の気持ちとなると、なかなかうまく察せられない」

「それは、誰だって同じです。あたしだって迂闊《うかつ》なことを口にして、あとで気が揉《も》めるなんてのはしょっちゅうで……」

「いいえ、お凜さんとあたしは違います。あたしはね、お凜さん、九郎兵衛のように詮《せん》ない愚痴をくり返す者も、博打《ばくち》に身をもちくずす輩も、騙《だま》されて金品を巻き上げられる連中も、なぜそんなことに至るものか、まったくわからないのですよ」

　小さいうちから頭が切れて、商いの利だけを追ってきた伊左衛門には、要領が悪く生まれついた者の不運は量れないものなのだろう。お凜はそう考えたが、伊左衛門は意外なことを言い出した。

「おそらく水野さまや南町の鳥居さまは、あたしと同類なのでしょう。己にしてみればあたりまえのことを、あたりまえにできぬ者たちが歯《は》痒《がゆ》くてならない。この御改革の容赦のなさはそれ故《ゆえ》だと、あたしにはそう思えます」

「若旦那《わかだんな》は、そんな人でなしではありません。その証《あかし》に、番頭さんも店の者たちも女中衆も、みんな若旦那を慕って頼りにしているじゃありませんか」

「それはたぶん、おとっつぁんとお千賀がいるためです。だからこそ、うまく釣合がとれている。だが、いずれはあたしひとりが、この家《や》に残されることになる。だから嫁を迎えるならば、他人《ひと》の気持ちの趣にさとい人をと考えています。ちょうどお凜さんのような……」

まっすぐに向けられた伊左衛門の瞳《ひとみ》に、お凜はさっきと同じ息苦しさをおぼえた。

「からかわないでください。あたしはそんな、たいそうなことは……」

伊左衛門はふっと表情をやわらげて、話を本題にもどした。

「さきほどのことは、なかったことにしてください。お凜さんが言われたように、もうしばらくは、お武家からの注文ということで凌《しの》ぐことにいたしましょう。椋屋の四人の職人には、これまでどおり焼きと白で細工をお願いします」

「では、生駒屋の店先から焼きと白を除くという話は……」

「ええ、除きます。ですから申し訳ありませんが、門下の下請職人たちには、赤と真鍮の錺《かざり》をたのめないかと……いかがでしょう」

ひとり商いの外弟子たちは、生計《たつき》の道が途絶えるのではないかと、なによりそれを案じていようから、かえって助かる者も多いはずだ。椋屋としては文句はないが、逆に生駒屋が立ち行かなくなる恐れがある。この先は板金《いたがね》さえも、手にはいり辛《づら》くなろう。四人の職人がつかう金銀をそろえ、さらにその細工を裏ですべてさばくなぞ、できるわけがない。

お凜は口許《くちもと》に手をあてて、しばし考え込んでからついと顔を上げた。

「音助さんと時蔵さん、焼き・白をつかわせるのは、このふたりだけにいたしましょう。音助さんは、ご祝儀《しゅうぎ》向きの華やかな細工に長じています。祝事ならきっと、裏から手をまわしてでも錺を求めるお方もあるでしょう」

「ですが、あとのふたりは……」

伍一はちょうど、平戸をはじめたところだ。銅や真鍮では勝手も違うが、しばらく修行に専念させれば否《いな》やはなかろう。留五郎には申し訳ないが、すべて話して、当面は弟子の面倒を見ることに徹してもらう。お凜が考えを明かすと、相手は眩《まぶ》しそうに目を細めた。

「それでいかがでしょうか、若旦那」

お凜の案に承知して、伊左衛門は小さなため息をつく。常のとおり、ゆったりとしたたたずまいにもどっていたが、端正な顔には複雑な笑みが浮いていた。

「本当に、残念でなりませんよ、お凜さん。あの跡目決めの話さえなければ……」

切ない口調に、お凜はまた気詰まりを感じたが、廊下からひびく賑《にぎ》やかな声がそれを打ち払った。

「あら、お凜ちゃん、来ていたのね。ちょうどよかった」

いつも以上に着飾ったお千賀が、ひょいと顔をのぞかせた。

「お千賀、なんだ、その着物《なり》は。地味にしろと、あれほど言っておいたじゃないか」

「見合いにお婆《ばあ》さんのような格好をしていたら、まとまるものもまとまらないわ」

「それだけ気合が入っていれば、今度こそ縁組がかなうのだろうね」

「生憎《あいにく》と、ご縁はなかったようよ。ね、おとっつぁん」

娘の後ろから入ってきた広左衛門は、くたびれきっているようだ。

「毎度の舟遊びだって、ただではないんだ。だいたい、派手な遊びはお上の目がうるさい」

伊左衛門が、恐《こわ》い顔をする。しかしお千賀には糠《ぬか》に釘《くぎ》で、

「うちの蚊柱殿も、小うるさくなる一方だわ」

父と兄をおき去りに、お凜の腕を引っ張って外にでた。生駒屋にほど近い甘味処《かんみどころ》に入ると、お千賀はところてんをあっというまに平らげて、さらに汁粉を注文した。

「今度もお断りするつもりなの？」

「ええ、そうよ」

お千賀はまるで、はじめから決まっていたかのように大威張りでうなずいた。

「でもね、あたしは見合い嫌さに、お断りしているのじゃあなくってよ。大店《おおだな》の娘に生まれたからには、商いの役に立ちそうなところへ嫁ぐのがあたしの役目ですもの」

「お千賀ちゃんらしいわ」

からりとしたこたえに、お凜はにっこりした。お千賀は決して浅はかな娘ではない。傍目には突飛に見えても、それはすべてきちんとした考えあってのものなのだ。

「番頭さんの苦労は、当分続きそうね。ひとり目は南瓜《かぼちゃ》で、ふたり目は茄子《なす》ですって？」

「今日の相手は両替商の若旦那で、見てくれは枝豆ね」

「枝豆？」

「長い顔にやたらと髭《ひげ》が濃くて、ちょうど毛の多い枝豆の莢《さや》みたいだったわ」

相手に気の毒と思いながらも、お凛は笑わずにはおれなかった。

「お互いほとんど目も合わさないってのに、よくそこまで見極めがつくものね」

寺社の境内の茶店や、あるいは芝居小屋なぞで、ほとんどすれ違うようにして相手の顔を盗み見るのが見合いというものだ。お千賀の性分なら芝居小屋あたりが好みだろうが、生憎といまは猿若町への移転のために休業している。

そこで風流な広左衛門が一計を案じ、毎度の舟遊びとなった。互いに別の屋形舟に乗り、落ち合う場所を決めておく。落ち合うといっても、端近《はしぢか》で挨拶《あいさつ》を交わすのは大人たちで、当人同士は屋形の奥に収まっているだけのはずだ。

「遠目の上に、じろじろながめるわけにもゆかないのでしょう？」

「あら、あたしはいつも、じっと相手を見てるわよ。見合いの席で、あたしとまっすぐ目を合わせることのできる人。そういうお人のもとへ、嫁いでいこうときめているの」

「……目を……合わせるですって？」

お凛も、これには面食らった。男はともかく、女は見合いと言えど顔さえ滅多に上げぬものだ。初顔合わせの若い男の目を見詰めるなぞ、お凛には有り得ぬことだった。

「ええ、そうよ。だから毎度、相手にしっかり目を合わすの。ところが南瓜も茄子も枝豆もすぐに目を逸《そ》らしちまって、その後一遍もこちらを向いちゃくれないのよ」

「……それは、そうでしょうよ」

艶《つや》のある大きな目をのぞき込み、お凜は三人の見合い相手に少なからず同情した。こんな晴れやかな美人に見詰められ、堂々と視線を交わせる男なぞ、よほどの兵《つわもの》か朴《ぼく》念仁《ねんじん》か、そのどちらかだろう。

「お凜ちゃんこそ、どうなのよ。もう三年の日切りのうち、半分は過ぎちまったのよ」

「あたしはまだ、なんとも言えないわ。これから腕が伸びる人もあるでしょうし」

「そんなしかつめらしく考えず、お凜ちゃんが好いた人をえらべばいいじゃないの。誰かいいなと思える人はいないの？」

胸の中に、ぽん、と時蔵の仏頂面《ぶっちょうづら》が浮かび、お凜はあわてて頭《かぶり》をふった。きっと音助や伊左衛門が妙なことを言い出したせいだ。そう思うと無性に腹が立った。

「あら、誰かいるのね！」

「いやしません。だいいち好いた惚《ほ》れたで相手を決めたら、大変なことになっちまうわ」

「あら、考えてもごらんなさいな、一生添い遂げる相手なのよ。まるきり気性の合わぬ人よりも、夫婦睦《むつ》まじく暮らせたほうが、椋屋にとってもよほど利があるというものだわ」

あながち的外れではない言い分に、なるほどとうなずいて、思わず素朴な問いが口をついた。

「好いた相手が、仲良くやってゆけそうにない人だと、どうなるのかしら？　椋屋で睦まじく暮らせそうにない人を好いたら、どうなっちまうのかしら？」

お千賀は一瞬きょとんとし、それからにっこり笑った。

「なんだ、お凜ちゃんは、時蔵さんを好いてんのね」

「そんなんじゃないわ！」

「その顔はどっからどう見ても、時蔵さんが好きと大書してある顔だわよ」

暑気に湿っていたお凜のからだから、さらにどっと汗がふき出した。

「そうお、時蔵さんをねえ……お凜ちゃんの渋好みは、着物ばかりじゃなかったのね」

「だからお千賀ちゃん、違うったら」

「往生際《おうじょうぎわ》が悪いわね。細工場に入ったら、いっとうはじめに目が行くのじゃあなくって？　いないとなぜだか落ちつかず、探しにゆきたくなったりしない？」

　まさしくそのとおりなものだから、お凜はひどくまごついた。

「別に照れることなぞなくってよ。気になって仕方がないのでしょう？　時蔵さんが」

「それは、その……細工よ、あの平戸細工が気になって……」

「どっちでも同じことよ。細工あっての時蔵さんだもの。そうでしょう？」

「細工あっての……？」

「お凜ちゃんにとって、錺細工は切っても切れないものだもの。抱き合わせで考えるのはあたりまえだわ。でも時蔵さんじゃあ、たしかに椋屋に合いそうもないわね。いっそのこと誰かしかるべき五代目を立てて、お凜ちゃんは時蔵さんと一緒に椋屋を出たらどう？」

「椋屋を……出る……」

　いまのいままで、お凜が思いもよらなかった思いつきだった。

「好いた人と一緒になって、細工も続けられて、一石二鳥だと思わない？」

　お凜は膝《ひざ》の上に両手をにぎり、何度も首を横にふった。

「そんなことできない……できないわ……！」

にわかに青ざめたお凜に、お千賀はあわてて身を乗り出した。

「そんな顔をしないでちょうだい。椋屋のほうが大事なら、ずっと椋屋にいればいいわ。お凜ちゃんが、いっとうしたいようにさせてあげたい。あたしの願いはそれだけよ」

「お千賀ちゃん……」

お凜に見詰められ、お千賀は照れ笑いを浮かべた。

「六つのとき、兄さんに泣いちゃいけないって叱《しか》られたとき、堪《こら》えることができたのはお凜ちゃんがいたからだもの」

「あたしはなにもしちゃいないわ。おばさんを見舞ったあとで、椋屋に寄ってと言っただけよ」

伊左衛門とお千賀の母親、お円は、臥《ふ》せってからまもなく根岸の寮にうつされた。椋屋の初代春仙が、晩年に住まった庵《いおり》を寮に建てかえたものだった。

どうしたら泣くのを堪えることができるものか、お千賀に問われたお凜は、寮からの帰り道、椋屋に寄って存分に泣けばいいとこたえた。そのとおりにしばらくお千賀は、椋屋に来ては長いことめそめそと、母親の加減しだいでは堰《せき》を切ったようにおいおいと泣いていたものだが、日を経るごとにこぼす涙の量は減っていった。

二年近くも病んだ揚句にお円が亡《な》くなるころには、すっかり気丈な娘になっていて、まだ八つだったにもかかわらず、母親の葬儀でさえも涙を見せなかった。伊左衛門とお千賀がふたりならんで、ぴんと背筋を伸ばしていたさまは、長いこと語り種《ぐさ》になったものだが、子供たちの分も大いに悲しみにくれたのは広左衛門である。

お円は広左衛門にとって、なにより大事な恋女房だった。大人しい跡取り息子であった広左衛門が親に逆らったのは、後にも先にも一度きり、生駒屋が品を卸していた小さな小間物屋の娘お円を、ぜひにと望んだときだった。お円は近在でも評判の小町娘で、ふたりの子供が受け継いだ面ざしの美しさはこの母親のものである。だが広左衛門は、なによりお円のやさしい物腰に惹《ひ》かれたのだと、いく度も子供らに言い言いしていた。

だが広左衛門が店を放り出し、根岸の寮でお円の看病をすると言い出したときには、世間は度肝を抜かれた。そんな勝手が通るものかと高を括《くく》っていた者もあったが、広左衛門は本当に、お円が死ぬまで根岸から一歩も動かなかった。そして父の代わりに商いを引き受けたのが、当時十五の伊左衛門である。まわりの大人たちのように父親を呼び戻そうともせず、母親の見舞いもほどほどに、朝から晩まで店に詰めた。半年も待たずにすっかり商いのこつをつかみ、当時お凜の母は、お清相手に言っていたものだ。

「生駒屋は若旦那でもっていると、すっかり評判になっちまった。番頭さんをはじめとする奉公人はもちろんのこと、親戚筋《しんせきすじ》だってあの坊ちゃんには頭が上がらないってさ」

趣味人気質《かたぎ》の広左衛門は、商いの才には恵まれず、あまり精も出なかった。番頭の九郎兵衛ら使用人の働きで、さほどの粗《あら》も目立たなかったが、いまひとつ精彩には欠けていた。それが伊左衛門が仕切るようになってから、生駒屋はにわかに有卦《うけ》に入った。

「世間はみんな、おとっつぁんを情けないと言うわ。でもあたしだけは、おとっつぁんを自慢にしているの。人の目なぞ気にせずに、一所懸命おっかさんを看病していたおとっつぁんは、えらいと思うわ。本当に情のないのは、兄さんのほうよ」

「若旦那《わかだんな》はお千賀ちゃんに、ひどいことを言っちまったと悔いているようよ」

「それはそうでしょうよ。察しのいい兄さんなら、あたしの素振りですぐに気づくわ」

「わかっているなら、お互いもっと仲良くしてはどう？　ふたりきりの兄妹《きょうだい》だもの、意地を張り合っていても詮《せん》ないわ」

「意地もないではないけれど、兄さんのあの性分は死ぬまで変わらないでしょうし、やはり好きにはなれないのよ。だからお嫁にゆくなら、ああいう損得勘定ばかりが先に立つ人じゃなしに、おとっつぁんがおっかさんを大事にしたように、てらいなくあたしを好いてくれる人がいいの。あたしが見合いで試しているのも、そこのところなのよ」

お凜は、うーんと眉《まゆ》をしかめた。

「でもね、お千賀ちゃん、そのやり方じゃあ若旦那に似たお人にも当たるのじゃないかしら。若旦那ならきっと、吉原一の花魁《おいらん》の前だって臆《おく》することはないと思うわ」

「あら、言われてみればそうだわね」

お千賀はひどくびっくりしてみせて、どうしたものかと言うように、お凜とおなじに眉頭に小さな皺《しわ》をよせた。

八

小窓から見える藤袴《ふじばかま》の淡い紫の花が、九月の風にゆれていた。

職人衆への差配を伊左衛門ととり決めてから、ふた月余りがすぎていたが、金銀細工を許した音助と時蔵の姿は細工場の内にはなかった。それというのも、南町の手先を名乗る目明したちが、とっかえひっかえ椋屋《むくや》に現れるようになったからである。大方はにわか目明しで、十手《じって》も手挟《たばさ》んでいないごろつきどもだが、それだけに始末も悪い。ご禁令に触れる品をあつかう店や物持ちなぞを巡っては、鵜《う》の目鷹《たか》の目でご注進の材をさがす。椋屋も格好の的となって、まるで渡り鳥が群れる餌場《えさば》のような有様だった。所詮《しょせん》は褒美《ほうび》めあての連中だから、酒肴《しゅこう》でもてなし銭を包めば機嫌よく帰ってゆくが、なかにはしつこい者もいて、嫌がらせのように細工場をねちねちとあらためてゆく。

青木や、その配下の亥助《いすけ》親分が気を配ってはくれるものの、なにせ数が多い。お凜《りん》が頼みこむと、気のいいお房はこうした連中の相手を引き受けてくれた。持ち前の声の大きさも、半鐘がわりにちょうどいい。これが鳴り出すと、蔵へ走るのは小僧の直吉の役目である。音助と時蔵の細工机は、蔵の二階に据えてあった。蔵にまでふみ込む者もあるのだが、まず最初は細工場をのぞく。そのあいだに細工を隠し、ふたりが蔵を出ると、小僧らが梯子《はしご》を外してしまうのだ。

犬猿の仲のふたりを狭い蔵にとじ込めることは、火薬の材料を鍋《なべ》に入れ、蓋《ふた》をかぶせるようなものだ。せめてもの策にと、狭い二階の端と端に机をおいて、多少の車止めにもなろうかと、捨松と柴太郎のふたりの小僧をつけた。このふたりは同じ時期に椋屋に入り、日頃から仲がいい。捨松は音助の打ちものに、柴太郎は時蔵の平戸《ひらど》に、それぞれ心酔してもいるからなおさら都合がよかった。

不安の種の音助も、伍一らに平戸修行を許してからは逆に性根を据えたようで、己の精進にかまけ、いまのところ蔵の内は静かだった。

その日、お凛は朝から舟をたのみ、本所深川と、さらに南築地《つきじ》、愛宕下《あたごした》まで足を延ばし、下請職人らのようすを見てまわった。難儀なときにこそ、椋屋の支え柱である弟子への気配りを怠ってはならぬ、とは母からも宇一からも念を押されていたことだ。

しかしお凛が白壁町へもどると、とんでもない騒ぎが起きていた。亀裂《きれつ》が入っていたのは支柱ではなく、大黒柱たる椋屋だった。

「やめろ！　やめるんだ！　おい、ふたりを引きはなせ！」

きこえてきたのは留五郎の声だが、細工場ではなく蔵のほうだ。お凛が駆けつけると、すでに蔵には職人衆が集まっており、入りきらぬ者たちがあけ放たれた扉の外から中をうかがっていた。

「いったい、なにがあったの？」

「あ、お嬢さん。大変なんです。音兄さんと時蔵さんが、とっくみあいをしてるんです」

「とっくみあいですって？」

はたして蔵の二階では、ふたりの男が組んずほぐれつしてころげまわっていた。

あれほど仲が悪くとも、これまで殴り合いに至らなかったのは、時蔵がそれを避けていたからだ。錺師《かざりし》の命である手指を傷つけぬよう、時蔵はなによりそれを気遣っていたはずだ。しかし音助に組みついてゆく時蔵は、まるで別人のように面変わりしていた。歯を食いしばった口許《くちもと》は大きく歪《ゆが》み、怒りのために吊《つ》り上がった両眼は、ぎらぎらとした狂気を宿している。まるで狂い犬さながらのその姿に、お凛の背筋が凍りついた。

「おい、おめえら、危ねえから降りてこい！」

梯子にかじりついた留五郎が、天井に向かって怒鳴った。狭い二階の壁際《かべぎわ》に、捨松と柴太郎がしゃがみ込んでいる。男ふたりはその真ん中でやり合っているのだが、止めようにも階上《うえ》はせますぎる。すでに何人かの職人が梯子をのぼってみたものの、手を出せないでいるようだ。

「捨松、柴太郎、こっちへいらっしゃい」

お凜の呼びかけに、小僧らが壁伝いにそろそろと梯子へ近づいた。先にいた捨松がどうやら梯子をおりて、柴太郎が続いたときだった。それまで勝負がつかぬように見えていたものが、時蔵が音助に馬乗りになり、その顔を殴りつけた。一発、二発……それでも時蔵はやめようとしない。梯子の上段に足をかけていた柴太郎は、その光景をまともに見ていた。さらに時蔵の腕がふり上げられたとき、柴太郎が梯子段を蹴《け》った。

「もうやめてくれ！　兄さんの右手は、そんなことに使っちゃいけねえ！」

からだ一杯で柴太郎は、時蔵の右腕にむしゃぶりついていた。

「うるせえ！　すっこんでろ！」

叫びざま時蔵が、右腕を大きくふった。柴太郎の軽いからだが、一瞬、宙に浮いた。お凜にはそれがまるで、時が急にのろくなったように、ひどくゆっくりと見えた。その緩慢なはずの動きが、どうしても止められない。柴太郎のからだは二階の床から大きくせり出し、兵児《へこ》帯《おび》を結んだ華奢《きやしや》な背中が、階下にいたお凜たちの目にはっきりと映った。

落ちる！　お凜も留五郎も職人たちも、思わず一斉に腕を伸ばした。

「柴太……！」

と、柴太郎のからだは、ぶらりと二階から垂れ下がった。時蔵の右腕が、柴太郎の腕をつかんでいた。一同から、どっと安堵《あんど》のため息がもれる。職人たちに支えられ、そのからだが無事に階下へとおろされた。胸をなでおろしたお凜が、すぐにぎくりとなった。柴太郎の腕に、赤いものが幾筋も伝っている。

「柴太郎、どこを怪我《けが》したの？」

「おれじゃねえ……」

柴太郎はいまにも泣き出しそうな顔で、上を仰いだ。そこには、まるで憑《つ》きものが落ちたように呆然《ぼうぜん》としている時蔵の姿があった。

狂気の消えた虚《うつ》ろな瞳《ひとみ》は、血に染まった己の右手をながめていた。


「兄さん、勘弁してつかあさい」

医者の家を辞したところで、柴太郎がぺこりと頭を下げた。

「大切な右手なのに、そんな傷をこしらえちまって……」

「おめえのせいじゃねえ。そっちこそ、大事にしろ」

そっけない物言いながら時蔵は、柴太郎の腕に巻かれた布に目を落とした。二階から宙吊りになった拍子に肘《ひじ》がはずれてしまったのだが、医者の話では心配ないとのことだった。

それよりも、時蔵の右手のほうが深手だった。柴太郎へと腕を伸ばしたとき、二階の床板のささくれで皮膚が裂けたのだ。小指のつけ根から甲を伝い手首にかけて、ちょうど人差指の長さほども切れていた。傷はやがて塞《ふさ》がるが、筋を痛めているやもしれぬから、そちらのほうが気がかりだ。治らぬような傷ではないから、ひと月、ふた月はじっくり養生させなさい、と医者はお凜に言いわたした。金槌《かなづち》で指を打ったり、鞴《ふいご》で火傷《やけど》をしたりと、椋屋の衆はたびたび世話になっている。外科には長《た》けた医者だから、見立てに誤りはないだろう。いずれ治るときかされて、お凜は心底ほっとした。

「あの、兄さん、これ……」

柴太郎が、懐《ふところ》から大事そうになにかをとり出した。暮れ方の薄明かりを浴びて、それはきらきらと光っている。時蔵は伸ばした手を途中でとめて、

「細工机の上にでも、置いといてくれ」

と、言い捨てて、お凜がとめるのもきかず、ぷいとどこかへ行ってしまった。

「やけ酒のつもりなら、ほどほどにしてほしいわ。お酒は傷にさわるのだから」

薄暮に遠ざかる背中にむかい、お凜が小さな文句をぶつけると、柴太郎が呟《つぶや》いた。

「せっかくの細工をこんなにされたら、やりきれねえのもあたりまえだ」

柴太郎が手にしているのは、無残に潰《つぶ》された銀細工だった。平戸の羽根をもつ蝶《ちょう》と、打ちものの花。それだけは辛うじてわかるものの、あまりに見事な潰れようだ。

「兄さんがかわいそうだ……足で踏みつけにするなんて……音兄さんもひでえや」

お凜の口許に、ふっと笑みがわいた。時蔵を兄さんと呼ぶのは、この柴太郎だけだった。

「作りかけの細工を壊されて、それで時蔵さんは怒ったのね？」

柴太郎は、子犬のような目を細工にあてて、つと考え込んだ。

「兄さんが作っていたのは手箱で、これとは違いやす。これは兄さんがもっていたもんで」

さっぱり要領をえない話だが、事をただすのは帰ってからにすることにした。

柴太郎は口も重く、なにより肝心なことを――音助が細工を潰すほど怒りにかられたその理由《わけ》を――お凜は知らなかったからだ。

「妙なところで気が合うもんだ。音助も痣《あざ》をこさえた面《つら》のまんま、ふらりとどこかへ出ちまったよ」

ふたりが椋屋に帰りつくと、出迎えた留五郎が苦笑いをした。

「おれたちが騒ぎをきいてかけつけたときには、もうあの有様だった。いったい何がどうしてあんな顚末《てんまつ》になったものやら、さっぱり……」

留五郎ら細工場の者たちはまったく事情を知らず、音助についていた小僧の捨松も、柴太郎と同じにやはりわからぬと言う。だが、意外な事情通がいた。

「あれは尾張屋《おわりや》さんのせいですよ。まったくあの隠居も、よけいな真似《まね》をしてくれたもんです」

と、鼻に皺《しわ》を寄せたのは、お清だった。

「尾張屋の隠居がね、ここに細工を頼みにきたんですが、いつもの音助さんじゃなしに時蔵さんを名指しにしたんですよ」

「あのご隠居は、生駒屋《いこまや》をとおして注文していたはずなのに……」

尾張屋は、日本橋本材木町に店を構える大きな材木問屋である。ここの隠居は椋屋の上得意で、四代亡《な》きあとは音助の細工を贔屓《ひいき》にしていた。店は生駒屋の近所にあり、また好事家《こうずか》同士で気も合うようで、広左衛門とも親しくしている。

「生駒屋の旦那《だんな》にかけあったそうですが、平戸細工を待ってるお客は多くいて、一年、二年は先になると断りを入れられたようですね」

「それでうちへたのみにきて、音助さんに知れちまったというわけね」

「また内儀《おかみ》さんの半鐘が、よくひびいていましたからね、尾張屋の隠居がきなさったことは、蔵まで届いたに違いありませんよ。大方、挨拶《あいさつ》にでも出てきたんでしょうね。ちょうどあたしがお茶を運んでいったら、客間の外に音助さんが突っ立っていましてね、藍《あい》を練り込んだみたいに青ざめた顔は、ちょっと忘れられやしませんね」

己の贔屓筋を盗《と》られれば、腹に据えかねるのも無理はない。音助は音助なりに文句を納めていたものが、ひと息に吹き上げたのだろう。

「母屋《もや》からもどるなり、音兄さんは喧嘩《けんか》をつっかけて、はじめのうち時蔵さんは常のとおり相手にしていなかったんですが」

お凜は今度は、捨松と柴太郎のふたりの小僧をならべ、仔細《しさい》をきいた。椋屋に入ったのは一緒でも、捨松は柴太郎のふたつ上になる。よく気のまわる性分でもあり、捨松はお凜の問いにはきはきとこたえた。

「時蔵さんがつき飛ばされた拍子に、道具と一緒に箱がとんで、中からあの銀細工が出てきたんです。ちょうど音兄さんの足許にころがって、それを音兄さんが……そうしたら時蔵さんは、いきなり人が変わったみたいになっちまった」

「兄さんにとっては、よほど大切なものだったんです、きっと」

と、柴太郎は、いまだに大事そうに細工を手にしている。

「お嬢さん、これ、直すことはできやせんか？」

柴太郎からわたされて、お凜はあらためて細工を検分し、おや、と思った。

「これは、時蔵さんが作ったものなのかしら？」

ふたりの小僧は、互いに顔を見合わせてから、どちらも首を横にふった。

「わかりません。おれも……柴ちゃんも、目にしたのは初めてで」

小僧たちを下がらせてからも、お凜はためつ眇《すが》めつその細工に見入った。蝶をかたどった平戸の作りはよく似ているが、どうも時蔵の作風とはいまひとつずれがある。意匠も時蔵の好みとは思えぬし、なにより妙なのが、その細工がいったいなんなのか見当がつかないことだった。簪《かんざし》にしては細工が大きく、肝心の脚もついていない。作りかけのものか、あるいはなにかの一部分とも思えるが、そこから先はわからなかった。

「平戸……」

呟いた拍子に、お凜ははっとなった。

この細工に漂うものは、異国情緒ではないか。そうと気づいたからだった。

「もう一度、考えなおしてもらえないかしら、音助さん」

いくら言葉をつくしても、細工机に向かう音助は、お凛をふり返ることさえしない。

翌日音助は、いま手掛けている細工を仕上げしだい川越に帰ると、そう告げた。

「時蔵さんもしばらく仕事にならないし、これで音助さんまでいなくなれば、焼きや白の細工をするものがいなくなっちまうわ」

「留の頭がいまさあ。それに、そろそろ生駒屋のほうでも、板金《いたがね》の都合が難しくなってるんじゃありやせんか。注文どおりにこねえことが、多くなってきましたからね」

音助の言うとおりだった。役人の目をくぐり抜けて金銀を調達することは、日を追って難儀になるばかりで、値も上がる一方らしく伊左衛門も苦労しているようだ。

「言っておきますが、お嬢さん、おれは五代目を諦《あきら》めたわけじゃねえ」

音助が、手をとめた。

「あの野郎にだけは負けたくねえと、いっそう本気で思うようになった。だけどこの狭い蔵であいつと面つきあわせてると、おれはまたてめえを見失っちまう」

常に似合わぬ、長く切ないため息をついた。

「あっしはね、他人《ひと》の細工を潰すなんて、そんな馬鹿《ばか》げた真似だけは決してしねえつもりでいた。修行時分に兄弟子の妬《ねた》みを買って、やられたことがありやしたからね。そんなことをする野郎は、職人の風上にもおけねえと蔑《さげす》んでいた。それをやるようになっちゃ、もういけねえ」

その苦しげな横顔に、お凜は権《ごん》の松《まつ》からきいた、京の錺師《かざりし》の話を思い出した。時蔵の才に自信を失い、許婚《いいなずけ》を捨てて親方のもとを出奔したというあの職人だ。音助もたぶん、同じ思いなのだろう。

「あと一年と少し、初心にかえるつもりで川越でみっちり修行して、跡目えらびの席にいどみてえんでさあ。正々堂々とあいつを負かして、お凜ちゃんを嫁さんにしてえんだ」

と、音助は、初めてお凜をまっすぐに見た。

「五代目へのこだわりはある。けど、昔からお凜ちゃんを好いているのも本当なんだ」

まともに告げられて、お凜はとまどった。狭い蔵にふたりぎりでいることが、急に苦しくなってきた。お凜のようすを察したものか、音助はふっと真顔をといて、

「まずはあれを、越えなくちゃな」

と、主《あるじ》のいない細工机にのせられたままの、潰れた銀細工をながめた。

「……あれは時蔵さんの細工じゃあ、ないかもしれません」

胸の鼓動をのみこんで、お凜は小さな声で言った。

「どういうことで？」

「あたしには、南蛮わたりの品のように思えて」

お凜は机から細工をとりあげ、音助にわたした。

「……たしかにあいつの作るものとは、どこか違うような気もするな」

「その打ちものの花は、薔薇《そうび》じゃないかしら？　花の意匠としては珍しいし、このまじゃよくわからないけれど……これ、直せるかしら？」

音助は、つと顔を上げた。

「おれに、どうにかしろと？」

「そういうわけじゃないけれど……」

相手の傷を逆なでしてしまったか、とお凜はばつが悪くなったが、音助は少しのあいだ考えて、潰れた細工を自分の机にのせた。

半月後、音助は川越へと帰っていった。

正直で気概にあふれる音助のような男が、椋屋の五代目にはいちばん向いているのかもしれない。

遠ざかる道中合羽《がっぱ》を見送りながら、お凜はふと、そんなことを考えていた。

ひと月がすぎ、ふた月目も半ばになろうというのに、時蔵の右手は思うように動かなかった。これは医者の見立ての甘さではなしに、時蔵が無理を重ねた揚句のことだ。ちょうど音助が居なくなったころ、時蔵はまた蔵の細工机に向かうようになった。まわりがいくら止めても無駄だった。あたりまえのことながら、まるで手妻使いのようだった右手は、寺子屋に通いだした子供くらいにおぼつかない。いったん蔵にこもっては、不細工な仕上りに腹を立て、晩を待たずにふらりと出かけ正体もなくすほどに酔ってかえる。そんな日が、しだいに多くなっていった。

ある日の晩方遅く、青木が椋屋を訪れた。

「この野郎が、またやりやがってな」

青木の後ろには、亥助《いすけ》の下っ引きに背負われて時蔵がへたばっていた。

「たいした怪我《けが》はしちゃいねえ。手当ては済ませたからな、このまま寝かせてやんな」

青木に同じ造作をかけたのは、これで二度目になる。亥助と下っ引きが、時蔵を離れの寝間へはこぶと、お凜は青木に頭を下げた。青木はへらりと笑い、軽口をたたいた。

「ここいらで恩のひとつも売らねえと、お清に愛想づかしを食らっちまうからな」

「海老蔵の怨《うら》みは、ちっとやそっとじゃ帳消しになりませんよ」

むっつりとした顔で、それでもお清は見事な膳《ぜん》を青木の前においた。

「あの男は、よくわからんな。今日もこの前とおんなじだ。いちゃもんをつけてきたのは相手のほうだが、煽《あお》ったのは時蔵だ。それでいて、てめえからは決して手を出さねえ」

「右手が利《き》かなくなってからこっち、ますます目つきが悪くなりましたからね。あのふてぶてしい仏頂面じゃあ、喧嘩を売ってるのと同じですよ。……青木の旦那、そのしゃっくりはなんです？　笑うなら笑うではっきりしてくださいな」

懸命に堪《こら》えていた青木が、たまらずふき出した。

「いや、お清、おめえの洒落《しゃれ》は……まったく天下一品だ……」

「洒落を言ったつもりはありませんよ」

無愛想な面相をさらにしかめて、お清がやりかえす。

ふたりのやりとりを笑ってながめながら、お凜は時蔵のことが、案じられてならなかった。いますぐ寝間に駆けつけて傷の具合をたしかめたいと、その衝動がつきあげてきて、いく度もからだが揺れた。

やがて青木が椋屋を辞すと、見送りに立ったお凜の足は、そのまま離れへと向いた。

真夜中近い刻限だから、屋内はひっそりと寝静まっている。初冬の冷気に肌を粟立《あわだ》たせながらも、お凜はそこを動けずにいた。気がかりでならぬのは、時蔵の荒れようだった。

　右手の利かぬ焦《あせ》り、細工が思うようにならぬ苛立《いらだ》ち、それらをさっ引いてもなお、目に余るほどのすさみようだった。五十日の咎《とが》を受けたとき、たしかに手鎖は必要だったのだ。縛りつけてでもおかない限り、時蔵は細工からははなれられない。

なかば鬼気迫るような錺への執着は、そのまま時蔵の孤独を浮かびあがらせた。

お凜は、つと踵《きびす》をかえし、母屋の玄関からまっすぐ納戸《なんど》へ上がった。

ずっと思案し続けていたが、お凜が時蔵にしてあげられることは、それよりほかには思いつかなかった。

　二度目の喧嘩沙汰《ざた》から十日ばかりが過ぎ、この日、お凜は門の見とおせる座敷に陣取って、時蔵のもどりを待っていた。町々の木戸が閉じる刻限までには帰るだろうと、その見当どおり四つの鐘が鳴るまえに長細い影があらわれた。

　駆けつけたお凜の姿を、時蔵はぼんやりと見下ろしている。いつにも増して酔っているようだと、からだ中からただよう酒のにおいでお凜は察したが、常のように面倒がる素振りも見せず、じっと視線を注がれて、思わず見当違いの台詞《せりふ》が口をついた。

「もういい加減、大人しくしてください。傷はすっかり塞《ふさ》がっているんです。せめてひと月だけでも細工とお酒をやめれば、いためた筋もよくなるんです。どうしてそんなことが、わからないんですか」

しまった、と後悔しても遅かった。

「うるせえ」

呟《つぶや》いて時蔵は、お凛をのこし庭から細工場へと抜けた。三日の細い月がたよりない明かりを投げており、いく分ふらつき気味の長い影が、細工場と蔵の傍らをとおり過ぎる。堀端に出るつもりだろうと、あとを追ったお凛は見当をつけた。

「こんなところで寝込みでもしたら、この上風邪をひいちまうわ」

堀端に長くなっている時蔵の傍らに、お凛は腰をおろした。

霜月らしい、冷え込む晩だった。地面からも堀からも、寒さは容赦なくしのび寄ってくる。相手の無言をため息で受けて、お凛は懐《ふところ》から袱紗《ふくさ》包みをとり出した。

「これ、見てもらえて？」

眠っているようにも思えたが、時蔵は目をあけた。自分の顔前にさし出されたものに、黙って手を伸ばす。

「精一杯真似《まね》てはみたけれど、もとどおりとはいかなかったわ。蝶《ちょう》の出来には不満でしょうけど、薔薇《そうび》のほうは音助さんが打ってくれたから、仕上りは悪くないと思うの」

花びらの立ち上がった薔薇の上に、線細工の羽をたてた三匹の蝶が向かい合っている。元の細工はあまりに見事にひしゃげてしまい、なおすのはさすがに無理だ、と音助は言ったが、そのかわり川越に立つ前の晩、見事な薔薇をもってきて、どうやらこういう意匠らしいと、蝶の数やらならび具合やらをお凜に教えていった。音助は伍一にでも作らせろ、と言いおいていったが、平戸の腕なら伍一には負けぬ、とお凜は己で拵《こしら》えたのだった。

いつのまにか時蔵は、半身《はんみ》を起こしている。月の光に透かすように、細工を手の中でまわしながら、上から下から飽かずにながめている。

「やっぱり、まだまだかしらね」

「そうだな、まだまだだな」

相変わらずのそっけなさだが、それでもお凜は嬉《うれ》しかった。

「時蔵さんのようには、なかなかいかないわ」

「おれだってまだまだだ。あの細工は、おれの師匠だからな」

あれはやっぱり時蔵の作ではなかったのだ、とお凜は料簡《りょうけん》した。

「じゃああの細工は、時蔵さんのお師匠さんが拵えたものなのね？」

「誰が拵えたもんか、そいつはわからねえ」

「どういうこと？」

「あの細工は、故郷《くに》にいたころ浜で拾ったもんだ。あれと同じものを作りてえと、あれこれ工夫して平戸の技に辿《たど》りついた」

あまりに突飛な話に、お凜は言葉を失った。

「……じゃあ、じゃあ、平戸は本当に、時蔵さんが己で編み出した技なのね？」

「そんな大仰なもんじゃねえ。誰かが拵えた細工を真似た、その辺の職人と一緒だよ」

てらいも謙遜《けんそん》もない口調だった。

「でも、細工のいろはくらいはどこかで修行しなければ、なんの下地もなけりゃ、なにもはじめられないでしょ？　あたしは三つくらいから仕事場に出入りして、八つのときに細工修行を許されたの」

内緒事のはずが、お凜はごくあたりまえのように話していた。

と、意外なこたえが返ってきた。

「へえ、おれと同じだな。おれも物心ついたときには、在所の馬具師のところにいた。細工をはじめたのも八つのころだ」

武具や馬具をあつかう金工師は、城下町に多かった。お凜が訊《たず》ねると、秋田久保田城下の馬具金工師だ、と時蔵はこたえた。

「おれを養ってくれてた爺《じい》さんが、その馬具屋で下働きをしていたんだ。なんでもひどく遠い親類にあたるとかで、おれをおっつけられて爺さんも難儀だったんだろう。殴るか文句を言うか、それより他はたいした世話も受けなかった」

三年ほどでその年寄が死ぬと、そのまま下働きをやらされて、八つのころから見よう見まねで細工をはじめたという。

「小僧じゃ下働きと変わらねえからな、夜中にこっそり槌《つち》やら鏨《たがね》やらをいじってた」

わずかだが時蔵に訛《なま》りがあることに、お凜は初めて気がついた。これほど饒舌《じようぜつ》に、しかも己の生立ちを語るなど、思いもよらないことだった。まるで時蔵が拵える、細い細い銀線が繋《つな》がったようで、その線を切らぬようお凜が用心深く訊ねると、父親は生まれるまえに亡《な》くなり、母親は子供をおいて男と逃げた、と他人事《ひとごと》のような調子で告げた。

「打ちや彫りは、その馬具師のもとで覚えたのね？」

「ああ、陰でこそこそ試していたから、破門されたわりには、たいがいの技はあつかえるようになった」

「破門ですって?」

「あの細工を拾ったことで、破門になった」

秋田の城下町は海に面しており、浜に行くのは時蔵の唯一《ゆいいつ》の楽しみだったようだ。そこで時蔵は、あの細工を拾った。汐《しお》にさらされ、すっかり黒ずんではいたが、その細工の目新しさは時蔵をとらえた。丁寧に磨くと、目を見張るほど美しい銀細工があらわれた。

「おれは細工に魅入られた。ああいうものを作ってみてえと、朝から晩まで思いつめた。板金なんぞをちょろまかして、親方の目のとどかねえところで工夫に精を出した。一年くれえも経《た》ったころ親方に見つかって、そこで破門になった」

それが十六のときだ、と時蔵は言った。どうにも線細工の見当がつかず、これは錺《かざり》師《し》でなくては駄目だと思いはじめた矢先だったから、破門はかえって好都合だった。だが城下中の錺師を巡っても、誰もそんな細工は知らぬし、見たことさえないという。

「城下を出ることにしたが、正直、あてがなかった。浜でぼんやりしている時、顔見知りの炊《かし》きに会ってな、北前船《きたまえぶね》に乗らねえかと誘われた」

炊きとは、船の飯炊《めした》き係りである。もとは舵取《かじとり》もしていたという年老いた炊きは、秋田港《あきたみなと》に寄港する北前船に乗っていて、たびたび浜にきていた時蔵は何度か顔を合わせたことがあった。

船上で怪我をして、しばらくは思うように動けず、このままではお払い箱になってしまう。自分の仕事を助《す》けてくれれば、南へわたる船賃も要らぬ、と誘われるまま船に乗ったという。

件《くだん》の細工は大方、北前船で運ばれてきたものだろう、と教えてくれたのもその炊きだった。難破か、あるいはしけで積荷を捨てたものか、とにかく南から北へ運ばれるときにこぼれたものだと、炊きは言った。

「船が港につくたびに、錺師や小間物問屋を訪ねあるいたが知っている者はいなかった。だが、途中から乗った堺《さかい》の商人《あきんど》が、これは平戸という名だと教えてくれた」

蝦夷《えぞ》や陸奥《むつ》から西下する北前船は、西廻り海路をとおり関門海峡と瀬戸内を抜けて、上方《かみがた》まで走っていた。

「おれは下関で船をおりた。そのころには爺さんの怪我もあらかた治っていたし、下関からなら平戸は近い。平戸に行けば目当ての錺師にも会えるだろう、とその商人が言ったんだ。だが、無駄足だった。平戸でも、そこから足をのばした長崎でも、あの線細工を手掛ける錺師は見つからなかった」

「あの意匠は、南蛮わたりの唐物のように思えたのだけど……」

お凜がそっと口を出すと、時蔵は嫌な顔もせずうなずいた。

「ああ、そのとおりだ。長崎で初めて、よく似た細工を見つけた。平戸という名も同じだったが、それは唐物だった。長崎じゃ唐物を目にすることも多いし、似せて作られた錺は大名へも献上されていた。だが線細工は……平戸だけは誰も作っちゃいなかった」

「それで自前で工夫したのね」

「長崎で二、三年、渡り職人をしながらあれこれ試したが、どうもうまくいかねえ。京へ上ることにしたんだが、皮肉なことに、その行き掛けに線の縒《よ》り方を思いついた。抜けてる話だが、それまでずっと、あれは組紐《くみひも》のように編んであるとばかり思っていた。縄のように縒ればいいと、泊めてもらった百姓屋で縄ないを見て初めて気がついた」

　そのころにはすでに、くずれやすい線細工を外枠にはめる手法や、鑞《ろう》の混ぜ具合、鑞づけのこつなどは会得《えとく》していたという。権の松からきいたときは半信半疑でいたものが、お凜はあらためて時蔵の執念に、胸を突かれる思いがした。

「こうやって見ると、存外、芸のない意匠だな」

手にした細工を月に透かして、時蔵は呟いた。

「時蔵さんは本当に、細工ばかりをしてきたのね」

お凜の胸に狂おしいほどこみ上げてくるものは、憐憫《れんびん》の情だった。細工よりほかに寄辺《よるべ》のない身の上が、哀れに思えてならなかった。

「お願いですから、ちゃんと養生してください」

目の前の時蔵が急にぼやけ、その顔が少しばかりぎょっとなった。自分が泣いているのだと、お凜は気がついた。

「いまはからだを労《いたわ》って、一日も早く怪我《けが》を治して、後生だからそうしてください」

「……おい……」

時蔵のからだから、酒のにおいがする。それが感じられるほど、相手の顔が近い。なかばとりすがるようにして、お凜は訴えていた。

「お願い……お願いします。あたしは、もとのように、時蔵さんに細工をしてほしい……」

しゃくりあげながら吐き出して、あとは言葉にならなかった。自分から倒れ込んだのか、時蔵が腕を伸ばしたのか、わからなかった。気がつくとお凜は、時蔵の腕の中にすっぽりと抱え込まれていた。心地よい温《ぬく》もりに、なぜだかもっと苦しくなった。

「あんた、変わってるな」

頭の上で、声がした。

「細工をしろと、人に言われたのは初めてだ」

ぽつん、ととどいたその声は、胸の中から響くようだった。

その前後のことを、お凜はよくおぼえていない。なにかを言おうとしたような気もするが、そのときはすでに、時蔵の唇がお凜の口を塞いでいた。

九

「お凜ちゃん、お凜ちゃんてば」

腕を揺さぶられ、お凜は我にかえった。

「お凜ちゃんの番よ」

「え……ああ、そう、そうね」

「もう、いい。お凜ちゃんたら、ちっともやる気がないんだもの」

双六《すごろく》を前に、お菊が頬をふくらましている。

「お菊、今日は暖かだから外で遊んでおいで。お凜は忙しくて疲れてるんだ」

はあい、とつまらなそうに返事をして、お菊が座敷を出てゆくと、お房は大きなため息をついた。

「遅いねえ、直吉は。いったいどこで油を売っているものやら」

「直吉を、どこかへ使いにやったの？」

「生駒屋へ使いを頼んだのさ。お千賀ちゃんを呼んできてもらおうと思ってね」

「なんだって、お千賀ちゃんを？」

「嫌だね、おまえのためじゃないか。なにがあったか知らないけど、おまえが腑抜《ふぬ》けになっちまって、もうかれこれ四、五日経《た》つもの」

時蔵の生立ちをきいたあの日、お凜は床についてからも、ひと晩中眠れなかった。

その日ばかりでなく、次の晩も、その次の夜も、さっぱり眠気は訪れてこなくなった。おかげで昼間はからだがだるく、ついついぼんやりしてしまう。日が経つうちにだんだんと頭をもたげてきたものは、あのことではなく、その後の時蔵の言葉だった。

「すまねえ、酔いが過ぎた」

そう言い残し、時蔵はすぐに堀端を去った。あやまるくらいなら、あんなことをしなければいい。ひとりでぷりぷりと怒ったあとで、すぐに気が沈んでみたりと、中身はたいそう忙しいのだが、猫の目のようにくるくると変わる気持ちに、からだのほうがついてゆけず、ほかの者には、ひどくたよりなく見えるようだ。

「おまえは昔から、あたしにはだんまりだもの、どうせなにも言わないだろ。恋患《こいわずら》いなら、お千賀ちゃんにきいてもらったほうが早いと思ってね」

「姉ちゃん、恋……って、なんだってそんなことを……」

「こうまであからさまなら、誰だって感づくさ」

弟子と女中がいい仲になろうものなら、誰よりも早く感づくのはお房だった。日頃は人の気持ちになぞむしろ無頓着《むとんちやく》にも見えるのに、こと色恋にかけてはおそろしく勘が働くのである。ちょうど午餉《ひるげ》時《どき》となり、職人衆の喧騒《けんそう》がきこえてきたのをしおに、お凜は逃げるように台所へと立った。

「あのふたりはまた、お昼抜きですか？」

お凜はどきりとしたが、お清は捨松に訊《たず》ねていた。捨松は、行儀よくこたえた。

「たぶん、そうだと思いやす。蔵をのぞいてみましたが、どちらもなにやら一所懸命でした。あとでおれが運びやすから、また結びかなにかお願いしやす」

時蔵はあれ以来、細工に手をつけることはなくなった。そのかわり柴太郎に、つきっきりで細工を教えるようになったのである。

「よほど暇をもて余してるんだろうが、それにしても酔狂なことを」

留五郎が呆《あき》れるのも無理はなく、人に教えるなぞというのは、職人の世界ではまずありえないことだ。なににせよ、手を休める気になってくれればそれでいい、とお凜だけは素直に喜んでいた。

「おや、もうひとり足りないようですね。直吉はどこへ行ったんです？」

「直吉なら使いに……」

お凜が言いかけたところへ、当の直吉が血相を変えてとび込んできた。

「お嬢さん、大変です。生駒屋の旦那《だんな》さんが、ゆんべお縄になったって」

「なんですって？　そんな馬鹿《ばか》な！　おじさんが、いったいなんの廉《かど》で……」

「寄合に出かけて、そこで捕まっちまったそうなんで」

「どうして寄合でそんなことに……それで、おじさんはいま番屋に？」

「いや、生駒屋におりやす。加減が悪くなって、戸板で運ばれたとか」

直吉の半端《はんぱ》な説明では埒《らち》が明かず、お凜はとりあえず生駒屋へ駆けつけた。

広左衛門は奥の間に横たわり、枕元《まくらもと》にはお千賀が張りついていた。目を閉じたままの広左衛門のやつれように、お凜はひどく驚いた。このところ品納めも少なくなって、生駒屋から足が遠のいていたが、それでも最後に広左衛門に会ってから、ひと月と経っていない。

「お凜ちゃん……」

一睡もしていないのだろう、お千賀の顔色は悪く、髪にはほつれが見えた。いっとき広左衛門を女中にまかせ居間へと移ると、お千賀は操り糸を失った人形のように、くたくたと畳にすわり込んだ。お凜がかけよると、うつむいたお千賀の顔が、いまにも泣き出しそうに一瞬ゆがんだが、すぐに唇を引き結んだ。

「無理しなくていいのよ、お千賀ちゃん。ここにはほかに、誰もいないんだから」

「お凜ちゃんの顔を見たら、気がゆるんじまったわ。……昔もよく、お凜ちゃんはそう言ってくれたわね」

小さく笑うと、ゆっくりと背筋を伸ばした。それはちょうど、雨風のあとに稲穂が頭をもたげるのに似て、お千賀の強さにお凜はあらためて目を見張る思いがした。

お凜が広左衛門の具合を訊ねると、お千賀は形のよい眉《まゆ》を寄せた。

「まだわからないけれど、朝方いったん目をあけたから、命は助かりそうだとお医者さまが……でも、中風が出るかもしれないって……」

中風は、倒れた拍子に半身がきかなくなったり、言葉が出なくなったりする病である。命はとりとめても、もとの暮らしにもどるのは難しい。

「どうしてこんなことに……お千賀ちゃん、いったいなにがあったの？」

「おとっつぁんは昨晩、寄合に出かけたの。そこに南町の捕方がふみ込んで……番屋にしょっぴかれようとしたときに倒れちまって、ここへ運ばれたのよ。先生の見立てでは、あんまりびっくりしたもんで、血の道があふれちまったんだろうって」

「どうして寄合に、捕方が出張ってきたの？」

「それが好事家《こうずか》の集まりだったからよ……茶道具を見せ合う催しだったの」

ああ、そうか、とお凜はようやく得心した。

「ご奢侈《しゃし》が禁じられてから、そういう会はめっきり少なくなって、おとっつぁんも気落ちしていたの。このところ店への嫌がらせなんぞが続いたもので、ますます……」

「嫌がらせって、どういうこと？」

「ここ半月ばかりのあいだ、いく度も店に石が投げ込まれたり、夜のうちに表の大戸に張り紙がされていたり……お上の太鼓持ちと、書かれていたわ」

「そんなことが……ちっとも知らなかったわ……」

騒ぐとかえって人目につくと、伊左衛門が口止めしたようだ。広左衛門はこれをひどく気に病み鬱々《うつうつ》としていたものだから、寄合の話をとても喜んでいた。お上の目をはばかって夜半にどこぞの寮で催されたが、話が漏れてしまったのだろう。

「いきなり捕方に踏みこまれて、気弱なおとっつぁんがどれだけ肝を潰《つぶ》したことか」

お千賀は、まるでそこに当人がいるみたいに宙を睨《にら》みつけた。

「水野さまは、蚊柱なんぞじゃないわ。あれは蝗《いなご》よ。藁《わら》一本も残さずに、あたしたちを食い潰すつもりなんだわ」

お凜も同じ思いだった。売物がなくなって、椋屋の財はおそろしい勢いで目減りしている。暮れの掛取りさえも頭痛の種で、だが、今年はまだいい。本当に深刻なのは、来年だった。御改革がこの先も続けば、来年の盆をしのげるかどうかさえ危うい。

「あたしには、いまの有様は旱《ひでり》に思えるわ。たまには雨を降らしてくれればいいのに、ただひたすら照りつけるだけじゃ、誰も彼も干上がっちまうわ」

江戸はまさしく、御改革という陽のきびしさに喘《あえ》いでいた。贅《ぜい》や娯楽に盛んに流れていた金の動きがとまり、それと一緒にあらゆる商売がふるわなくなった。繁華を誇った両国広小路《ひろこうじ》や日本橋界隈《かいわい》でさえ、すっかり活気が失《う》せていた。やたらと勢いのいいのはたれこみ屋くらいのもので、おかげで人々は疑心暗鬼にとりつかれ、ささいな冗談さえ周囲《まわり》をはばかるような、窮屈な暮らしを強《し》いられていた。

「あのふたりは、いつまで江戸に居座るつもりなのかしら。せめてあたしがお嫁にゆく前に、腰を上げてほしいものだわ」

ふたりとは言うまでもなく、水野老中と鳥居南町奉行である。

「お千賀ちゃんの嫁入りと、いったいどうかかわるの？」

「だってお凜ちゃん、大振袖《おおふりそで》もびらびら簪《かんざし》も、嫁入りしたら無縁になるのよ。いま、このときにしか身につけられない、きれいなものがたんとあるってのに、こおんな貧乏たらしいものを着なきゃならないなんて、あまりにもかわいそうだと思わない？」

と、お千賀は、縞木綿《しまもめん》の両袖を引っ張った。

「たしかに生駒屋お千賀がまとうには、ちょいと地味だわね。猿若町へも、そのなりで行くつもり？」

猿若町へひき移った中村座と市村座が初興行にこぎつけたのは、ついこのあいだのことだった。

「まあっ、こんなみっともない格好で行けるものですか。ああ、でも、嫁に行ったら芝居も買物もぐっと減るかもしれないわ。やっぱり足をはこんでおくべきかしら？あれこれ考えると、やはりご老中がどかぬうちは、おちおち嫁にも行けやしないわ」

「おとっつぁんが倒れたってのに、芝居も買物もないだろう」

にぎやかな談笑は、角立った声にさえぎられた。

「みだりにお上を悪く言うのもよしなさい。家の中にも、女中や店の者の耳目があるだろう。雇い人が陰で主《あるじ》を訴えたなんて話は、近頃はめずらしくないからね」

　倒れた広左衛門のかわりに、番屋に呼び出されていた伊左衛門は、ひどく機嫌が悪かった。お凜との気晴らしを邪魔されて、お千賀はぷいと横をむいた。

「おとっつぁんといい、おまえといい、道楽者というのは困ったものだ」

　父親がこんなときだからこそ、お千賀は衣装話やお上への愚痴で、はずみのひとつでもつけたいところなのだろう。お凜はそうと察していたが、伊左衛門には伝わらない。

「幸いおとっつぁんの咎《とが》は、叱《しか》りと過料で済んだからよかったものの、次はこうはゆかない。お千賀、身なりも口も慎むように、せいぜい用心しなさい」

「兄さんにいちいち指図されるのは御免だわ」

「お千賀！」

　かたくなな妹に、いつもは柔和な伊左衛門が顔色を変えた。日頃から芳《かんば》しくない仲とはいえ、常の兄妹喧嘩《きょうだいげんか》とはあきらかに違う。

「過ぎたことをどうこう言っても詮《せん》ないが、おとっつぁんが倒れたのも、もとはといえばおまえのせいだ。こんなことになるのじゃないかと、あたしは寄合を止めたのに、おまえが唆《そそのか》すものだから……」

「若旦那、それはあんまりです。お千賀ちゃんはおじさんの気が晴れるようにと……」

「すみませんね、お凜さん、みっともないところをお見せして」

「……みっともない？　石を投げられたり張り紙をされたりするほうが、よほどみっともないじゃないの！」

お千賀の大きな瞳《ひとみ》が、伊左衛門を睨みつけた。

「あれはみんな兄さんのせいよ」

「妬《ねた》み嫉《そね》みに憑《つ》かれた者は、どこにでもいる。あれはその手の輩《やから》の嫌がらせだ」

「生駒屋は、いのいちばんに金銀を置かなくなった。蒔絵《まきえ》も螺鈿《らでん》も鼈甲《べっこう》も、値の張る紅白粉《べにおしろい》から絹までも、お触れのとおりにさっさと店からとっ払ってしまった」

「あたりまえだ、早くに手を打っておいたからこそ、お上に目をつけられずにすんだ。同業の小間物問屋ばかりじゃない、あらゆる大店《おおだな》がお取締りを受けて、ひどいところではお縄や闕所《けっしょ》になっているんだ」

「そうよ、だからこそ、そういう人たちの怨《うら》みを買ったのだわ」

どん！　と、お千賀の拳《こぶし》が畳を打った。

「生駒屋を守るために、いちばんよい策をえらんだまでだ。あたしは間違ったことは……」

「ええ、ええ、兄さんは決して間違いやしないわ。だからこそ世間からうとまれる。妬み嫉みも人より多く買う。でもね、それで済んでいるうちはいいわ。人に怨まれては、商人《あきんど》としておしまいよ、兄さん」

「お千賀……おまえは……」

青ざめた伊左衛門の喉仏《のどぼとけ》が、ひくりと上下した。

「あたしが知らないとでも思っているの？　なんだっておとっつぁんが、あれほど嫌がらせを気にしたと思って？　兄さんは出入りの蒔絵師や、螺鈿や鼈甲の細工師を切ったでしょ？」

「若旦那……それは、本当ですか？」

それまではらはらしながら見守っていたお凜は、はじかれたように伊左衛門を仰いだ。

「本当なのよ、お凜ちゃん。そればかりじゃない、びいどろも紅も白粉も、これまで生駒屋と取引のあった問屋まで、みんな手を切っちまったわ。そういう酷《ひど》い仕打ちを受けた誰かが嫌がらせをしたんじゃないかって、おとっつぁんはそれを気に病んだのよ」

椋屋の実入りがどれほど薄くなろうとも、どこか大船に乗ったつもりでこられたのは、生駒屋の後ろ盾があってこそだ。だが、ほかの細工師が見捨てられたとなれば、いずれ椋屋の番がきてもおかしくはない。お凜はあらためて椋屋の先行きのたよりなさに思い至った。

「あのあとね、何人もの職人が、おとっつぁんに頼みにきたのよ。どうかこれまでどおり、品を納めさせてくれってね。兄さんの気性はお見通しだから、たのんでも無駄だと知っていたのね。だからおとっつぁんも、兄さんにはなにも言わなかった」

「そんなことが……」

「兄さんはこの御改革が、千年も続くと思っているの？　もとのような世の中になったら、生駒屋をどうするつもりなの？」

「もちろん、また前のように商売を……」

「できるはずがないでしょう？　兄さんは己の腕一本で、どんなご時世でも商いはまわせると、高を括《くく》っているんでしょうけど、それは甘い料簡《りようけん》よ。生駒屋は薄情だ、いつ裏切られるかわからないと、職人や問屋ばかりじゃない、そんな噂《うわさ》はすぐに世間に広まるわ。そうなったらもう、商売なんぞ続けていけやしないわ」

伊左衛門が助けを乞《こ》うような目をしたが、お凜は顔を逸《そ》らせていた。

ひと言もものを言わず、伊左衛門はそのまま座敷を出て行った。

「少しは色気づいてくれたと思ったら、もとの木阿弥《もくあみ》だよ。むしろ前より病が重くなってやしないかい？　それにしても、短い恋患《こいわずら》いだったねえ」

「姉ちゃん、用がないなら階下《した》へ行っててちょうだいな。気が散るじゃないの」

まだなにか言いたそうな顔をしながらも、お房は納戸《なんど》を出ていった。

広左衛門の容態は峠をすぎて、命をとりとめただけでも儲《もう》けものだ、と医者は言ったが、案じていたとおり中風が出て寝たきりになった。右の半身《はんみ》にしびれが残り、言葉もおぼつかなくなった。お千賀はつきっきりで枕元《まくらもと》に詰め、広左衛門もお千賀をたよるようになっていた。

生駒屋からもどった日から、お凜は以前にも増して納戸にこもることが多くなった。仕入れも品納めも減り、お凜はその余力をすべて細工に注ぎこんだ。生駒屋も、いつまでもたのみにならぬ。痩《や》せても枯れても、椋屋は錺屋《かざりや》だ。細工の工夫にかけるより策はないはずだと、お凜は思い決めていた。

ひと月近く我慢した甲斐《かい》があって、師走《しわす》に入り、時蔵の右手はほとんど完治した。

手鎖を受けたときと同じに、勘がもどるまでにはもうしばらくかかろうが、お凜は心の底からほっとした。時折蔵をのぞくと、時蔵の傍らでは柴太郎が針金ととっくんでおり、見るたびにお凜の胸をあたたかくしてくれた。

ただひとつの気がかりは、その柴太郎だった。ちょうど時蔵が細工をはじめたころから、どうも柴太郎の元気がなくなってきた。朝から晩まで蔵にこもりきりでは、さすがにからだがしんどくなってきたものかと案じ、お凜は二度ほど声をかけたが、そのたびに柴太郎は、自分は平気だから、どうか細工修行をさせてくれと乞うた。必死な顔にそれ以上とめだてもできず、からだを厭《いと》うよう言いきかせただけで済ませてしまった。

しかしこれが、とんでもない結果となった。

師走も半ばのある日、朝餉《あさげ》の席に柴太郎の姿がなかった。

「……加減が、悪いようで……」

お凜が訊《たず》ねると、いつもはきはきしている捨松が、妙に歯切れの悪いこたえ方をした。

離れへ様子を見にゆくと、柴太郎はひどい熱を出していた。留五郎とともに、急いで医者へ連れてゆくと、診療の途中で医者がふたりを呼んだ。

「悪い風邪でも、拾ったんでしょうか?」

「風邪じゃありません。これをご覧なさい」

医者は柴太郎の、着物の前を左右にひらいた。あっ、と留五郎が叫び、お凜は両手で口をおおった。柴太郎の胸と腹には、大きな痣《あざ》がいくつも浮いていた。

「背中から二の腕、腿《もも》まで、からだ中が痣だらけです。たぶん傷を受けたとき、内臓《なか》をやられたんでしょう。熱が出たのはそのためです」

傷薬だの熱冷ましだのをもらい、医者の家を辞した。帰る道々、留五郎の背にぐったりとからだをあずけた柴太郎をながめやり、お凜は己の迂闊《うかつ》さをひたすら責めた。

「柴太郎の加減が悪いことは気づいていたのに……もっとよく確かめるべきだったのよ」

「ひょっとして、この痣を拵《こしら》えたのは……」

時蔵ではないか。留五郎の顔は、そう言っていた。

「まさか……」

「嫌な考えだが、一日中蔵でこいつと一緒なのは、あの男だからな」

留五郎の読みは外れた。下手人は、時蔵ではなかった。

重い足取りで椋屋へもどると、木戸門の外で捨松が待っていた。お凜が声をかけようとすると、はじかれたように背を向けて、一目散に逃げ出した。

「お待ち、捨松、待ちなさい！」

いつになく強い調子にびくりとし、捨松の足は細工場の手前でとまった。

「捨松、おまえ、なにか知っているのね？」

両肩に手を添えてこちらに向けると、捨松の顔は涙でくしゃくしゃだった。捨松は、正月がくれば十五になる。背丈はお凜とほとんど変わらないし、受けこたえもしっかりしている。常にはむしろ大人びて見えるのだが、しゃくりあげるその顔はひどく幼かった。

「怒らないから、言ってごらんなさい……まさかおまえが、柴太郎を……」

捨松は歯を食いしばり、頭を横にふった。お凜はいく度も訊ねたが、捨松は泣くばかりでさっぱり埒《らち》が明かない。こたえは、お凜の背中から返った。

「捨松じゃあ、ねえです」

おなじ小僧の直吉だった。直吉もまた、紙のように青ざめている。

お凜がうながすと、「ここじゃあ……」と、ちらりと細工場を見やった。

「話してちょうだい。いったい誰が、柴太郎にあんなひどいことをしたの？」

母屋《もや》の座敷にふたりをならべ、捨松の涙がとまったのを見計らい、お凜は訊ねた。

「……兄さんたちです……」

　捨松も直吉も、誰とは言わなかった。話の具合から、ひとりふたりではないのだろう、と察しがついた。

「櫛簪《くしかんざし》が売れなくなって、細工修行もままならない。兄さんたちはだんだんと苛々《いらいら》してきて、おれたちに当たるようになったんです」

　驚いたことに、ふたりのからだのあちらこちらにも、青や紫の痣が散っていた。だが、柴太郎にくらべれば、ぐっと少ない。

「柴ちゃんは、兄さんたちにやっかまれたんです。小僧のくせに細工修行を許されて、あの時蔵さんにつきっきりで教えてもらえて……」

「……そう、だったの。告げ口をしたかないのはわかるけど、せめてもっと早くに言ってくれれば……捨松は、柴太郎と仲良しだったでしょ？」

　と、捨松の目からまた、涙がふきあがった。直吉も、屈託ありげに下を向く。

　お凜はようやく、事のしだいが呑《の》み込めた。このふたりもまた、柴太郎を妬んでいたのだ。柴太郎は、小僧のなかでもいっとう若い。同じ時期に椋屋にはいり、仲のよかった捨松は、よけいに苦しんだことだろう。

「……柴ちゃんは……柴ちゃんは、大丈夫なんですかい？」

「お医者さまの話では、十分な養生をすれば、大事には至らないだろうって。捨松、おまえが看病しておあげなさい。きっと柴太郎も、いちばん喜ぶと思うの」

捨松は、涙と鼻水の張りついた顔を伏せてうなずいた。


気がつくと、お凜はふらりと外に出ていた。

留五郎や伍一、それに時蔵とも、柴太郎の件を相談しなければ。そうとわかってはいたが、気重でならない。仕上げたばかりの笄《こうがい》を懐《ふところ》にして、足は南伝馬町への道筋を辿《たど》っていた。お千賀の顔でも見なければ、やりきれなかった。

父親が倒れてからも、お千賀の明るさは変わらなかった。一方で度重なる不運は、わがままなお嬢さんをひと息に大人にしたようで、その勝気な性分は、研いだ鋼《はがね》が底光りするように、地に足のついた芯《しん》の強さへと育ちつつあった。

腹ぺこのからだが旨《うま》そうなにおいに引き寄せられるように、お凜はお千賀の負けん気を、腹いっぱい食べたかった。

生駒屋の裏の枝折戸《しおりど》から庭へ抜けたとき、意外な姿が目にとまった。縁先で伊左衛門が、煙草《たばこ》を吸っているのである。お凜に気づくと、水の底から立ちのぼる泡のように、ゆっくりと淡い笑みを浮かべた。

「久しぶりですね、お凛さん」

お凛はたびたび見舞いにきていたが、伊左衛門を避けていた。店には寄らず裏から出入りしていたのもそのためで、顔を合わせたのは広左衛門が倒れて以来初めてのことだ。

「若旦那《わかだんな》が、煙草をのむとは知りませんでした」

「酒の席でたしなむくらいのものでしたが、このところ時々手が出るようになりました」

ひどく疲れた顔だった。昼日中から家内《やうち》でくすぶっている姿も、伊左衛門らしくない。

「大丈夫ですか、お凛さん。疲れているのじゃありませんか？」

自分が口にしようとした、そっくりそのままの言葉をかけられて、お凛は思わずくすりと笑った。伊左衛門はきょとんとしたが、

「お凛さんにも、すっかり愛想づかしをされたものと思っていました」

またゆるゆるとした笑みを浮かべた。

「おとっつぁんを見舞う前に、茶を一杯いかがですか」

お凛もひどく喉が渇いていたが、すすめられるまま座敷に落ち着いたのは、いつも

と明らかに違う伊左衛門のようすが気にかかったからだ。伊左衛門が女中に茶をたのみ、それを待つあいだの凌《しの》ぎがわりに、お凜は懐から出した包みを畳の上にひらいた。

「……これを、お凜さんが？」

伊左衛門はため息をもらし、しばし細工に見入った。銅の線細工で拵えた、平たい笄だった。太い縒線《よりせん》で笄を型づくり、中は隙間《すきま》なく流水文の平戸細工でうめてある。

「巻きも接合《つなぎ》も申し分ない。腕を上げましたね、お凜さん。赤でこれだけ品がよければ、焼きや白ならさぞかし見事でしょうに」

「あたしもこの細工には、白が似合うと思います。白はほかの材より腕がいりますから、もっと出来が悪くなっちまうかもしれませんけど」

女中が茶と菓子をはこび、お凜が喉を湿らすのを待って、伊左衛門は切り出した。

「少し余分に白をまわしますから、正月向けに意匠をかえて拵えてみませんか？」

「若旦那、そのことなんですが……焼きと白は、裏で仕入れるにも捌《さば》くにも、このご時世ではやはり難儀でしょう。これまで若旦那のご親切に甘えてきましたが、これ以上は……」

「お凜さんも、あたしを情け心のない男だと、そうお思いなのですね」

笄と一緒に、伊左衛門の両手がゆっくりと膝《ひざ》に落ちた。

「そういうわけでは……」

「これだけは信じてください。あたしは決して、椋屋だけは見捨てやしません。あたしが出入りの職人や問屋をいくつも切ったのも、すべては椋屋と生駒屋を守るためです」

と、伊左衛門は、商売を覚えはじめたころの話をした。

「いままでだまっていましたが、そのころ生駒屋の台所は火の車でした」

広左衛門は、道具道楽の上にお人好《ひとよ》しである。相手が困っていると知れば惜しみなく金を与え、そこを悪い輩《やから》につけこまれ、大きな散財をしたことも一度や二度ではなかった。

「商いを任されてほぼ十年、立て直しに必死でした。ようやく息をつけたのは、ほんの二、三年前です。御改革の煽《あお》りもあって、いまも生駒屋の懐は決して豊かではないのです」

「……知りませんでした。生駒屋ほどの大店《おおだな》が、そんなことになっていたなんて」

内情をきかされて、お凜が茫然《ぼうぜん》とする。

「これはあたしと九郎兵衛と、あとは勘定をあずかる手代しか知りません。お千賀にもおとっつぁんにも、言っていません」

「どうしてですか？　お千賀ちゃんもおじさんも、もののわからない性分じゃありません。ひと言明かせば、道楽を控えるくらいは……」

「罪滅ぼしのつもりなんです」

笄に目を落としたまま、伊左衛門が呟いた。

「お千賀への失言は、前に言いましたよね。おとっつぁんは口さがない世間に笑い者にされても、文句を言ったことなぞありません。むしろ鳶《とんび》が鷹《たか》を産んだなどと、人に自慢している始末で……」

伊左衛門には、ふたりにすまないとの引け目があった。道楽を許していたのも店のためにはよかろうと、その打算もあったが、詫《わ》び料がわりのつもりでいたようだ。

伊左衛門はそっと笄を返してよこし、姿勢を正した。

「お凜さん、あたしと一緒になってもらえませんか？」

油断していたところに不意打ちをくらい、お凜は面食らった。

「ここへ嫁に入って、あたしと一緒に生駒屋をきりもりしてほしいのです」

「待ってください、若旦那、いきなりそんな乱暴なことを言われても」

「乱暴でしょうか」

「だってあたしには、椋屋を守る役目があります。五代目を決めて、それで……」

一瞬、お凛は口ごもった。あとの言葉が、どうしても出てこない。

「五代目には、留五郎さんを立ててはいかがでしょう。腕も悪くないし、職人をまとめる力もある。五代目に納まったとて、誰も文句は言わないはずです。年はいってますが、十年くらいなら立派に親方がつとまります」

「十年……とは？」

「十年経《た》てば、お菊ちゃんに婿《むこ》をとれます」

あっ、と叫びそうになった。留五郎に不満がなければ、すでに四代が跡目に据えているはずだと、伊左衛門は見抜いているのだろう。多少の難はあろうとも、いまはひとまず留五郎を据えて、十年後にあらためて納得のいく婿を六代目としてむかえる。伊左衛門らしい、理にかなった筋書だった。十年先なら、いまの細工場では年嵩《としかさ》にあたる太市あたりか、あるいは小僧連中にもお鉢がまわろう。

椋屋が心配なら、ここから毎日通ってもらってかまわない。むろん生駒屋の内儀《おかみ》としての役目はあるが、いままでも内儀なしでやってきたのだから、そちらは自分や九郎兵衛がいくらでも手助けすると、伊左衛門は熱心に説いた。

「お凛さんと椋屋のことだけは、なにより大事に思っています。それだけは信じてください。あたしはただ、お凛さんにそばにいてもらいたいのです」

伊左衛門の切々とした訴えにも、冷えた気持ちはもどらなかった。お凜のこだわりは、跡目のことではなかった。

「……でも、ここへ嫁入りしたら、もう細工はできませんよね……」

「お凜さんが続けたいなら、好きなときに楽しんでもらってかまいませんよ」

ふたりのあいだには埋めようのない溝があることに、伊左衛門は気づいていない。細工を趣味や道楽と思ったことなぞ、お凜は一度もない。たったいま、あれほど自分の細工を褒めてくれた伊左衛門が、なぜこんなことを言うのだろうと、お凜にはただただそれが不思議でならなかった。

「急ぐつもりはありません。ゆっくりと考えてもらえませんか。そうですね、一年後、椋屋の五代目が決まるその日まで、待たせてもらうのは迷惑ですか？」

お凜にとっては厄介な話だが、伊左衛門にここまで念をおされては、まさか迷惑ですとも言えない。お凜は仕方なく、申し出を承知した。

広左衛門の座敷をのぞくと、病人は眠っているようだった。お凜はお千賀の傍らに、ぺたりと尻《しり》をついた。

「大丈夫、お凜ちゃん？　なんだか疲れているようね」

伊左衛門と同じいたわりを受け、お凜はなんだか、本当に自分はくたくたなのだと、ひどく気弱な気持ちにおそわれた。

「お千賀ちゃん、あたしはやっぱり、おっかさんや義兄《にい》さんのようにはできないわ」

口にしたとたん、繭《まゆ》から糸がほつれるように次々と弱音が紡《つむ》ぎだされた。

「このままお上の締めつけが続くようなら、椋屋は来年を越せないかもしれないわ」

「椋屋の勝手向きは、そんなに苦しいの？」

「お金のことだけではないの。職人衆の気持ちが、すっかり荒《すさ》んじまってるのよ。小さな柴太郎にあんな仕打ちをするなんて、それを少しも見抜けなかったなんて……」

今朝の出来事を、お千賀に語った。

皆の憂《う》さは、先行きが読めないからだ。こんなご時世が続けば、とても錺職《かざりしょく》なぞやっていけない。かといって、いまさら職を変えようにも、どこも不景気で雇ってくれるところもない。椋屋にしがみつくより仕方ないのに、いつまで当てにできるかわからない。

「構えはいくら大きくとも、親方もいない錺屋では、いつ倒れるか知れないと、皆そう思っているのだわ！」

すべてお千賀に吐き出して、お凜は前のめりに畳にくずおれた。泣いているのではなかった。怒りか悲しみか、やるせなさか、それらが一緒くたになって、お凜を押し潰《つぶ》していた。

　お千賀は黙って、お凜の背をなでた。

「細工がしたい……みんな細工がしたいのよ。捕方なんぞに怯《おび》えずに、存分に焼きや白を使って、腕を磨いて、意匠を考えて、そんなあたりまえのことが、どうしてできないの？」

「お凜ちゃんは、細工がしたくてたまらないのね」

　お凜にもしみじみそう思えた。細工はもはや、お凜にとっては半身のようなものだ。

　裂かれれば、生きてはゆけない。

「細工をやっていてよかったわね、お凜ちゃん。だからこそ職人衆の気持ちが、誰よりもわかるのだもの」

　え、とお凜は顔を上げた。お千賀のきれいな瞳《ひとみ》が、穏やかにお凜に注がれていた。

「……そんなふうに考えたことなぞ、ついぞなかったわ」

「そう？　お凜ちゃんたら、案外抜けてるのね」

　ふふ、と笑ったお千賀の背中で、鈍い声がした。いつのまに目が覚めていたものか、広左衛門が動く左腕を持ち上げて、不自由な口でなにか言おうとしている。お千賀は

あたりまえのように、その口許《くちもと》に耳をよせ、

「ああ、そうね。じゃあお言葉に甘えて、出かけてくるわね」

「おじさんは、なんて？」

「お凜ちゃんが塞《ふさ》いでいるようだから、お汁粉でも食べてこいって」

広左衛門は、うれしそうに顔を歪《ゆが》ませた。

外に出ると、澄んだ空を見上げて、はればれしい顔でお千賀は言った。

「お凜ちゃんがやりたいことを、職人たちにもさせればいいのよ」

「……あたしの、やりたいこと……」

「そうよ、さっき大きな声で叫んでた、あれがお凜ちゃんの望みなのでしょ？」


白壁町へもどったときは、すでに夕餉《ゆうげ》の時分だった。お凜は母屋《もや》には寄らず、まっすぐ蔵へと赴いた。見当どおり、扉をあけると蔵の内には灯りがあった。

「邪魔してごめんなさい。ちょっと、柴太郎のことで話があって」

梯子《はしご》段《だん》をのぼり、お凜はどきりとした。時蔵の顔が、こちらを向いていたのである。

からだ中から、どっと汗がふきだした。時蔵とふたりきりになったのは、思えばあの日以来初めてのことだ。時蔵の傍らにはいつも柴太郎がいたし、気恥ずかしさのあ

まり、お凜が避けていたこともある。

だが、当の時蔵は、まったく変わりはなかった。それは見事をとおり越して憎らしくなるほどで、おかげでお房の眼力をもってしても、病の相手が誰なのかは見抜けなかったようだが、お凜は少なからずがっかりもしていた。酔った勢いでのおふざけか、あるいは覚えていないのだろうと思うようになっていた。

「具合が悪いそうだな」

「ええ、それが……」

仔細《しさい》を話すと、案に相違して時蔵は、「やっぱり、そうか」と呟《つぶや》いた。

「やっぱりって、時蔵さん、柴太郎が苛《いじ》められていることに気づいてたんですか？」

「ずっと一緒にいるからな。ふとした拍子に、手足の痣《あざ》は目についていた」

「だったら、どうしてもっと早くに、教えてくれなかったんですか！」

「あの坊主《ぼうず》が、隠そうとしていたからだ。あいつの身に起きたことだ、あいつが事を荒だてたくねえなら、それがよかろうとそう思った」

「柴太郎は、あの子はまだ子供です。まわりの大人が目配りして助けてあげるのが……」

「あの小僧にとっちゃ、ありがた迷惑じゃねえのか」

と呟いて、時蔵はまた細工机に向かった。

「迷惑って、どうしてですか？　もっと早くに手を打っていれば、こんな始末には……」

「手を打つってのは、細工修行をやめさせるって、そういうことだろう？　あいつはそれが嫌さに、どんな仕打にも耐えていたんだ。だからおれは、黙って見てた」

たしかに、そうかもしれない。兄弟子たちに殴られても蹴《け》られても、同じ小僧仲間に見放されても、がむしゃらに細工にしがみつく柴太郎の姿が見えるようだ。

「あの坊主は、口は重いし気は利《き》かねえし、立居もとろい。おれと同じで、あまり取柄がなさそうだ。だから、やらせてみる気になった」

「取柄って、あなたには天分が……細工の才があるじゃありませんか」

「そいつは皮肉か？」

時蔵はもう一度首をまわし、じろりとお凜を睨《にら》みつけた。

「そんなもんがあれば、苦労はいらねえ。だからこそ躍起になって、とっ組んでんだ」

お凜の口が、ぽかんとあいた。

（この人は、己の才がどれほどのものか、本当に気づいてないのかしら）

この鈍感さゆえに、まわりとの諍《いさか》いが絶えぬのだ。そう考えれば、すべての辻褄《つじつま》が合う。

まわりの者がぶつける敵意も憎しみも、時蔵にはあずかり知らぬことなのだろう。捌《さば》きようもなく、よりいっそう細工に逃げ込むことになる。人の思惑への至らなさは呆《あき》れるほどだが、一方でお凛は、陰湿な心根からは一歩つき抜けた清々《すがすが》しさを感じた。

「柴太郎のことは、具合がよくなったころに、あらためて思案してみます」

ひとまずそう告げると、時蔵はまた背を向けた。

「まだ、なんかあるのか」

腰を上げぬお凛に、その背中が言った。

「見ていて、いいですか」

「いまのところは、あんたが盗めるようなものはなにもねえよ」

と、断りをいれたが邪険にすることはなく、お凛は時蔵のななめうしろに陣取った。

机の上で、長い指が動いている。細工に見入っていたはずが、いつのまにかお凛は、時蔵の背中をながめていた。いつまでも、ずっとこうしていたい。五年先、十年先まで、ここでこの背中をながめていたいと、そんな思いが胸をかすめた。

「あら、その香炉」

時蔵が道具を取ろうと、手を伸ばしたときだった。その先にあった金香炉に、お凜は初めて気がついた。

仕事机のすみにおかれたそれは、お凜の曾祖父《そうそふ》、初代春仙の細工だった。六角形の香炉の側面には、山奥の湖と思われる冬景色が映しとられている。湖の向こうに小さな鳥居を配し、近景には雪をのせた柿《かき》の実がひとつ、枯木に残っている様が大写しに描かれていた。

「ああ、もう少し借りてえんだが、そっちにしまっておいたほうがいいなら……」

「あ、いえ、大丈夫です。あらかたの細工は始末が済んで、いつお役人にふみ込まれても心配要らずだし、気のすむまで手許に置いてくださってかまいません」

蔵にあった代々の春仙や弟子の細工は、椋屋にとって何にも代えがたい宝である。これを押さえられては一大事と、先日、母屋の天井裏や床下に運び込んでしまったが、品を検《あらた》めている最中に時蔵は、そのうちのいくつかを借りたいと申し出た。意匠決めの手がかりにするのだろうと、お凜はこころよく承知したが、あわただしくしていたものだから、中にこの香炉が混じっていたことに気づかなかった。

「でも……どうしてその香炉を？　たしかに細工は見事だけれど」

細密な打ちと彫りだけで、枯木はもちろん、積もった雪の深さや凍った湖面までが鮮やかに見てとれる。華やかで豪華な作風の初代にしては、地味とも言える題材だが、あたたかみのある金に、きりりと冷えた空気を吹き込んだような姿は、際立《きわだ》って品がよかった。

「ただ……とりたててめずらしい造りでもないし、時蔵さんが材にしそうなものには」

「そうだな……材にするというより、ながめているうちに何か思いつきそうな、そんな気がした……まあ、気にいったということか」

とたんにお凜の胸が、嬉《うれ》しさと気恥かしさでいっぱいになった。

だまり込んだお凜を、時蔵がふり返る。いぶかしげな目は、どうしたと問うている。

「あの、その、香炉の……銘は……」

「銘？」

「……あたしと、同じ名前だから」

机の傍らには、香炉を入れていた桐箱《きりばこ》がある。箱のすみには、流麗な筆跡で『凜《りん》』としたためられていた。時蔵はそれには見向きもしなかったが、心底びっくりした顔をした。

「この香炉、あんたと同じ銘なのか」

やはり気づいていなかったかと、少しばかり気落ちしながらも、名の謂《いわ》れを明かす。

「おとっつぁんも、その香炉が好きで……それであたしの名を、そこからつけて」

両の頬だけがどんどん熱をもってくる。火鉢ひとつしかない寒い蔵の内で、お凛は手で顔をあおぎたくなった。

「凛というのは、身のひきしまるような、きつい寒さのことだそうです。香炉の絵を見て、箱書をしてくだすった書家の方が、銘をつけたそうです」

そうか、と呟いたきり時蔵は、ずっと金香炉に見入っている。その横顔は、不思議でならないと言いたげに、どこかぼんやりとして見えた。

「次は……どんな細工を、作るつもりですか？」

何事もなかったように、時蔵がまた道具をとり上げると、お凛はそう話しかけていた。

「さあな。どのみち、つもりどおりにできた試しがねえからな」

「……でも、いつだって、絵図どおりに仕上げているでしょう？」

「それは寸法どおりに仕上がったというだけの話だ。おれはその先にあるものが見たい。ただの一度も、お目にかかったことはねえが」

やはり時蔵は、職人をまっとうできる男ではない――。

唐突に、お凜は思い知った。時蔵が追っているものは、人知を超えた架空のなにかだ。そんな危ういものを追い求めれば、己をすりへらし、いずれは身を滅ぼしかねない。

「あたしはそんな難しいこと、考えたことがなかったわ。せいぜいこんな品を作ってみたいって、望みのようなものしか……」

ふと、机上の香炉が、お凜の目にとまった。雪をかぶった柿の実が、ちょうど真正面に見えている。

——あれがお凜ちゃんの望みなのでしょ？

先刻のお千賀の声が、胸にこだました。

——お凜ちゃんがやりたいことを、職人たちにもさせればいいのよ

「そうだわ、そうよ！」

出し抜けの大声に、時蔵が怪訝《けげん》な顔でふりかえった。

「大げさな錺じゃなしに、もっと手軽な櫛簪《くしかんざし》をこさえたいと、あたしはそう思っていたのだわ！」

凝った細工を身上とする椋屋では、簪ひとつとっても、晴れの日に身につけるような大ぶりの品が多い。これまでの金銀細工と同じ意匠では、銅や真鍮《しんちゅう》ではやはり見劣

りする。むしろ飾りをうんと小さくし、細工の数もひとつふたつにとどめたほうが粋《いき》に見えるのではないか。

金香炉にあった柿の実が、とっかかりになった。瓢簞《ひょうたん》、透かし梅、笹《ささ》、南天……糸巻、鼓《つづみ》、日傘……雀《すずめ》、蟹《かに》、蝸牛《かたつむり》……豆がはじけるみたいにお凜の頭に意匠が浮かび、それは止《と》め処《ど》なくあふれ出した。すっかり夢中になっていたらしく、気がつけば、さっきよりいっそう怪訝な顔が向けられていた。

「きいてなかったみたいだな。仕舞いにすると言ったんだ」

「もう、そんな刻限かしら」

「やっぱり、気が散るんだよ」

と、時蔵は顔をしかめた。お凜はあわてて梯子を降りて、時蔵とともに蔵を出た。

蔵の錠をかけていると、傍らで時蔵が呟いた。

「あんた、ほんとに変わってるな」

「え」

お凜がふり向くと、時蔵はすでに離れに向かって歩き出していた。

「まったく、面目次第もねえ。一日中連中を見ていたくせに、この両目はまるきりの節穴だった。頭《かしら》なんぞと、二度と威張れねえ」

翌日、お凜が柴太郎の怪我《けが》の真相を告げると、留五郎と伍一は青くなった。

「下手人は、きっちり締め上げてやりまさあ」

「あたしは、無理に咎人《とがにん》を出さないほうがいいと思うの。手を出す出さないの違いはあっても、少なくとも気づいていたはずよ。見て見ぬふりも、同じ罪だわ」

鼻息荒い留五郎に、お凜は待ったをかけた。こちらが叱《しか》れば、それも怨《うら》みになる。結局はまた、小僧たち弱い者に鬱憤《うつぷん》が集まることになる。それよりも皆の気鬱の種をとり去るほうが先だと、お凜は説いた。

「時蔵に言って、柴太郎の細工修行をやめさせるんですかい？」

「いいえ、その逆よ」と、お凜は己の思案を、ふたりに話した。

それはただちに、職人衆の前で披露された。

「ひとりがひとつずつ、小さな細工をつくってちょうだい。大げさな意匠じゃなしに、できるだけ身近な、それでいて粋なものがいいわ。出来がよければ簪に拵《こしら》えて、生駒屋へ納めます。直吉と捨松には、今日から細工修行を許すから、しっかり精進してちょうだい」

己の細工が、そのまま店先にならぶ。修行中の職人にとっては、思いもよらぬ幸運だった。にわかに浮き足立った一同に、釘《くぎ》をさすのは留五郎の役目だった。

「柴太郎のことは、みんな知ってるな。今度あんなことがあったら、おれも含めてこの場の皆はお払い箱だ。そう思え」

留五郎が凄《すご》んでみせると、いくつかの顔がぱらぱらとうつむいた。お凜は知らぬふりで、離れにもどろうとする捨松を呼びとめた。

「捨松、この話は、おまえから柴太郎に伝えてちょうだいね」

　はい、とうなずいた捨松は、元気よく細工場をとび出していった。

十

天保《てんぽう》十四年二月、遠山左《とおやまさ》衛門尉《えもんのじょう》景元《かげもと》は、北町奉行を辞して大目付となった。

「位は上でも大目付は閑職だからな、まあ、体よく北町を追い払われたということだ。遠山人気は上がる一方だもんで、南の誰かさんには目の上のたんこぶだったんだろうよ」

　訪れた青木は、お凜とお清のまえでそう語った。

江戸中が大いに驚き、またがっかりもしたこの噂《うわさ》は、あいにくと椋屋《むくや》では翌日には立ち消えとなった。それどころではない話を、お千賀がたずさえてきたのである。

「時蔵さんの手は、もうすっかりいいのでしょ？」

身につけた地味な木綿物にさんざん悪態をつきおえると、お千賀はまず、それを訊《たず》ねた。

めずらしいこともあるものだ。首をかしげながらも、お凜はうなずいた。

案じていた柴太郎は正月を待たずに回復し、お凜たちを安堵《あんど》させたが、さっそく細工修行にもどりたいとごねて寝床にしばりつけておくには難儀した。医者の見立てにしたがって、正月の藪入《やぶい》りまでは大事をとるつもりでいたが、どうしてもきき入れない。

「そんな半端《はんぱ》なからだで、細工にさわるんじゃねえ」

時蔵に叱《しか》られて、ようやくからだを治すことに専念するようになった。若いこともあって、松がとれる前に医者のお墨つきをもらい、藪入りにも家にはもどらなかった。どうやらなさぬ仲の母親に邪険にされるのが辛《つら》いらしいとは、捨松からきき知った。

奉公人にとっては年に二度きりの楽しみである藪入りに見向きもしなかったのは、時蔵と柴太郎だけである。妙なところが似ているものだと、お凜にはおかしくも哀れに思え、その日の膳《ぜん》には馳走《ちそう》をのせたが、ふたりは黙々と腹に詰め込むだけで、たいして旨《うま》そうにも有り難そうにも見えぬものだから、張り合いのないこと甚《はなは》だしいとお清は口をへの字に曲げた。

　あとでこっそり訊ねると、「あんな旨いもの、生まれてはじめて食いやした」と、ひどくまじめな顔で柴太郎はこたえ、それだけでお凜は満足だった。

「職人衆は、どんなようす？　お凜ちゃんの目論見《もくろみ》は、当たったのでしょう？」

「ええ、いまのところはね、みんな精出して拵《こしら》えているわ」

「あれは、かわいいわね。銅や真鍮《しんちゅう》でも、小さな細工がひとつだけだと、不思議と粋《いき》に見える。あたしは灯籠雀《とうろうすずめ》と飾り瓢箪《ひょうたん》……でもいちばん気に入ったのは、平打ちの柘榴《ざくろ》だわね」

「さすがにお目が高い。あれは、あたしの品なの。平戸《ひらど》細工で丸い柘榴を拵えて、それもなかなかよかったのだけれど、試しに平打ち簪《かんざし》にしてみたら案外きれいにできたのよ」

「あら、そうだったの。あたしはまた伍一さんあたりが、平戸の腕を上げたものだと思っていたわ。そうお、あれをお凜ちゃんがねえ……本当に腕を上げたのね。もうすっかり一人前の職人になっちまったわね」

　まだまだ、とお凜は照れて下を向いた。

「いまの椋屋にはお凜ちゃんを加えて、四人の錺師《かざりし》がいるということね。それならこの話も、し甲斐《がい》があるというものだわ」

　と、お千賀は、崩していた膝《ひざ》をととのえ、畳にきちんと正座した。

「生駒屋《いこまや》お千賀から椋屋お凜へ、一世一代の錺をおたのみ申します」

「いったい、どうしたの？　おどかさないでちょうだいな」

「まじめな話よ。千両の大仕事を、椋屋におねがいにあがったのよ」

「千両！」

　金高の大きさに仰天はしたものの、かえってその途方もなさに、お千賀らしい冗談にちがいないと高を括《くく》っていたが、話をきくうちにお凜の顔から血の気がひいた。

「そんなこと、できっこないわ！　うちは錺屋よ。そんな大細工をどうやって……」

　注文の仔細《しさい》をきいて、お凜は息が詰まるほど驚いた。

　お千賀は、神田祭の山車《だし》飾りを、金銀で拵えてほしいと言ったのだ。

「九月のご祭礼まで、あと半年はたっぷりあってよ」

「そういう話じゃないわ。そんなものをこさえれば、お上にどんな咎《とが》めを受けることか……生駒屋も椋屋もただでは済まないわ。なんだってこのご時世にそんなことを」

「こんなご時世だからこそよ」

いどむような口調とは裏腹に、お千賀の目の色はひどく落ち着いていた。

「はじめに言い出したのは、おとっつぁんなのよ」

「おじさんが、まさか……」

「本当よ。もちろんはじめは夢を見るような話だったけれど、あたしとあれこれ相談しているうちに、金銀山車をこの目で見てみたいって、その気持ちが強くなったのね」

お千賀は、きゅっと眉《まゆ》をよせた。長い睫毛《まつげ》が、小さくふるえている。

「おとっつぁんは、それくらい気が弱っているのよ。生きてく張りをなくしては病だってよくはならないと、お医者さまにも言われたわ。おとっつぁんをあんなにしちまった御改革が、あたしは憎くてたまらない。どうしたってお上にひと泡吹かせてやりたいと、その気持ちもあるわ。でもね、あたしの望みはおとっつぁんを力づけてあげることなの。見ただけではっと目が覚めて、ひと息で力がつくような、そんな細工を拵えてもらいたいの」

くずおれそうに見えたのは、一瞬だった。お千賀はまた頭を上げて、背筋をのばした。

「これは椋屋にとっても、大きな商いになるはずよ。お凜ちゃんが案じてた職人衆の不満なぞ、すっきりと吹きとんじまうこと請け合いだわ」

「それは、そうだけど……板金《いたがね》をどれだけ手に入れられるかもわからないし、なにより、それだけの金子《きんす》を用立てるのは、生駒屋といえど楽ではないはずよ」

「お金のことなら兄さんには……店のお金にはたよらないつもりよ。あたしとおとっつぁんの着物と道具を売って、用立てようと思っているの」

　これも言い出したのは、広左衛門だという。古くからの馴染《なじ》みで、口の固そうな道具屋や古着屋を呼び、試しに算盤《そろばん》を弾《はじ》かせた。

「その金高が、千両というわけよ。そっくり椋屋にあずけるつもりでいるわ」

「千両……」

　あらためてその額の大きさに、お凜はごっくりと唾《つば》をのんだ。儲《もう》け話に食指が動いたわけではない。それだけの金を費やせば、どれほどの細工ができるものか、その思案だけでからだが熱くなった。

　――やってみたい！

　つき上げるように、強い気持ちがわいた。同時に、それまで突拍子もない絵空事だったお千賀の話が、にわかにくっきりと起き上がってきた。しかし輪郭が判じられるようになると、その線の不確かさも如実《にょじつ》に見えてくる。

「でも板金は、生駒屋の帳場をとおして仕入れなくてはならないわ。若旦那《わかだんな》はこんな危ういことを、決して承知しやしないでしょう」

「それもね、手を打ってあるのよ。おとっつぁんが長いこと贔屓《ひいき》にしていた銀師《しろがねし》をとおして、生駒屋とは取引のない地金屋に伝手《つて》をつくることができたの」

「ああ、その親方なら、椋屋《うち》ともつきあいがあるわ」

　銀師の名をきいて、お凜は首をうなずかせた。

　銀師は銀器をあつかう職人で、茶釜《ちゃがま》や茶器、急須《きゅうす》などを、槌《つち》一本で拵える鍛金師《たんきんし》である。その親方は何人もの弟子をかかえる構えの大きな銀師であり、また、茶釜の飾り細工や急須の持ち手など、細かな錺を注文してくる椋屋の得意先でもあった。

「どうやら相手の言い値は、生駒屋が卸すものよりも二、三割高いようだけど、払いの期日を短くすれば、負けさせることもできるかもしれないわ」

　お千賀の手《て》際《ぎわ》のよさに、お凜は正直、舌を巻いていた。決してわたってはいけない川に、お千賀はさっさと橋を架けてしまった。お凜ひとりなら橋を越え、向こう岸へ渡りたい。だが、お凜には、椋屋を守るつとめがある。

「お千賀ちゃん、やはりその話は受けられないわ。そんな細工を人前に出せば、どうしたって手が後ろにまわる。うちには先のある若い者が多いのよ」

「そう……そうよね。お凜ちゃんならきっと、そう言うだろうと思っていたわ。だったら、披露目はしないということでどう？　細工を見るのは、おとっつぁんとあたしだけ。これなら椋屋にとばっちりはいかないでしょう？」

「千両もの金子をつぎ込んで、ふたりの道楽で終わらせようっていうの？」

「いやあね、そんなにびっくりしないでちょうだい。もともとの道楽を元手に、次の道楽をはじめただけよ」

お千賀の豪胆さに、お凜はすっかりあきれかえっていたが、ふいに、はっとなった。

「おじさんがそんな酔狂を言い出したのは、ひょっとして……椋屋の先行きを案じてのことではなくて？　ほら、いつだったかあたし、おじさんとお千賀ちゃんの前で弱音を吐いちまったでしょ？　大きな注文さえあれば椋屋は助かると、情をかけてくれたのじゃなくて？　そうだとしたら、やはりお断りするわ」

「そうね、おとっつぁんはお人好《ひとよ》しだから、そういう思案もあるかもしれない」

歌うような調子でさらりと言って、それからお凜に向きなおった。

「それでも細工の仕上がりを待つあいだ、気の張りにはなるわ。ちょうど川開きの花火のように、すっかりくすんじまった江戸の街に景気をつけてあげたい、そういうものを見てみたいって、それがあたしとおとっつぁんの夢なのよ」

返事はまた後日でいいと言い残し、お千賀は帰っていった。

厄介な返事を迫るところだけは伊左衛門と一緒だと、お凜はため息をついた。


誰も笑わなかったのは、まずなによりの誤算だった。

夕餉《ゆうげ》のあとに三人の職人を呼んで、お千賀の注文をお凜が明かしたときだった。

「本当に、そんな細工ができるのか！」

話の途中で、まっ先に叫んだのが時蔵だったことにも驚かされたが、その顔を見て、お凜は自分の頬をつねりそうになった。いつもは世の中をはすに見ている両眼は、一杯に見ひらかれ無邪気に輝いている。まるで生まれて初めて、象や駱駝《らくだ》を目にした子供のようだ。

「すげえ……そいつはすげえ。そんなことができるなんて、思ってもみなかった」

「時蔵さん、できるとはまだひと言も……」

たしなめ口調は、そこで途切れた。傍らの留五郎と伍一の瞳《ひとみ》にも、小さな灯が灯《とも》っていたからだ。憧《あこが》れのような希望のようなその色に、皆がどれだけ言うに言われぬ我慢を重ねてきたものか、いまさらながらお凜は思い至った。

だが、さすがに職人頭の留五郎は、すぐに頭を横にふった。

「そいつは、まずい。やっちゃならねえ。そうですよね、お嬢さん」

「ええ、わかっているわ、留さん。近頃は強請《ゆすり》や集《たか》りも、だいぶ収まってはきたけれど」

定廻《じようまわり》の青木と手先の亥助のおかげもあって、椋屋へのちょっかいは、ひと頃よりはずいぶんと減った。これには生駒屋が、表向きさっさと金銀商いから手を引いたためもあり、伊左衛門の手腕の賜物《たまもの》ともいえる。

「それでも妙な動きをすれば、目をつける輩《やから》がいないとも限らないし、大枚の板金を運び込むだけでも厄介なことだわ」

「……そう、ですよね……無茶な話ですよね……」

こくこくと首をうなずかせている伍一は、どうしても喉《のど》を通らぬ塊を、なんとかのみくだそうとする姿に似ている。

「おれは、やる」

言いきった時蔵を、留五郎がじろりとにらむ。

「てめえの耳は、馬より悪いな。できねえと、そう言ってるだろうが。ことにおめえなんざ、いちど手鎖を受けてる身だろ。次に捕まったら島流しだぞ」

「そうよ、そんなことになったら、錺師を続けることさえままならなくなるのよ」

「おれはそれでもかまわねえ。そんな一世一代の大仕事ができるなら、両腕だってくれてやる」

さっきまで無邪気に見えた瞳の中に、憑《つ》かれたような危うい光がまたたいた。

「そんな細工、これまで誰もやっちゃいねえはずだ。一生かかったって、いいや、百年先だってお目にかかれねえかもしれねえ。そんなすげえものを、みすみす逃してたまるかよ。明日からさっそくとりかかる。まずは、意匠拵えを……」

「意匠は、あたしが思案します！」

男たちが呆気《あっけ》にとられ、なかばきょとんとした顔でこちらを見ている。だが誰より驚いているのは、ほかならぬお凜だった。

「……いえ、あの……これは、生駒屋お千賀から、椋屋お凜への注文ですから」

しどろもどろの言訳のつもりが、そう言い切ると、なぜだかすうっと落ち着いた。

「だったら早くしてくれ。九月までとなると時間《とき》がねえ。職人がふたりぎりならなおさらだ」

「おいおい、てめえと柴太郎に勝手にはじめられちゃかなわねえ、こうなったら一蓮《いちれん》托生《たくしょう》だ」

「小僧は、数に入ってねえ」

留五郎が、首をひねった。「いったい、どういうことだ？」

時蔵は、お凜を見詰めている。さあ、どうすると、その目が言っている。こんな好機をみすみす逃すつもりかと、錺への思い入れはその程度のものかと、お凜に問うている。

「……やってみたい。あたしはこの細工を、試してみたくてたまらない」

昼間お千賀の前でつきあげた気持ちが、口をついていた。

「これまで黙っていて、ごめんなさい」

いったん中座し、もどってきたお凜の手には、生駒屋に納めたのと同じ柘榴《ざくろ》の平打ち簪《かんざし》と、その前に試しで拵《こしら》えた丸い柘榴の平戸細工、ふっくらとした千鳥をちりばめた打ちものの櫛《くし》などがあった。まず伍一が、ため息をついた。

「これを、お嬢さんが……信じられねえ、なんてえ腕だ」

「技も見事だが、趣向がまたいい。これなら伍一、てめえの錺《かざり》にもひけはとらねえ」

「平戸の腕じゃあ、おれなんざ足許《あしもと》にも及ばねえです」

「時蔵さんがきてすぐにはじめたのだから、あたりまえの話だわ。ごめんなさい、本当にずるばかりで、申し訳なく思っているの」

と、八歳からの細工修行と、いままで明かせなかった理由《わけ》を語った。

「でも、錺が好きで好きでたまらないのは、なによりたしかなの」

「こいつを見れば、そのくれえはわかりますさあ。なんだってこいつだけが内緒ごとを知っていたものか、それだけは面白くありやせんがね」

と、留五郎が軽口をたたく。

時蔵に、落とした細工を見られてしまったと、お凜は小さく笑った。

「これよりずっと拙《つたな》いもので、ひどく恥ずかしい思いをしたわ」

「この場に音助がいなくてよかったぜ。奴《やっこ》さんがきいたら、刃傷沙汰《にんじょうざた》になるところだ」

当の時蔵には興味のないやりとりらしく、線で拵えた皮の隙間《すきま》から、打ちものの丸い実をのぞかせた柘榴の細工に見入っている。

「お嬢さん、やりやしょうや。この話、受けやしょう」

「伍一さん……」

「お嬢さんの細工で、きっぱり目が覚めた。迷いが見事にふっとんだ。時蔵さんの言うとおりだ。こんなすげえ話、断ったら一生悔いることになる」

「おい、伍一……」

「女房子のある留の頭には、無理強《むりじ》いはしねえ。これまでどおり細工場の連中を仕切ってもらって、この三人で蔵に籠《こ》もれば……」

「おれだけ仲間はずれだなんて、そりゃあねえだろうよ、伍一」

「……けど、おかみさんや坊ちゃんが……」

「いざとなりゃ三行半《みくだりはん》でも叩《たた》きつければ、たいして火の粉もかからねえだろう。錺師の女房を、十五年もやってるんだ。多少糠味噌《ぬかみそ》くさくとも、そこらへんはわかってくれよう。年季だけならおれのほうが上だ。てめえらなんぞにまだまだ負けやしねえ」

「留さん……」

「そういうことだ、お嬢さん。椋屋《うち》にはどうやら、馬鹿《ばか》な奴《やつ》しかそろってねえようだ。この辺であきらめて、腹を括《くく》っておくんなさい」

ふたりが助《す》けてくれるなら、こんな心丈夫なことはない。恩に着ます、とお凛は畳に手をついた。

だが、喜ぶのはまだ早い。仕事はじめの前に、片をつけるべきことはいくつもある。

その晩、四人は、といっても時蔵だけは我関せずとばかりに、たいして話には加わらなかったが、ともかくあれこれと思案を重ねひとつのこたえを出した。

翌日、お凛はこの話を、決して外にもらさぬようきつく口止めをした上で、細工場内のすべての職人の前で披露した。

「こちらにつきあって、皆が共倒れになることはありません。どうしてもこの仕事にかかわりたいという者だけに、お縄になる覚悟をした上でここに残ってもらいます」

それよりほかの者は、遠方の門弟たちにあずけることとした。

たとえ椋屋が闕所《けつしょ》の憂《う》き目にあっても、彼らにまでは罪は及ばぬだろうし、椋屋が事無きを得たらすぐに江戸に呼びもどす。どちらの道をえらんでも後々あつかいに差はつけぬし、残らぬことを恥じる必要もないから、十二分に思案して返事をしてほしい。

お凜はそう言いきかせ、三日の限りをおいた。

「やはり椋屋は、向こう見ずが多いらしい。ここに腰を据えるのは、せいぜい三人と見込んでいたが、まさか出て行くほうがその数とはな」

と、留五郎は、満更でもなさそうに顎《あご》をなでた。三人をのぞくすべての職人が、椋屋にとどまる道をえらんだ。兄弟子に強いられた者はいないか、また、見栄《みえ》と勢いばかりでも先々続かぬ。結局ひとりひとりの職人に、お凜と伍一が本意を訊《たず》ねることとなった。

「おれはお上が恐《こえ》えんじゃねえんです」と、捨松はまず言った。

三人の小僧の中で、捨松だけが椋屋を出る道をえらんだ。

「お嬢さん、おれを川越へ、音兄さんのところへやってもらえませんか。柴ちゃんが残るならおれも一緒にと、はじめはそう思ってた。けど、柴ちゃんに逆にさとされました。やりたい修行があるなら、そっちへ行ったほうがいいって……おれは音兄さんのもとで、打ちものを修行したいんです」

お凜はこの申し出を受けて、音助に手紙を書いた。ほかのふたりは、それぞれ相模《さがみ》と尾張《おわり》の門弟へたのむことにした。

広左衛門とお千賀に了承を伝えると、待ってましたとばかりにお千賀は、道具や着物を売り払う算段をした。お上の目をはばかって、それらはひそかに生駒屋から運び出されたが、当然伊左衛門の目にはとまった。お千賀は自分の婚礼仕度のためだと、しゃあしゃあと言ってのけ、伊左衛門もそれ以上口をはさまなかった。

「これほどの大細工となると、やはり金は無理だわね。千両でもお足が出ちまうわ。すべて銀で拵えてはどうかしら？　華には欠けるけど、粋《いき》に仕上がると思うの」

お凜の案にお千賀が承知して、その日から椋屋は動き出した。銀師《しろがねし》の親方のもとに挨拶《あいさつ》にゆき、地金問屋を紹介してもらい値や仕入れの相談にいく度も赴いたりと、からだが二つ、三つほしいような忙しさだったが、お凜をもっとも悩ませたのは、その意匠だった。

「それ以上おいとくと、いくら納豆だって腐っちまいますよ、お嬢さん」

お清にどやされて、お凜はようやく我に返った。膳《ぜん》の上の皿小鉢には、ほとんどついた跡がなく、肝心の箸《はし》と飯茶碗《めしぢゃわん》は、お凜の手の中で宙に浮いていた。

「また細工の思案ですか？　ひねるのにそんなに難儀なら、待乳山《まつちやま》にでものぼってみたらいかがです？」

「ご隠居の俳句じゃあるまいし、茶化さないでちょうだいな」

お凜は母屋《もや》の女中や下働きにも、職人衆と同じふるまいをかけるつもりでいたが、お清は別の妙案をだした。口の軽そうなふたりの女中にはなにも告げず、行儀見習と称し見知りのお店《たな》にあずけ、ほかの者を椋屋にのこした。

頭の痛いのは、お房である。なまじ勘がはたらくだけに厄介だった。しまりのないお房の口を危ぶむお凜に、お清はすまして言ったものだ。

「そうとも限りませんよ。内儀《おかみ》さんの食いつきどころは、おさえてありますからね」

お清の見込みどおりだった。千両という金高は、危ない橋を渡るだけの値打ちはあると、お房の秤《はかり》はそう判じた。お房は格別、金にこだわる性分ではないが、窮屈な暮らしは好まない。椋屋の賄《まかな》いの苦しさが、三度の膳にも目立ってきた矢先でもあった。

こうなれば、しめたものである。お菊を守るためにも、お房は決して外にもらすまい。

「あとは意匠だけなのよ、お清」

「そんなにばたばたと慌《あわ》てなくとも、ゆっくり考えたらいかがです？」

「そうもいかないのよ。時蔵さんが、毎日にらむんですもの」

意匠が決まらなければ、図面も引けない。さっさと決めろと、時蔵は無言で圧をかける。それでもお凜は、なかなか決めかねていた。江戸の街の気鬱《きうつ》がすっきりと晴れるような、それは難しい注文だ。色々浮かびはするものの、どれもいまひとつ決め手にかけていた。

「江戸のみんなが、いまいちばん見たがっているものって、なにかしらね、お清」

「そりゃあ、海老蔵《えびぞう》の芝居でしょうよ」

お凜の口が、ぽっかりと開いた。お清の言うとおりだった。錺細工ということに気をとられ、そんな簡単なことにも気づかなかったのだ。先年、御改革の槍玉《やりだま》にあがり江戸追放となった海老蔵は、それゆえに半ば伝説と化し、いまだに人気は衰えていない。

「お清がまるで、弁財天に思えるわ！」

お凜に抱きつかれ、椋屋の無愛想な弁財天は、ますます眉間《みけん》にしわを寄せた。

「こいつはたしかに面白え。海老蔵とはいい思いつきだ」

二日がかりで描き上げた下絵を見下ろして、留五郎は顎をなでた。

「平戸と打ちものを組み合わせて、もちろん彫りも入るのだけど……どうかしら？」

「面白いぶん、技がいりやす。殊《こと》にこの平戸でこさえる馬鹿でかい背負いものは、形が入れ込みすぎてやせんか？　この意匠なら、いっそまっ平らにしちまったほうが……」

厳しい顔つきで絵図に見入っていた時蔵は、伍一が示した部分を指でこつこつたたいた。

「ここを平らにしなかったのは、重さに耐えられるようにってことか？」

「ええ、そうです。平戸は華奢《きゃしゃ》だから、いくら外枠をつけてもまっ平らなままじゃ、上の重みに負けちまうんじゃないかって……だから支えのつもりで下半分は、曲がりをたくさん入れた形にしたんです。うまくないかしら？」

「いや、おそらくこれならいけるだろう」

時蔵のお墨つきをもらい、お凛はようやく胸をなでおろした。

四人はただちに、総出で図面引きにとりかかり、ようやく仕上がったのは、人返し令が発布された三月末のことだった。

世間には明るい噂《うわさ》はちらとも立たなかったが、椋屋の内だけは熱気にあふれていた。

いよいよ、千両の大仕事にとりかかるのだ。留五郎は職人たちを、平戸と打ちものの二手に分けて、それぞれの頭としてお凜と伍一を据えた。時蔵と留五郎がつとめるのが筋だろうと、ふたりはそろって固辞したが、大人数を率いてゆくのは性に合わぬとの時蔵の申し出に、留五郎も若い伍一に任せてみようと思い決めたようだ。

しかしいざはじまってみると、お凜にできるのは職人たちに平戸細工を教えるくらいで、あとは逐一時蔵にうかがいを立てることになった。これでは時蔵と職人のあいだを行き来する使い走りにすぎぬと、お凜は大いに気落ちしたが、それはそれで欠かせぬことだと留五郎はなだめた。時蔵と職人衆の仲は、いっときより落ち着いてはいたものの、時蔵が音助を追い出した格好になったこともあって、まだまだ油断はできなかった。柴太郎は結局、そのしわよせをこうむったのである。

「女につかわれるんじゃ、ますます面白くないんじゃないかしら」

「お凜ちゃんの細工はな、連中に見事な背負投げを食らわせたよ。ことに平戸は、二年そこそこの腕前とは思えぬほどだ。てめえらがつまらぬ意地を張ってるうちに、お嬢さんはさっさと先へ行っちまった。早くに平戸をはじめていた太市でさえ、精進が足りねえとがっくりきていた。あとの連中はなおさらだ。あのときのあいつらの顔ときたら……まるで憑物《つきもの》が落ちたみてえだった」

こっそり修行していたことで、皆の怨《うら》みを買ったのではないかと、お凜はびくびくしていたが、そこは何年も積み上げてきた徳というものだ、と留五郎は言ってくれた。

男所帯の細工場で、上の者にどつかれ怒鳴られするのが修行というものだが、だからこそお凜の情けは誰もが身に沁《し》みている。

「それはおっかさんに、きつく言いわたされていたことだもの」

「ああ、そうだろうさ。だがね、誰もがすんなりできることでもねえんだよ。お凜ちゃんはいつだって、あいつらのために一所懸命だったろう？　そういう気持ちは伝わるもんさ」

留五郎はぽんぽんとお凜の背をたたき、また細工場へともどっていった。

十一

六月に入っても、細工はさっぱり形をなさなかった。やはりその大きさが、なによりも仇《あだ》となった。手の平にのるほどの錺《かざり》ばかりを手掛けていた職人たちには、大きさと、それに伴う重さの加減がつかめずに、毎度とんでもない結果となって現れた。

こればかりは時蔵でさえどうにもならず、いく度もしくじりをくり返した。

それでも時蔵は、決して自棄《やけ》を起こさなかった。駄目とわかると、すぐさま次の工夫にとりかかり皆に指図を与える。おかげでお凛と職人たちは、がっかりしている暇《いとま》もなかった。八面六臂《はちめんろっぴ》の活躍ぶりは、やはり失敗の数ばかりを稼いでいる「打ちもの組」の伍一と留五郎を、ひきずるほどの力があった。

「ああいうのを、水を得た魚っていうんですかね」

伍一は、感心まじりにそう呟《つぶや》いた。

「本当にびっくりだわ。時蔵さんが、これほど変わるなんて」

「案外おれたちが見過ごしていただけで、もともとそういう人なのかもしれやせんね」

斜にかまえた冷めた目や、上から見下ろすような傲然《ごうぜん》とした姿の中に、これほどの熱をかかえていたとは、誰も思ってもみなかった。

「次から次へと、新しい工夫を試させるんですもの。皆が文句をつける隙《すき》さえなくて、おかげであたしは使い走りからお役御免になったけれど」

時蔵と職人衆の軋轢《あつれき》が目に見えて和らいだことだけは、嬉《うれ》しい誤算となったが、それだけこの大細工が、喧嘩《けんか》の余裕も与えぬほどに難儀な代物《しろもの》だということだ。

四人がそろって頭を抱え込んだのは、梅雨の鬱陶《うっとう》しい雲が晴れた、ある日の午後だった。

「だめだ、別のやり方を考えねえと、このまま進んでも無駄足になる」

留五郎は太いため息をつくと、見知りの金箔師《きんぱくし》のところへ行ってみると言い出した。金を紙のように薄く延べるのが金箔師である。銀ではまた勝手もちがい、あまり薄くとも大細工には向かないが、きっかけだけでもつかめればと伍一も同行することになった。

「あたしもこの間に、地金屋《じがねや》へ足を運ぼうかしら」

銀の減りぐあいが尋常ではなく、品納めの段取りを早めてもらわねば追いつかなくなっていた。

このところ、まともな休みさえ職人たちは与えられていない。いい機会だからとこの日は仕舞いにすることにして、留五郎と伍一が出ていくと、お凜は時蔵に声をかけた。

「よかったら、一緒に行きませんか？　地金屋のあとに、銀師《しろがねし》の親方のところへ寄るつもりでいるの。こちらも知恵を拝借できるかもしれないわ」

「行く」

間髪をいれず承知され、なかば冗談のつもりでいたお凜は、ちょっとびっくりしながらも、着替えのためにあわてて母屋《もや》へ駆けた。あまり待たせては、時蔵の気が変わりかねない。気持ちは急《せ》くのだが、今日に限ってなかなか着物がきまらない。箪笥《たんす》や行李《こうり》をひっくり返し、ようやくえらび出したのは、笹《ささ》の葉模様の単衣《ひとえ》だった。時蔵はめずらしく着物に目をとめて、「涼しそうだな」とだけ言った。

地金屋の主人との相談には、ひと言も口をはさまなかった時蔵も、銀師の親方とはめずらしく話がつづいた。親方の気さくな人柄もあるが、ぽつりぽつりとながら訊《たず》ねる姿には、以前の不遜《ふそん》な気配は見られなかった。難物を相手にしていると、こうも素直になるものかとあきれながらも、親方の家を辞すと、お凜の口元は自然にゆるんだ。

「なに、笑ってんだ」

怪訝《けげん》な顔をしながらも、お凜があれこれと話しかけると、時蔵は素っ気ないものではあったが、ひとつひとつ返してくれた。

この時期、神田浅草界隈《かいわい》では、ほぼ毎日のように祭礼があり神輿《みこし》がまわる。窮屈なご時世ゆえ、髭《ひげ》を抜かれた猫のように腑《ふ》抜けたものではあったが、やはり祭りとなれば人はあつまる。

その日もどこかの神社から神輿が出たらしく、浅草寺《せんそうじ》裏の親方の家からもどる道筋は、人通りが多かった。

「てめえ、ぶつかっておいて詫《わ》びもなしかよ！」

傍らにいた時蔵のからだがゆれて、すぐさま罵《ば》声《せい》がとんだ。祭りのふるまい酒をたっぷりと浴びてきたらしく、小太りの男の頬は、ほおずきを詰めたように赤らんでいる。

「……すいやせんでした」

よろけてきたのは相手のほうだが、それでも時蔵は、低い声で殊勝にあやまった。

気をつけろ、と道に唾《つば》をはきながら男が立ち去ると、お凜の頭の上で声がした。

「もう、やらねえよ。あんな思いは、二度とごめんだ」

とめるつもりで思わず腕にしがみついていたお凜は、真っ赤になって手をはなした。

「それに、蔵であいつが待ってるからな」

愛《いと》おしむような言い方が、なぜだか癇《かん》にさわった。待っているのはもちろん、柴太郎や職人衆ではない。

「そうね、早く帰りましょ」

胸の中に刺さった小さな棘《とげ》を払うように、時蔵をのこしてさっさと歩き出す。いくらも行かぬうち、さっきの男の声がした。

見れば祭半纏《まつりばんてん》を羽織った若い男とにらみあっている。今度は穏便に済まなかったらしく、たちまち殴り合いがはじまった。若い方が喧嘩慣れしているらしく、一発殴られただけで、先刻の男の重そうなからだが、お凜の傍らまでふっとばされて、背後にあった華やかな壁に激突した。

ぐらりと壁が大きくゆれた。壁ではなく、風車を一面にさした屋台だと、気づいたときには遅すぎた。まわりから悲鳴があがった。

（倒れる！）

思わずしゃがみ込んだとき、目の前いっぱいに迫った風車の赤が、なにかにさえぎられた。大きなどよめきがあがったが、屋台のくずれる音はしなかった。

「やれ、危ねえところだった。あんたたち、大丈夫かい」

少しはなれた場所から声がして、目をあけると、忘れようにも忘れられない男の胸があった。時蔵が楯《たて》になってくれたのだと、思い至ったときには、お凜のからだを包んでいた腕ははなされていた。倒れるすんでのところで、風車売りの親父《おやじ》とそばにいた男たちが屋台を支え、幸い時蔵も事無きを得たが、一歩間違えれば大怪我をしかねないところだった。

「……どうして……」

頭の中に色々なものがとびかかって、お凛はわけがわからなくなっていた。

「さっき、言ったのに……もう、無茶はしないって……」

時蔵が、少しばかり目を見張った。

「時蔵さんに、もしものことがあったら……あれを仕上げることさえ……」

「あんたがいなくても困るだろ。あんたがいなけりゃ、板金の工面だって……」

「助けてくれたのは、そのためですか？　細工のため？　仕入れのためですか？　どうせあたしには、そのくらいしか取り柄がなくて……」

なにを口走っているのか、さっぱりわからないが止めようがない。お凛の顔が情けなく歪《ゆが》み、時蔵が急にあわてだした。

「おい、また、泣くのか」

「泣きません！」

ぐいと顔を上げた拍子に、切れ長の目とまともにぶつかって、ふいにお凛の胸に、あの堀端での夜のことがくっきりと浮かびあがった。

「いえ、あの、ごめんなさい……その、あたしは……」

耳の先まで真っ赤になって、お凛はひたすらうろたえた。

「おふたりさん、痴話喧嘩ならよそでやってくれねえか。そろそろ片付けてえんでな」

いまだに屋台を支えたままの親父が、おどけた調子で口をはさみ、どっと笑いが起きた。知らぬ間にたいそうな人だかりになっていて、お凜はもちろん、時蔵もひどくばつのわるい顔をして立ち上がったが、ふと足許《あしもと》に目をとめた。

「これ、あんたのものか？」

もう一度しゃがんで、口のあいた小さな巾着袋《きんちゃくぶくろ》と、中からとび出したものを拾い上げた。

「あ、そうです。まだそれは、試しのもので」

枯枝に柿《かき》の実がひとつ。まだ足もついていないが、凜と同じ銘をもつ香炉から思いついた、簪《かんざし》のための細工だった。大細工がとび込んできたせいで、中途になってしまったものだ。

「どうにもうまくいかなくて、もち歩いていたら良い考えが浮かぶんじゃないかって」

「できはそう、わるくないと思うがな」

細工を手にしたまま歩き出す。時蔵がめずらしくほめてくれたとおり、実の丸いふくらみを平戸の網目模様でこしらえ、真鍮《しんちゅう》のわりにきれいに仕上がっている。

「その柿の実に、雪をかぶせたいのだけれど、どうやっても湿った綿をのせたみたいになって、粋《いき》にあがらないんです」

「雪か……」

「なにか思いついたら、教えてください。大細工が終わってからで結構ですから」

時蔵がふとふり向いて、お凜はどきりとした。己の腹のうちを、見透かされたように思えたのだ。大細工を仕上げた後、時蔵はどうするのだろう。いつからかお凜の胸に、その心配が頭をもたげた。椋屋に残っていてほしいと、暗に乞《こ》うたつもりだった。

時蔵は、だまって真鍮の柿を返してよこした。

「あの……助けてくれて……ありがとう」

やがて椋屋にたどり着くと、お凜は小声で礼を述べた。

「いや」

愛想のないその返事が、妙にやわらかくきこえた。

「熱くなるのは結構だけど、それにしても暑いわねえ」

お凜は、蔵の外で汗を拭《ぬぐ》った。傍らの伍一も、水をかぶったように頭から雫《しずく》をしたたらせている。

「蔵でしのぐのも、そろそろ無理がきてますね。平戸か打ちものか、どちらか一方の組を細工場に移したほうがいいでしょう」

梅雨が明けると、暑気も細工の大敵になった。お上の目をはばかって作業は蔵で行われていたが、銀がふにゃふにゃと芯《しん》をなくすようでは細工もままならない。職人たちの人いきれだけでも暑苦しいというのに、さらに火をつかうものだから、扉を開け放していても蔵はまるで沸騰《ふっとう》する大釜《おおがま》のような有様である。まもなく伍一の進言どおり、打ちもの組は細工場に居を移さざるを得なくなった。

「いつ役人やごろつきどもが踏み込んでくるかと思うと、おちおち昼寝もできやしない」

　お房はひどく気にかけて、前よりいっそう張り番に余念がなかった。

「板金の届くときが、いちばん危ないんだからね。裏の堀は人気《ひとけ》が少ないとはいっても、夜中に怪しい真似《まね》をしてるんだ。いったん人目についたら、すぐさま番屋へ垂れ込まれちまう。なんだって仕入れを、一度で済ませなかったんだい」

「それは無理よ、姉ちゃん。あれだけの量の板金を、耳をそろえて納めるなんてこと、いまのご時世じゃお大名だってできやしないわ。こっちとしても場所ふさぎだもの。

板金だけで蔵が一杯になっちまうんじゃ、細工のしようがないわ」

「けど、いく度にも分けたおかげで、途中から値が上がっちまったんだろう？　いくらつきあいのうすい問屋だからって、ずいぶんと足許を見られたものさ」

　じつはお凜も、これには頭を痛めていた。決して地金屋が阿漕《あこぎ》なわけではなく、でまわる銀が少ない分、値は上がる一方なのだ。加えて度重なる失敗に、板金はおそろしい勢いで目減りしてゆく。万策尽きたお凜は、意匠を変えるか細工を小さくするか、今朝、その相談に生駒屋へ出向いてきたところだった。

「それでね、姉ちゃんに相談があるのよ」

「なんだい、あらたまって……まさか、あたしの着物まで売っ払えってんじゃなかろうね」

「売るのは、着物なんぞじゃなく……」

　こそりと告げると、案の定お房は、目をまん丸に見開いた。

「千両では足りないと、お千賀ちゃんは見当をつけていたようなの。そのときは椋屋《うち》の許しを得てあそこを売ろうと、はなっからその算段をしていたようよ」

　お千賀の金策とは、根岸の寮を売り払うことだった。

「あたしと姉ちゃんが承知すれば、すぐに段取りをつけるそうよ。あの寮なら、千両くらいの値打ちはあるだろうって」

「じゃあ、なにかい、たかが祭りの山車《だし》に、生駒屋は二千両をまくというのかい！」

椋屋にとっては、否《いや》も応《おう》もない。お房は目を白黒させながらも、その場で承知した。

「お千賀ちゃんに算盤《そろばん》がはじけるなんて、初めて知ったわ。案外、いい商人《あきんど》になるかもしれないわね」

「よしとくれよ。変わり者は、おまえひとりでたくさんだよ。お千賀ちゃんならさぞかし立派な大店《おおだな》に嫁入りして、なんの苦労もなく左団扇《ひだりうちわ》で暮らせるだろうさ」

お房のこの予言は、半分しか当たらなかった。

お千賀の縁談がまとまったのは、七月半ばのことだった。

「じつはね、まだまとまったわけではないのよ」

お凛が祝いをのべると、お千賀はまずそう言った。

「おとっつぁんが先代のころから蘭斉屋《らんさいや》とつきあいがあって、ぎやまんだの青磁だのを売るときに、三度ほど顔を合わせたの」

相手は、下谷《したや》池之《いけの》端《はた》の唐物問屋、蘭斉屋の主《あるじ》である。

「まとまってないってのは、さしずめ蘭斉屋のご主人はお千賀ちゃんを見初《みそ》めたけれど、お千賀ちゃんにはその気がないと、そんなところかしら?」

「それが、そうでもないのよ」

ぽかん、とお凜が口をあけると、お千賀はころころと笑った。

「いやあね、そんな面白い顔をしないでちょうだい」

「あんまりびっくりしたもんだから……だって、いままでは茄子《なす》だ南瓜《かぼちゃ》だって……」

「見てくれなら茄子や南瓜のほうが、まだましかもね。そうねえ、小振りの熊《くま》といったところかしら。ちっとばかし肥えていて顔の丸いところと、なにやらもっさりしたところがね。少なくとも、こちらがぽっとなるような伊達男《だておとこ》じゃないわ」

「お千賀ちゃんが、熊を気に入るとはねえ」

お凜の揶揄《やゆ》に、お千賀はふふっと笑った。

「はじめから弥惣《やそ》一《いち》さんは、まるで屈託がないのよ。それはもう拍子抜けするほどで、試しに長いこと見詰めてみたりしたけれど、照れもせずにいつまでもにこにこと、こちらをながめているの」

「ああ、そう、そういうことなのね、お千賀ちゃん」

なんのてらいもはばかりもなく、自分を大事にしてくれそうな相手がいいと、先にお千賀は言っていた。弥惣一は、初めてその眼鏡にかなったということだ。

「てっきり子供扱いされてるもんだと、そう思っていたから、唐物の引取が終わったところで、お嫁にきてほしいと言われたときには腰が抜けそうになっちまったわ」

「腰が抜けてるのは、番頭さんのほうよ。苦労の種が増すばかりでって、さっき店先でたっぷりとこぼされたわ」

　蘭斉屋の構えは生駒屋とほぼ同じ、お千賀の相手としては不足のない身代だが、九郎兵衛の心配は別のところにあった。

「お千賀ちゃんがまさか、ひとまわり以上も年の離れた子持ちやもめに嫁ぐとはね」

　弥惣一は、当年とって三十三歳。前の内儀は下の子の産後の肥立ちがわるく、三年前に亡《な》くなっていた。お千賀の気性で、なさぬ仲の子供たちとうまくやってゆけるものかと、苦労番頭は気を揉《も》んでいるのである。

「子供たちにも会ったのよ。六つの男の子と四つの女の子でね、二度ほど一緒に遊んだの。あたしに母親は荷が勝ちすぎるけれど、年のはなれた弟や妹だと思えば、やっていけそうな気がするわ」

　大店同士の縁談を、仲人《なこうど》も立てずに当人が話をすすめるというのは、いわば掟破《おきてやぶ》りであるが、弥惣一には別の含みがあった。子供たちと顔繋《かおつな》ぎをさせて、それでもお千賀に嫁にくるつもりがあれば、しかるべき者を立てて生駒屋へ申し込むつもりでいたようだ。

「おめでとう、お千賀ちゃん。あたし、ほんとにうれしいわ」

「お凜ちゃんもせっかちねえ。まだまとまっちゃいないと、そう言ったでしょ。縁談の申し入れは、待ってくれるよう頼んであるの」

「どうして？」

「細工ができあがるまでは、なにが起こるかわからないでしょ」

お千賀は蘭斉屋に累《るい》がおよぶことを危惧《きぐ》しているのだと、お凜は気がついた。

「それにあたしは、まだ諦《あきら》めちゃいないのよ。あたしとおとっつぁんだけじゃなしに、もっとたくさんの人に大細工を見てもらいたい、しょぼくれた江戸の街に、いっときだけでも張りをとりもどしたいって……。お凜ちゃんや職人衆ならなおさら、作った細工を世に出したいと、そう願っているのじゃなくて？」

「そのとおりよ、お千賀ちゃん」

お凜は、白状した。生駒屋親子のためだけなら日切なぞないはずなのに、いつのまにやら誰もが、九月に間に合わせようと必死になっているのだ。細工が形をなせばなすほど皆の思いは強くなり、いまではお房やお清でさえ、うっかりとそんなことを口にする。

「でも無理よ、そんなこと……できっこないわ」

それはお凜の呪文《じゅもん》だった。絶えずとなえていなければ、御改革で小さくにぎり込まれていたものが、あの細工に炙《あぶ》られていまにもはじけてしまいそうだ。

「お千賀ちゃんもいっそ大細工なんぞ忘れて、蘭斉屋へお嫁に行ったほうがいいわ。おじさんだって、お千賀ちゃんの幸せを願うなら、そうすすめるに決まっているわ」

「言い出したのがおとっつぁんでも、これはもう、あたしの意地なのよ。賢くないとわかっていても、ここでやめたら、あたしはあたしをやってゆけない」

それは、息をのむほど峻烈《しゅんれつ》な表情だった。

「なにか妙案はないかと、ずっと考えていたのだけれど、先だって弥惣一さんから耳よりな話をきいたのよ。蘭斉屋に出入りしている蘭学者から噂《うわさ》をきいたって」

「噂？」

「あの蚊柱殿のお立場が、危うくなってきてるのですって」

「本当なの、お千賀ちゃん」

「お武家のあいだでは、あちこちで囁《ささや》かれているようよ。上知《あげち》令《れい》が仇《あだ》になったって」

と、お千賀は、今年の六月一日と十五日に、相次いで出された上知令の不評を語った。

江戸大坂十里四方をすべて幕府の天領とし、大名旗本領には替地を給するというのが上知令であった。その辺りに領地を持つ大名旗本は、これに強く抵抗し、御三家の紀州徳川家や老中土《ど》井《い》利位《としつら》が先頭に立ち、上知令撤回と水野忠邦の老中罷免《ひめん》に動き出したのである。

お千賀の話はそこまで詳しくはなかったものの、水野忠邦が失脚するやもしれぬというだけで十分な値打ちがあった。

「御改革が、この窮屈な暮らしが、終わるかもしれないってことね」

「そうよ。うまくすると神田祭までに、蚊柱はふきとんでいるかもしれないわ」

十二

お千賀が語っていたことは、やがて巷《ちまた》でも囁かれるようになった。

紀州公や土井老中に加え、大目付の遠山景元、いまの北町奉行阿部正蔵や、数人の勘定奉行の名が反水野派として、ぱらぱらときこえるようになり、果ては改革の急先《きゅうせん》鋒《ぽう》である南町奉行鳥居《とりい》耀蔵《ようぞう》の名までがあがるようになった。真偽のほどはわからぬまでも、水野忠邦の土台が崩れかかっていると、その一点だけは同じだった。

それがはずみになったものか、細工作業は目に見えて進み、徐々にその姿を現してきた。

半分ほども仕上がった細工を仰ぎ、お凜《りん》は満足のため息をもらしたが、

「打ちものと合わせるまでは、気ぃ抜くんじゃねえ」と、時蔵に釘《くぎ》をさされた。
皆の気勢は上がる一方で、盆の藪入《やぶい》りさえも職人たち自ら日延べを申し立てる始末で、それを過ぎると細工は八割方が出来あがった。

そんなある日のこと、お房の半鐘が鳴った。細工場に詰めている打ちもの組の職人たちが、素早く大物の細工に布をかけ、裏口から蔵へと運び入れる用意にかかったが、蔵から出てきたお凜はその手をとめさせた。来訪者が誰なのかわかったからだ。

「若旦那《わかだんな》、待ってくださいな。細工場はいまちょっと立て込んでいて……」

お房の声が途切れるとともに戸がひらき、青ざめた伊左衛門が立っていた。しばしお凜と目を合わせ、裏口あたりに集まっている職人たちへ、つかつかとあゆみ寄る。

「どいてください」

おし殺した声音には、有無を言わせぬものがあった。かけられた布をとり去って、

「……やはり、本当だったのですね。根岸の寮が売り払われていたので、これは妙だ

と……おとっつぁんとお千賀の話を立ち聞いたときは、とても信じられませんでしたが」

　そのころには、お凜の腹は決まっていた。

「若旦那、どうぞ母屋《もや》へお出《い》でください。お話があります」

　まるで何十年も仕切ってきた大内儀《おおおかみ》のように、堂に入った物腰だった。

　母屋の座敷に向かい合うと、お凜はひとまず、これまで欺《あざむ》いてきたことを詫《わ》びた。伊左衛門は、一切の怨《うら》み言《ごと》を口にしなかった。言っても詮《せん》ないことは言うだけ無駄だと、己の信条を貫いているようであったが、ただひとつだけ念を押した。

「こうなってしまった上は、細工を仕上げるなとは言いますまい。ですが、あれを決して人目にさらさぬと、それだけは固く守ってください。さもなければ、椋屋も生駒屋もお仕舞いです」

「……あたしも、そう思っていました。お千賀ちゃんの話をきくまでは」

「お凜さんともあろうお人が、お千賀の世迷言《よまいごと》を真に受けるつもりですか！」

伊左衛門が、初めて気色《けしき》ばんだ。苛《いら》つきだしたその瞳《ひとみ》を、お凜はまっすぐ見据えた。

「もし……もし御改革がなくなれば、若旦那は生駒屋を、どうなさるおつもりですか？」

「どうって……それはもちろん、御改革前のような商いに立ちもどって……」

「もどることが、本当にかないますか？」

ほんのわずかではあったが、伊左衛門の肩がひくりとはねた。

「生駒屋への嫌がらせは、いまだに続いて……いいえ、前よりさらにひどくなっているのでしょう？　先日なぞ、大戸の前に犬の死骸《しがい》がおかれていたと……」

先年からはじまった陰湿な悪戯《いたずら》は、広左衛門の病の噂《うわさ》でいっとき影をひそめたものの、御改革の頓挫《とんざ》が流布《るふ》されるようになると、嵩《かさ》にかかったように頻々と仕掛けられるようになった。

それにともない商いも悪化の一途を辿《たど》っており、下請職人に任せるようになった錺《かざり》の類《たぐい》も、さっぱり売れなくなっていた。お凜は彼らの窮乏を見かねて金を工面したり、あるいは口の固そうな職人は椋屋に迎え入れ、大細工を手伝わせたりしていた。

「御改革が終わりを告げた日には、打ちこわしにでも遭いかねないと、お千賀ちゃんは真剣に案じています」

「あたしの不徳だと思えば、どんな仕打ちも我慢するよりないでしょう。家の者には難儀をかけますが、あたしも諦《あきら》めるつもりはありません。まじめに商いを続けていれば、いつかきっと世間もわかってくれるでしょう」

「それだけの志があるなら、いっそあの細工に賭《か》けてみませんか？　あれが生駒屋の心意気だと、世の中に向かって大見得を切るんです」

お千賀から噂をきいたあの日から、ずっと考えていたことだった。

「けちな嫌がらせなぞ、ぴたりと鳴りをひそめること請け合いです」

「お凜さん……あなたという人は……」

伊左衛門が、絶句した。

「若旦那、なにか……なにかあるはずです。お上の目を欺くか、あるいは味方につける良い策が。正直、あたしにもまだ、よい思案はありません。でも若旦那なら、思いつくんじゃありませんか？　お願いです、どうか生駒屋のためと思って知恵を貸してください」

お凜は身じろぎもせずに、伊左衛門のこたえを待った。

いつのまにか庭に落ちる陽の色は濃さを増し、かなかなという蜩《ひぐらし》の声がした。

「お凜さん、本当にあなたという人は……」

伊左衛門は、結局それしか言葉にしなかったが、口許《くちもと》には駄々をこねる子供をながめるような、淡い笑みが浮いていた。

「あと半年を切りましたね」

門を出ると、伊左衛門はお凛をふり向いた。

「それまではあたしも、諦めるつもりはありませんよ」

跡目決めのことだと知れたが、お凛はだまって鉄色の羽織の背に頭をさげた。

あれ以来、伊左衛門からの音沙汰《おとさた》はなく、九月に入った。

椋屋の職人たちはまた、蔵に集まることが多くなった。朝晩はすっかり過ごしやすくなったことに加え、いよいよ平戸と打ちものを合わせる作業がはじまったのである。

ここに来てお凛たちは、また壁にぶつかることとなった。打ちものの重みは、予想以上に線細工への負担となり、あちらでもこちらでも補強だの修繕だのが必要となった。

「このあたりだけでも、もうちっと薄くできねえか」

「ちょうどねじれが入ってますからね、これより延ばすと折れちまう。これが焼きならもっと楽に延ばせるんだが、白だとどうしてもこのくらいになっちまう」

時蔵と伍一は額をつき合わせて、思案に明けくれた。

祭りまで十日を切ったその日、お凛は台所で遅い昼餉《ひるげ》をとっていた。八つを過ぎた時分だというのに、ほかにも数人の職人が飯をかっこんでいるのは、手のすいた者から適当に食事をとるようになっていたからだ。お凜がお清に代わりをたのんだとき、玄関のほうが急にさわがしくなった。小さな声がもれきこえ、あ、と柴太郎が腰を浮かせた。

「松《まつ》ちゃん！」

「柴ちゃん」

　玄関から台所に、まっすぐ駆けこんできたのは捨松だった。その後ろには音助と、お凜の知らぬ若い男の姿があった。三人ともに、汗みずくになっている。

「音助さん……」

「話はあとだ、お嬢さん、ここに南の役人がくる」

「なんですって！」

　あとの話を、興奮ぎみの捨松が引き取った。「本当なんです、お嬢さん。おれたち花川戸の船着場について、その近くの茶店で一服してたんですが」

　音助たちは、川越から江戸までの川越夜船に乗ってきたらしい。

「傍らの縁台に定廻《じようまわり》らしい侍がいて、柄の悪い男となにごとか囁《ささや》き合っていた」

　南の役人の十手《じつて》持ちだと、捨松はすぐに思い出した。以前、椋屋に集《たか》りにきたことがあり、お房が追い払おうとしてもなかなかにしつこかったから覚えていたという。

「じっと聞き耳を立てていたら、白壁町の椋屋と、たしかにそう言ったんだ」

今日のうちにたしかめてみようと、役人は応じたものだから、音助たちは椋屋まで駆けどおしに駆けてきたのである。

「まずいな……役人じきじきに出張ってくるとなると、蔵の中まで検《あらた》められちまうぞ」

蔵で仔細《しさい》をきいた留五郎は、眉間《みけん》に太いしわを寄せた。

「母屋の二階に、運び込みましょう。細工場や蔵に障《さわ》りがなければ、そこまで目をつけることはないと思うの」

お凜の案にうなずいて、すぐさま時蔵が声を張り上げた。

「おい、細工をばらせ！　組んだところを外すんだ」

職人衆が次々と細工にとりつき、お凜は小僧たちに細工場の工作を指図した。柴太郎と一緒に捨松も出てゆくと、蔵の戸口に立ちつくす音助の姿に、お凜は気がついた。

音助は、人の背丈の倍ちかくもある代物《しろもの》を、茫然《ぼうぜん》と見上げている。

「こいつぁ……」

なかば仕上がった大細工を見上げ、息を呑《の》んだ。

「これは……ばらせるんですかい？」

「ええ、それは大丈夫。このまま持ち上げるなんてこと、できやしないもの。組んだり外したり、できるようになっているの」

音助の視線が、細工から逸《そ》れた。その先には、大声で檄《げき》をとばしている時蔵がいた。細工の横には高い脚立《きやたつ》が二本据えられ、上に乗った職人が、時蔵の指図で天辺《てつぺん》あたりの細工を外している。時蔵はやがて、布にくるんだ細工の一片を大事そうに両腕にかかえてきた。蔵の出口は、音助がふさいでいる。つかのまふたりが、睨《にら》み合った。お凜がはらはらと見守る前で、音助はずいと両手をさし出した。

「おれが運ぶ」

まばたきするほどの短いあいだのはずが、お凜には途方もなく長く感じられた。

「たのむ」

言って時蔵は包みをわたし、すぐに踵《きびす》をかえし奥へと消えた。

「音助さん、あの……」

「人手は多いほうがいい、そうじゃねえですかい」

母屋へと向かう音助の背中が、そう言った。

「……ありがとう、お願いします」

お凜が頭を下げたとき、蔵の奥で、がたん、と物音がして、あっ、と声があがった。

天窓からさす光の中に、折れた打ちもの細工と、その下に無残につぶれた平戸があった。ふたりの職人が青くなり、床に這《は》いつくばって詫び言をくり返した。

「いいから、いまは先を急げ。おめえらのせいじゃねえ」

「時蔵さんの言うとおりだ。この細工が、やはり重すぎたんだ」

伍一に口を添えられて、顔を歪《ゆが》めながらもふたりの職人は作業にもどった。

どうにかすべて母屋の二階にはこび上げ、職人衆は各々《おのおの》細工場の机に陣取った。まさにそのとき、門前に南の役人があらわれた。間一髪とはこのことだ、とお凜はひとまず息をついたが、細工場の小窓から外をうかがい思わず口に手をあてた。

小者ふたりを従えた巻羽織姿の同心は、お房に案内されて庭を横切ってくる。その顔に、覚えがあった。浅草福井町の番屋で、時蔵を引きわたした南の定廻だ。いったん収まった胸の鼓動が、揺り返しのように大きく鳴った。

「これはお役人さま。お役目ご苦労さまにございます」

声に震えが出そうになるのを懸命に堪《こら》えて、お凜は型通りの挨拶《あいさつ》を述べた。

同心は、時折職人たちに声をかけながら、何気ないふうで細工場をひとわたりして、いちばん奥で目をとめた。

「おまえたしか、時蔵とかいったな。達者でやっているか」

時蔵は返事がわりにかすかに頭を下げて、また手許《てもと》の細工にもどった。職人たちの机の上には、小僧らが用意した銅や真鍮《しんちゅう》の錺がのっており、皆もくもくと手指を動かしている。

「まじめにやっているようだが、なにやら活気に乏しいな」

しばらく時蔵を見守って、同心は独り言のように呟《つぶや》いた。お凜は緊張のあまり、なにをこたえることもできずにいた。すかさず留五郎が、助太刀にまわる。

「昨今は、錺なんぞは売れやせんからねえ。どうしたって勢いも失《う》せるってもんでさあ」

のんびりとした物言いに救われて、お凜もどうにか平静を保つことができた。求められるまま蔵を案内しおえると、先刻からなにごとか考え込んでいた同心が口を開いた。

「母屋《もや》と離れも、あらためさせてもらいたい」

「……それは、その、かまいませんが……何分とり散らかしておりますので、お目にかけるのもどうかと……」

しどろもどろになりながら、お凜の胸はまっ暗にふさがった。

——万事休す

お凛がぐったりと頭《こうべ》を垂れたとき、茫洋な声が割って入った。

「なんだ、久世《くぜ》さんじゃねえか。こんなところで会うたぁ、めずらしい」

木戸門をくぐってきたのは、北町の青木だった。亥助《いすけ》とその手下も控えている。ことさらのんきを装《よそお》っているが、残暑も過ぎた時節というのに月代《さかやき》から汗を吹いている。

「なんだい、なにかあったのかい？」

思わぬ邪魔に、こめかみにかすかな筋を浮かべながらも、南の同心はきまじめに応じた。

「……この錺屋についてよからぬ噂をきいたもので、調べに参ったまでです」

「噂ってなぁ、なんだい？　大枚の金銀でも、かくしもっているとでもいうのかい？」

きいたお凛の顔が、こわばった。大細工のことを、青木は知らないはずだった。この気のいい同心をたばかることには、お凛も胸をいためていた。いっそ晒《さら》してしまえば楽なのだろうが、知れば青木が困った立場に立たされる。

「そういうことなら、調べはおれに任しちゃくれねえかい。ここはおれの持ち場でな」

「……袖《そで》の下でも、握らされているんですか？」

若い同心の無礼な物言いにも、青木はへらへらとした顔のままだ。

「その手の悪習がなくならぬから、武士が町人になめられるのです。町を治める役人が、いつまでも下々と馴《な》れ合っているようでは、ご政道は立ち行きません。だいたい……」

「そこまで言うからにゃ、相応の覚悟はあるんだろうな」

さすがに口が過ぎたと、久世はようやく気づいたようだ。

「今日のところはおれの顔を立てて、黙って去《い》んじゃくれねえか。北と南の悶着《もんちゃく》なんぞ、起こしてる暇《いとま》はお互いねえだろう？」

のんびり口調もへらへら顔もくずれなかったが、目の底には違う光を含んでいた。

若い同心は、少しの間ためらうそぶりを見せたが、大人しく椋屋の敷地から出ていった。

「……あの……青木さま……」

「あいつも根は悪い奴《やつ》じゃねえんだが、なにせ若いぶん一本気でなあ」

お凜の口を封じるように青木はそんなことを言い、さらに母屋からお房が出てきたものだから、お凜は話のつぎ穂を失った。

「まあまあ、旦那《だんな》が直々に足をはこんでくださるなんて、思ってもみませんでしたよ。おかげさまで助かりました。どうぞこちらで、ゆっくりしていってくださいな」

　小女を亥助のもとへ走らせたのは、お房だった。お凜には決してできぬ迂《う》闊《かつ》なやり方だが、おかげで難をのがれた。亥助から次第をきいて、青木はすぐさま駆けつけてくれたようだ。

「せっかくだが、今日は遠慮しておくよ。これでも結構せわしい身でな。お凜はあっちにもどってやんな。おめえさんが行ってやらないことには、あの連中はおさまらねえだろ」

　青木が細工場を、顎《あご》でしゃくった。庭木のすきまから、小窓にびっしりと張りついた職人衆の顔がかいま見えた。

「生《い》駒屋《こまや》の若いほうが、うちのお奉行に無茶な相談をもちこんだそうだ」

お凜の背中で、青木がこそりと囁いた。思わずふり返ると、青木はすでにすたすたとあるき出していた。その背に向かって礼を述べると、青木はかるく右手を上げた。

　母屋から細工を運びおえると、それまで張っていた気がひと息に抜けたものか、職人たちは蔵の前にてんでにへたり込んだ。

「助かったのは有り難《がて》えが、細工を潰《つぶ》しただけの騒ぎ損になっちまったな」

誰かがそう呟いて、

「あと幾日もねえってのに、間に合うのか？」

「正直、難しいな……もともとが、日切と追っかけっこだったからな」

「すまねえ、すまねえ、首を括《くく》ったって詫《わ》びのしようがねえ」

「ばあか、てめえらの首括りなんざ見たかねえよ。てめえらのせいじゃねえと、兄さんたちも言ってたじゃねえか」

職人たちの輪の中から、ぼやきとも諦《あきら》めともとれる疲れた声が、てんでにあがる。

時蔵と伍一だけは、蔵の戸口に膝《ひざ》をつき、こわれた細工を前に何事か話し合っている。

「それ、見せてもらえねえか」

ふたりの傍らに、一緒にしゃがみ込んだのは音助だった。平戸《ひらど》細工と打ちものの双方を仔細《しさい》にながめ、もち上げて重さをたしかめている。

「大丈夫だよ、親方がきっと、うまくなおしてくれる」

お凜のとなりで、捨松が柴太郎に話しかけていた。親方とは、音助のことだ。

「そういえば、捨松、おまえも音助さんも、どうしてここへきたの？」

「柴ちゃんから手紙をもらって、打ちものが重くて難儀してるってあったから……」

「まあ、柴太郎、いつのまに……」

柴太郎が下を向き、あわてて捨松が弁解をはじめた。

「すいやせん、お嬢さん。おれが頼んであったんです。大細工のすすみ具合を、時折知らせてほしいって。それだけは気になって仕方なかったもんで……あの、案じることはありやせん。万一お上に見つかっても、障りのないようなことしか書いてありやせんから」

「まあ、それならいいけれど」

「おれ、打ちものをもっと軽くしてえようだって、親方に伝えたんです。二日ばかり考えて、昨日になって行ってみるかって親方が……それで兄弟子と三人できたんです。親方は川越にもどってからたいそう精進して、薄くて丈夫な打ちものの技を会得《えとく》したんです」

捨松は、誇らしげに胸を張った。それを証するように、やがて顔を上げた音助は、

「この半分の厚みにすれば、もちこたえられそうだな」

「半分！　そんなに薄くなるのか、音兄い」

伍一が叫んだ。

「ああ、それはできる。ただ、これだけのひねりを入れるとなると接合《つなぎ》がむずかしい」

「それなら、おれに任せてくれ」

「彫りのほうはまにあうか？　これだけ細かい彫りを入れなおすとなると大事《おおごと》だ」

時蔵のこの問いには、留五郎がこたえた。

「それはおれが引き受けよう。連中の尻《しり》を引っぱたいてでも、やらせてみせる。そのかわり、平戸の直しは任せるからな」

うなずいた時蔵に、音助が念を押した。

「おれは、皆の手柄を横取りするつもりはねえ。こんな間際《まぎわ》になって首をつっ込むなと言われりゃ、だまって川越に帰るつもりだ」

「無用な心配だ。きてくれて、助かった」

愛想のないふたりの傍らで、留五郎が破顔して、伍一もいっぱいの笑顔になった。

ながめていたお凜は、捨松と柴太郎に向きなおった。

「おまえたちふたりには、ご褒美《ほうび》をあげなくちゃね」

歯を見せた捨松の背丈は、お凜をとうに越えていた。

十三

天保《てんぽう》十四年の神田祭御祭礼は、九月二十五日にとり行われた。例年より十日も延引されたのは、若君誕生後逝去という不幸に見舞われたためである。すでに準備万端、整っていたころであったから、祭りの世話役たちはこの急の延期に大童《おおわらわ》となった。二十五日未明、祭礼の神幸行列は、湯島聖堂の西隣にある桜の馬場からくり出された。

木遣節《きやりぶし》が流れる中、まず山車《だし》行列が続き、その途中にさし挟まれる形で神輿《みこし》行列、そしてまた山車行列が練りあるく。三十六の番附に分けられた各町がひきまわす山車は、猿蟹《さるかに》や金太郎などの昔話、あるいは雉子町《きじちょう》なら岩組雉子、鍛冶町《かじちょう》なら小鍛冶人形といった具合に、町の名や由来にちなんだものも多い。

第一番大伝馬町は、天下泰平の象徴となる諫鼓《かんこ》の鶏《とり》、次いで第二番、生駒屋のある南伝馬町は猿で、この二町は江戸最古の町として別格だった。諫鼓と猿は、二代将軍秀忠《ひでただ》が決めたとも伝えられており、両町は山王祭にもやはり一番二番でおなじ趣向の山車をひく。

椋屋《むくや》の白壁町は、後ろからふたつ目、第三十五番で、例年どおり恵比寿《えびす》人形を出していた。

行列は城の北西、田安御門《たやすごもん》から御曲輪《おくるわ》内に入り、途中で東に曲がり常盤橋《ときわばし》御門から抜けた。ここまでは何事もなかったが、一昨年と同様、囃《はや》しや踊り屋台を擁する付祭《つけまつり》が限られていたために、うらぶれたような寂しさは覆《おお》いようもなく、四年前までの華やかさとひきくらべ、ため息をつく者も少なくなかった。

常盤橋御門を過ぎると、山車のほとんどは各町に帰ってしまう。一番大伝馬町と、二番南伝馬町より他は、みな神田から出ているためで、その先の日本橋までまわるのは、先頭の二町の山車だけだった。

例年であれば、山車とともに潮が引くように人波も失《う》せて、神田っ子にとっては、ここで祭りは仕舞いとなる。しかし、今年は違った。三番山車が行列をはなれたところで、人の群れがにわかにどよめいた。

「なんでえ、ありゃあ？」

先頭の二台の後ろに、もう一台、新手の山車が加わったのである。

「牛が曳《ひ》いてるから山車には違《ちげ》えねえはずだが、どこの町のもんだ？」

「おいおい、あれは紙でも布でもねえ、銀《しろがね》じゃねえか」

「なんだって、ばかな……うへえ、夢でも見てるみてえだ。ありゃあ間違《まちげ》えなく総銀《しろがね》だ」

山車の上には、身の丈七尺はあろうかという不動明王があった。

かっと目と口を見開き、右腕をふり上げている。平戸で拵《こしら》えられた薄物をまとい、背後には、こちらは高さ九尺にもなるやはり平戸細工の火焔《かえん》が渦を巻いていた。火焔の下半分は複雑に広がり、まるでいくつもの蓮《はす》の花が業火《ごうか》の中に花開いているようだ。

「銀のお不動さまたぁ、また豪儀な」

「だが、なんだってこんな、まずい趣向を……成田山を持ってきちゃあ、明神さまがお怒りになるだろう」

不動明王で有名なのは成田山新勝寺だが、神田明神の氏子は成田山を拝んではならないとされていた。神田明神が平将門《たいらのまさかど》を祀《まつ》っているのに対し、成田不動は、その将門討伐の祈願のために開山されたためである。

「けどよ、お不動さまなら右手に剣だろう？　なんだって巻物なんぞを持ってるんだ？」

不動が手にした巻物は、まるで天女の羽衣のように長く尾をひき弧を描き、背中の火焔をまわって不動の左足へと落ちている。この巻物こそ、最後まで職人衆を悩ませた代物《しろもの》であったが、その甲斐《かい》はあった。

「……おい、巻物をもった不動と言やぁ……」

「『勧進帳』だ！　あの姿は勧進帳で弁慶が切る、不動の見得だ！」

「見ろよ、あの大目玉は海老蔵《えびぞう》そのものじゃねえか！　あれはお不動さまじゃなしに飾海老だ！」

　勧進帳と海老蔵の名があがった途端、怒濤《どとう》のような歓声がわき起こった。

　お凜は、ぞくりと身震いした。

　それまでは、この意匠の意味がわかってもらえるだろうかと、心配でならなかった。

　お凜は三年前、広左衛門に連れられて、お千賀とともにこの芝居を見にいった。

　けれん味が足りない、とお千賀は評した。

　当世のはやりは、まわり舞台や早替り、見た目本位の演出が人気をあつめ、演目も怪奇、陰惨、色欲などがもてはやされた。それらの一切を廃し、荒事で締めた芝居は、海老蔵の挑戦だった。

　荒事は、お上への反抗心から生まれたものだ。どんなにえらくとも、悪い奴《やつ》は悪いと断じ存分にやっつけたい。庶民のその願いこそ、荒事の真髄なのである。

そのあたりの話は、お凜は後になって広左衛門からきき知ったが、海老蔵が舞台で見せた不動の見得も、朗々と読み上げた勧進帳も、権力に抗《あらが》おうとする海老蔵の心意気にあふれ、なにも知らぬお凜にもまっすぐにとどいた。

武士におもねることを良しとしなかった初代春仙の血は、お凜にも、そしてお千賀の内にも、脈々と流れていたのかもしれない。

とはいえ弁慶をそのままもち出すのはさすがにはばかられ、なにより粋《いき》に欠ける。お凜は知恵をしぼった。そして不動の見得と明王をかけた、この意匠にたどり着いた。

『勧進帳』の山車が進むごとに観衆の数はふくれあがり、拍手喝采《かっさい》の合間を縫ってしきりと「成田屋」の掛け声がとぶ。

行列はもう、かなり先を行っている。山車を追っていったらしく、椋屋の面々もすでに人込みの中に紛れている。あとを追うつもりで駆け出すと、すぐににょっきりとした姿がお凜の目にとまった。

「時蔵さん、早く行かないと、おいてかれちまうわよ」

と、背をたたいても、時蔵は長い石灯籠《いしどうろう》のように、ぴくりとも動かない。

「時蔵さん?」

「……すげえ……」

お凛の頭の上で、低い呟《つぶや》きがもれた。

「あんなすげえもんが作れるなんて、思ってもみなかった」

ふり向いたその顔に、お凛は目を見張った。時蔵が、笑っていた。

ふいに右手がとられ、ぐん、とからだが引っ張られた。

「行こう」

時蔵がお凛の手を引いて駆け出した。

握られた手が、たちまち汗をかいた。胸のあたりが苦しくなって、頭がぼうっとする。人垣が邪魔でそれをよけながらだから、たいして進んではいないのに、まわりの景色がとぶように感じられた。お凛の目には、時蔵の背中しか映っていない。

――ずっとずっと、このまま走っていたい
切ないほど強く、お凛はそう願っていた。

『勧進帳』が日本橋の南詰に辿《たど》りついたところで、牛車がいったんとまり、細工の傍らに華奢《きやしや》な人影が立った。長い髪を高く結わえたらし、淡い黄の袴《はかま》に水色の薄衣《うすぎぬ》を羽織った姿は華やかで人目を引いた。

「お、義経《よしつね》のご登場とは、気がきいてやがる」

「おおい、勧進帳を読むのは、うしろの弁慶じゃあねえのかい」

「ありゃあ、弁慶じゃあなくお不動さまだ。勧進帳なぞ読むものか」

気持ちのいい野次に、群衆からどっと笑いがもれた。

「弁慶はあいにくと、いまだ旅の空の下。せめてわたくし九郎判官義経めが、ひと足先にまかり越しましてございます」

張りのある声が口上を述べ、目もくらむような艶《あで》やかな笑みを浮かべた。

「ありゃあ、生駒屋のお嬢じゃあねえか！」

「あれ、本当だ。またきれいな判官さまだと思っていたら、お千賀ちゃんだよ」

たちまち観衆が、生駒屋の名を叫び出す。と、そこへ誰かが椋屋の名を叫んだ。場所が日本橋だから、生駒屋の見知りは多い。生駒屋と椋屋の縁に通じる者もいるらしく、

「椋屋は錺屋《かざりや》だ。あれは生駒屋が、椋屋につくらせたものだろう」

との話はまたたくまに広がって、

「生駒屋ぁ！」

「椋屋ぁ！」

と、交互にあがる掛け声は、南伝馬町の生駒屋にさしかかるまで延々とつづいた。

「おとっつぁん！」

お千賀扮《ふん》する義経が、二階に向かって両手をあげた。柵《さく》にもたれかかった広左衛門が、右手をあげてこたえる。両の頬を、涙が伝っていた。見物の女衆にはもらい泣きをする者もいて、歓声はいっそう大きくなった。

やがて先頭の山車が、京橋の手前を折れた。ここから楓川《かえでがわ》沿いの道を、日本橋の方向にもどる道筋をたどる。お千賀をのせた三台目の山車は、無事に生駒屋をとおりすぎ、前方に京橋が見えてきた。そこでふいに、無粋な声がひびきわたった。

「その山車、待たれい！」

ばらばらと先をふさいだのは、南町配下の役人と小者たちだった。その風体から、同心ではなく、奉行直属とおぼしき役人が前にすすみ出た。

「この山車は、出された祭番附には入っておらん。不届き甚だしいうえに、銀《しろがね》尽くしに芝居趣向とは、けしからんにもほどがある。山車ともども、関わった者たちをすべてひっくくれ！」

車上のお千賀をひきずり降ろそうと、小者が群がったとき、

「お待ちください！」

さえた声が、これをさえぎった。役人の前にすすみ出て、紺羽織姿でひざまずく。

「南伝馬町にて小間物を商う、生駒屋伊左衛門にございます。この細工は、私どもの手になるものです」

「なんだと、おまえがか……このようなことをしでかして、覚悟はできておるのだろうな」

憎々しげに顔をゆがめた役人を、伊左衛門がはたと見上げた。

「これはお上から賜わりました銀《しろがね》によって、私どもが作らせていただいた品にございます」

役人が、目を剝《む》いた。

「この期《ご》におよんで、そのようなたばかりを！」

「たばかりでは、ござらん！」

割って入ったのは、北町同心の青木だった。

「この銀は、間違いなくお上より貸し与えられたものと、我らはそう伺《うかご》うております」

「貸し与え、だと？」

「はい、このところの触れ続きで、下々も疲れている。景気をつけるのも悪くはあるまいと、お上から格別のご温情が下されたと……」

「黙れ、黙れ。ならばなぜ、南町には報《しら》せがはいっておらん」

「それはいかんとも……すでにご老中をはじめ、御勘定、御寺社はもちろん、我ら北町にも達しがきております。南町にもすでに伝えられているはずと、上からはそのように……」

これでは南町だけが、のけものにされたようなものである。相手の顔が憤怒《ふんぬ》に染まった。

「ええい、きさまごとき小役人が、いくら申し立てたとて埒《らち》があかん」

青木が狼狽《ろうばい》し、伊左衛門も青ざめた。根まわしは済んでいるはずだった。これは不測の事態である。

お凜は時蔵の傍らで、役人と青木のやりとりを、はらはらしながら見守っていた。

「このような下劣な趣向を、お上が許すわけがない。かまわん、あの飾りものをさっさと車からひきずりおろせ！」

役人が配下に命じ、たちまち南の小者たちが山車《だし》に群がった。

それまで繋《つな》がれていた時蔵の手が、ぱっとお凜からはなれた。

名を呼んだつもりが、お凜の声は、とびかう怒号にかき消された。時蔵ばかりではなかった。音助はじめ椋屋の職人衆も、伊左衛門が雇った山車曳きの人足も、まわりにいた野次馬たちも、南町の暴挙をとめようと一斉にとびかかった。なにせこの人込みである。一度手が出れば、あとは敵も味方もなく殴り合いになった。

舞いあがる土煙のなかに、時蔵や椋屋の衆の姿が垣間見《かいまみ》えるが、すぐに消えた。お凜はなすすべもなく、ただ人波にもまれていた。誰かに押され、倒れたところに声がかかった。

「お凜ちゃん、大丈夫？」

「お千賀ちゃん」

「なんだってこんなことに……兄さんの見込みが甘かったのかしら」

「いいえ、若旦那《わかだんな》のせいではないわ。なにか間違いがあったのよ」

お凜の見当どおり、伊左衛門の策に遺漏はなかった。伊左衛門はまず、北町奉行の阿部正蔵に話をもち込んだ。阿部家の用人が広左衛門の好事《こうず》家《か》仲間で、これをとおして伊左衛門は、目方にしてほぼ千二百両に相当する銀の上納を願いでた。そして表向き、お上の一時貸し与えとして、祭りに細工を披露するという案を出した。

阿部正蔵は決して豪胆な人物ではないから、はじめのうちは難色を示した。そこを伊左衛門は、これを公儀の人気とりのために利用すべきだ、と説いたのである。

下々の幕府への不満は高まり、人気は地に落ちている。ここであえて御禁令と相反することをなせば、悪名高い御改革は決して公儀の本意ではなく、あくまで水野忠邦の独断だと世間に印象づけることができる。腰の重い北町奉行の梃入《てこい》れに、伊左衛門はさらに、こちらは蘭斉屋《らんさいや》を通じて老中土井利位《どいとしつら》にも手をまわした。

　土井利位は古河《こが》藩主で、家老に蘭学者《らんがくしゃ》の鷹見泉石《たかみせんせき》がいた。泉石の協力のもと、利位は日本ではじめて顕微鏡で雪の結晶を観察し、天保三年『雪華図説』を、天保十一年にはその続編を刊行していた。水野罷免《ひめん》の噂《うわさ》を最初にもたらしたのも、土井への繋ぎの労をとったのも、蘭斉屋を贔屓《ひいき》にしていた泉石であった。

　多額の上納の上に、世上の不平を緩和する、まさに一石二鳥の伊左衛門の目論見《もくろみ》は、水野忠邦の失脚をねらう者たちの助力を得ることができた。

　ひとつだけ目測違いとなったのは、若君の夭逝《ようせい》だった。当初はお上御下賜《ごかし》の札を立てたうえで、祭行列とおなじ道筋を辿るはずであったが、御曲輪《おくるわ》内と大名旗本屋敷をはばかった結果、常盤橋御門から京橋前までの、ごく短い行程に限られてしまった。それでも南町の横槍《よこやり》さえ入らなければ、生駒屋は大いに名をあげたはずだった。

　事態の収束には、北町の筆頭与力である年番方が騎馬で乗り出した。馬上から喧嘩《けんか》をいさめるとともに、青木や伊左衛門の申し立てを裏づけるようなことを口にした。

「神田明神へ奉納するのが本当であるが、すでに日も暮れた。この銀は、この場で我らがひき取ることと相成った。このまま京橋を越えさせて、蠣殻町《かきがらちょう》の銀座役所までとどけるようにとの仰《おお》せをいただいた」

この年番方与力も、さらに北町奉行でさえ、なぜ南町へだけ達しが行かなかったのか、皆目わからなかった。鳥居耀蔵はそのころすでに、水野を見限って反水野派に寝返っていたからである。土井や阿部をはじめ、この件にかかわっていた誰もが、おかしいと首をかしげながら、その中の誰かが、鳥居へのいわば最後の意趣返しをしたのではないかと、そんな噂が後日ささやかれた。いずれにしても、下々にはあずかり知らぬことであった。

騒ぎは収まり、ことにひどい乱暴狼藉《ろうぜき》をはたらいたとして、二十人ばかりが番屋へしょっぴかれた。その中には時蔵と音助を含む、椋屋の六人の職人の姿があった。

縄をかけられた時蔵が、ついと山車をあおいだ。あれだけの騒ぎにもかかわらず、細工は倒れず、篝火《かがりび》を浴びて誇らしげに輝いていた。このまま銀座に運ばれて、やがて鋳《い》潰《つぶ》されてしまう運命にあったが、それでも時蔵は満足そうだった。

その平穏な横顔は、お凜の胸にきざまれて長く残った。

十四

伊左衛門の策が効を奏していたことは、二日ののちに職人たちが解き放ちになったことでもたしかめられた。ただ、その中に、時蔵の姿はなかった。

「どうやら南のお奉行が、つむじを曲げてしまってな。あの細工の意匠だけはけしからんと、思案した者をひっくくるよう命じたんだ」

「あれは、あたしです。あたしが考えたものです！」

「ああ、ここへもどる道々、音助たちから仔細《しさい》はきいた。だがな、時蔵はてめえの意匠だと、お調べのときにそう吐いたらしいんだ」

「……時蔵さんが……？」

「あいつはあいつなりに、椋屋やおめえさんを守ろうと、そういう腹なのかもしれねえな」

時蔵の身柄は南町に引きわたされて、いまは小伝馬町の牢《ろう》で裁きを待っているという。

「いいえ……いいえ……駄目です、そんなこと」

すでに手鎖を受けている時蔵は、次には島送りにされるかもしれない。すぐに南町へ走ろうとするお凜を、青木はいさめた。

「話しても、信じてもらえるとは限らねえぜ。こう言っちゃなんだが、おめえのような小娘が、あの大錺《おおかざり》を思いついたなんて誰が信じると思う？　まして女の錺師なんかいねえからな。細工にかかわったと申し立てても、世《よ》迷言《まいごと》だと笑われるのが落ちだ」

青木の申し分は、正しかった。とめだてもきかず、お凜は奉行所へも牢屋敷へも足を運んだが、お凜の申し立てに耳をかす者はひとりもいなかった。さらに時蔵は、何度面会に行っても、どうしても会うことを承知せぬものだから、お凜も困り果てた。

それでもお凜は諦《あきら》めず、青木に一通の手紙を託した。

「これを、時蔵さんにわたしてください。これを読めば時蔵さんも、あたしたちを庇《かば》おうなんて気は失《う》せるはずです。お白州《しらす》で、本当のことを口にするはずです」

「だが、お凜、万一おまえが捕まるようなことになっては、椋屋はどうなる？」

「それで潰《つぶ》れてしまうなら、それだけのことです」

「おいおい……」

「もとはと言えば、椋屋大事に走ったあたしたちに罪があります。その手紙の中に、すべて書いてあります。後生ですから、きっと時蔵さんにわたしてください」

お凜の必死の懇願に、青木は大きなため息をつきながら手紙をあずかった。

だが、翌日になって、いささか疲れたようすで訪ねてきた同心の手には、封もあけられていない手紙が残っていた。

「どうして、わたしてくれなかったんですか！」

「わたしたさ。小伝馬町まで足をはこんで、時蔵にも会ってきた」

「だったら、どうして！」

「あいつは、文字が読めねんだとよ」

ぽっかりと、お凜の口があいた。

「よければおれが読みきかせると、そう言ったんだが、それにはおよばねえと断られた。おめえにきつく頼まれていたから、おれも躍起になってすすめたんだが……」

「時蔵さんは……どうしてあの人は……」

やりきれなさに、長く悲しいため息がお凜の口からもれた。

「……五代目を立てるのに、時蔵は欠かせない……」

「……お凜？」

「義兄《にい》さんが、あたしに言ったことばです」

お凛は、宇一から跡目の相談を受けた晩のことを、青木に語った。

「時蔵さんを椋屋に入れた理由《わけ》はふたつ……ひとつは職人衆を本気にさせるためです。跡目のための精進では、うわついた技くらべに過ぎぬ……あたしの婿《むこ》取り話もあるからなおさらだって……。留さんだけは、義兄さんの企《たくら》みを早々と見抜いちまいましたけど」

時蔵はいわば、当て馬であった。宇一が跡目の数に加えなかった留五郎が、誰よりもたしかにその意図を汲《く》んでいたのも思えば皮肉なことだった。

「あとのひとつは、あの線細工……平戸といったか。あれを椋屋に入れるためか？」

うなだれるように、お凛はこくりとうなずいた。

「たぶん最初のうちは、誰も手をつけようとはしないだろうから、お凛、おまえがやれと」

「まさかおめえが細工修行をしていたとはな、恐れ入ったよ」

「すみません、青木さまには隠し事ばかりで……でもね、青木さま、義兄さんは決して損得勘定だけで、平戸を椋屋に入れようとしたんじゃないんです。平戸がなくとも椋屋には、代々の春仙が受け継いできた技がありますもの。そうではなくて義兄さんは、あれを職人の技にしたいと、その心積もりでいたんです」

「職人の技？　そいつは、どういうことだい？」

「時蔵さんが、職人ではないからです」

小さな白い蝶《ちょう》のような花をいっぱいにつけて、萩《はぎ》の枝が風に揺れていた。だいぶ弱々しくなった虫の音が、縁の下からかすかにきこえる。

日々の暮らし道具を拵《こしら》えるのが、それが職人だと、宇一は言った。使う人がいることを忘れてはいけない。丈夫で使い勝手のいい、それでいて長く大事にしてもらえる美しい錺道具。それこそが椋屋の身上なのだった。

「技や意匠をいくら精進しても、ひとりよがりではやさしい品にはならないと」

「やさしい品か……そういや宇一が言ってたな。あいつのからくり簪《かんざし》を、見事な出来だとおれが褒めたときだ。これじゃあやさしさが足りねえと、どうもおれは技に走りすぎるきらいがあると、そうぼやいていた」

「青木さまには、そんな愚痴をこぼしていたんですね」

お凜は微笑《ほほえ》んだが、あの晩の宇一の憑《つ》かれたような瞳《ひとみ》が、ふいによみがえった。

——あいつはおそらく、十年、いや百年にひとりの傑物だ。だからこそ、職人にはなりきれねえ。奴《やつ》には才がありすぎるんだ。すごいとわかっちゃいても、誰もついていけねえ。追いつけるのはおそらく、後の世の連中だけだ。あいつが生きてるうちは、誰にもわかっちゃもらえねえだろう。

「寂しい……奴だな」

お凜が語った宇一のことばに、青木がぽつりとこぼした。

「あたしもあのとき、同じことを口にしました。でも義兄さんの言ったことは本当だった。時蔵さんの作るものは、先へすすめばすすむほど、もう道具でさえなくなって……」

かぼそい虫の声は、まだ続いている。青木がふところをがさがさ言わせ、それを遮った。

「こいつなら、どうだい？　少なくともおれには、まっとうな道具に見えるがな」

青木はお凜の前に、一枚の紙を広げてみせた。それは香炉の図案だった。

「手紙は遠慮するが、そのかわり筆と紙を貸してくれと時蔵に言われてな」

青木の目の前で、さらさらと描いたという。手描きだから多少の狂いはあるものの、図面どおりに組めば、胴のふっくらとした丸い香炉になると知れた。

「これ……なんの花かしら……」

お凜は目をこらした。花らしき丸いものが幾重にも重なり、あるいは水のように流れていたりと複雑な模様をなしている。枝葉はなく、ひどく簡素に描かれた丸文だけである。

「まあ、あいつに直截にたしかめればいいさ。細工机にでも、のせといてほしいとさ。それがあの男の、返事なんじゃねえのかい？　刑をおえたら、またここに帰ってくると、そう言いたかったんだろうよ」

お凜の頬が、ぽっと染まった。自分でも思いがけないほど、嬉《うれ》しくてならなかった。

くれぐれもお願いしますと時蔵の後事をたのみ、青木が応じて帰ってゆくと、お凜にはまた別の気がかりが生じた。

あの晩、最後に宇一はひとつだけ釘《くぎ》をさした。

——時蔵という男には、近づきすぎちゃならねえ

男と女にありがちな妙な心配をしているものかと、そのときのお凜は一笑したが、宇一の憂慮は別のところにあった。

——あいつにかかわると、ろくなことはねえ。同じ錺師ならなおさらだ。深入りすれば、職人を続けていくことさえ危うくなる。まわりの者だけじゃねえ。あいつは遅かれ早かれ、己の身を滅ぼすことになる。おそらく三年を待たずに、いまと同じに咎《とが》を受けるだろう

その難儀に椋屋がまき込まれぬよう気をつけろ、と宇一は念をおした。

まるで呪詛《じゅそ》のような宇一のことばは、一言一句違《たが》わぬほどに現実のものとなった。

（でも、義兄さん……）

と、お凜は、見えぬ宇一に話しかけた。

（ひとつだけ、義兄さんにも読めないことがあったわ。時蔵さんは、あたしたちを庇って罪科《つみとが》を受けようとしてるのよ）

跡目決めの期日まで、五月《いつつき》を切った。そのとき自分は、どうするのだろう。

香炉の絵を手にしたまま、お凜は途方に暮れていた。

十五

時蔵の減刑をはかるべく、青木は力を尽くしてくれた。お白州《しらす》がひらかれるまでのあいだ、北町の与力を通じ、あるいは自身も南町までいくたびも足をはこび、南の吟味方与力に慈悲を乞《こ》うた。裁きを申しわたすのが、たとえ妖怪《ようかい》と呼ばれる奉行であろうと、刑の匙加減《さじかげん》は、咎人《とがにん》の調べにあたる吟味方与力にかかっている。青木の苦労の甲斐《かい》あってか、時蔵は島送りをまぬがれて、五十日の牢籠《ろうご》めですんだ。

「牢にはやくざ者なんぞがうようよして、ときには人殺しもあるとききます。時蔵さんはあのとおりの性分だから、うまくやってゆけるかどうか……」

　心配の種がちっともへらぬようすのお凜を、青木は鷹揚《おうよう》になだめた。『勧進帳』の細工の噂《うわさ》は牢の内にも流れており、御改革の最中《さなか》にたいした度胸だと、しかもそれでお縄になった男が入ってきたと、大牢では牢名主までが時蔵に気をつかっているそうだ。

「金の出所がお上だろうと生駒屋だろうと、それはまた別の話で、あの意匠にはそれだけの力があるんだろう。もっとも当の時蔵は、かえってうろたえちまったようだ。お凜の手柄を横取りしたみてえで、あいつなりに具合が悪いんだろうよ」

　青木はからからと笑い、のんきそうに木戸門を出ていった。

　それからいく日もたたぬうち、世上は一変した。

　閏《うるう》九月十三日、老中水野忠邦が、ついに罷免《ひめん》されたのである。その数日前に上知令《あげちれい》はとり消され、罷免の報《しら》せが街中に伝わるや、水野屋敷には大勢の町人がつめかけ、投石しきりの騒ぎとなった。水野にかわり、土井利位《としつら》が老中首座に立ち、これをもって天保の改革は終わりをむかえた。

庶民の喜びようは言うまでもなく、椋屋でも何日にもわたって酒盛りがひらかれ、職人たちは大いに羽目をはずした。宴席には、伊左衛門の姿もあった。

「神田祭以来、生駒屋への嫌がらせはぴたりと止まりました」

「まあ、よかった。お上からの貸し銀ていう嘘《うそ》の名目も、評判を落とすことにはならなかったんですね」

「それもこれも、『勧進帳』のおかげです」

と、伊左衛門は、青木と同じことを口にした。

「おかげでおとっつぁんも張りが出て、つたい歩きをはじめるようになりました」

「じゃあ次はいよいよ、お千賀ちゃんの祝言《しゅうげん》ですね。せっかく蚊柱殿が消えたのだから、華やかな仕度をしてあげちゃいかがです？」

「あいにくと、ない袖《そで》はふれませんよ」

苦笑しながらも伊左衛門は、にわかに商いへのやる気を見せており、余念なく今後の相談なぞをして、気持ちよく椋屋を辞した。

宴も峠をこし、畳に長くなった姿が増えてきたころ、お清が青木の来訪を告げにきた。

「あら、どうぞ入っていただいて」

「いえ……とにかく、こちらに来てくださいな」

しかつめらしいお清の顔が、まるで膠《にかわ》で固めたようにこわばっている。

お清にうながされて居間へ赴くと、青木とともにお房の姿もあったが、どちらも示し合せたように、お凜を見るなり視線を逸《そ》らせた。なんだろうといぶかしみながらも、

「ちょうど青木さまにご相談があったんです。御改革のために繫《つな》がれていた人たちに、ご赦免がおりるやもしれないって噂をきいて、それで時蔵さんのことを……」

「お凜……」

さえぎった青木の面長の顔は、幽霊でも見てきたように青ざめている。お凜が見やると、青木は辛《つら》そうに下を向いた。お凜の胸に、はじめて嫌な影がさした。

「……ひょっとして……時蔵さんの身に、なにかよくないことが起きたんですか？　病ですか？　それとも喧嘩《けんか》でも……」

「時蔵は、死んだよ」

「え？」

青木は、なにを言っているのだろう。

「時蔵は昨夜《ゆうべ》、牢の中で亡《な》くなった。囚人のひとりに、殺されたんだ」

お凜の口許《くちもと》に、奇妙な笑みが浮いた。

「いやだわ、青木さま……だって、青木さまが仰《おつしや》ったんですよ、時蔵さんはお牢で大事にされてるって……それが、どうして……」

「少し前に牢籠めになった者の中に、時蔵の見知りがいたんだ。仲間ふたりとともに、いかさま博打《ばくち》で捕まった野郎だが、そいつは昔、京で錺師《かざりし》をしていたと言うんだ。京の大きな錺屋で、娘の婿《むこ》に収まって跡目を継ぐはずだった。それがみんな、時蔵のために駄目になったと、そう言うんだ」

あっ、とお凜は、いつか権《ごん》の松《まつ》からきいた話を思い出した。

「親方のもとをとび出して、諸国をめぐり技を磨くつもりでいたものが、錺に向かうと、まるで魔物のように時蔵の顔と細工が目の前にあらわれて、どうにもならなかったらしい。暮らしはだんだんに荒れて、そのうち博打場にいりびたるようになり、すっかり身をもちくずした」

——時蔵という男には、近づきすぎちゃならねえ

宇一の声がお凜の耳のなかで、うわんうわんとこだました。

「それにひきかえ時蔵は、御改革に唾《つば》を吐いたとたいそうな人気で、細工の見事さもいまだに語り草になっている。いまさらながら我が身の情けなさが悔まれて、どうにもいたたまれなかったそうだ。時蔵にさえ会わなければ、こいつさえいなければと、

一心に思い詰めた。仲間ふたりとともに寝込みをおそって、時蔵の首を……おいっ、お凜！」

お凜の意識は、そこで途切れた。

その日からお凜は熱を出し、何日も床にふせることになった。

時蔵の亡骸《なきがら》は、青木と留五郎がひきとりにゆき、伊左衛門の助けを借りて椋屋で立派な葬《とむら》いが営まれた。その葬式のときでさえ、お凜は枕《まくら》から頭も上げられぬ有様だった。

どうにか床上げには至ったものの、今度は終日納戸《なんど》にとじこもるようになり、お房やお清がやっきになっても食はさっぱりすすまず、みるみるやせていった。

「あの男が死んだのを、己のせいだと責めているのかねえ。どうせなら、声をあげて泣きわめいてくれりゃあいいものを。黙ったまんま、まるで人形のようだもの。見てるこっちが切なくなるよ」

「お嬢さんが内儀《おかみ》さんみたいな性分だったらと、あたしゃ初めてそう思いましたよ」

お清の失礼な言い分に、文句をつける余裕もないほど、お房も困り果てていた。

十月に入るとふたりは、寒い納戸で凍え死にでもしないかと、無理にもお凜を階下におろし納戸には鍵《かぎ》をかけてしまった。その後も生気のなさにかわりはなく、泣きも笑いもしない虚《うつ》ろな姿はまわりの哀れをさそった。

ある日のこと、それまでもたびたびやってきてお凜のようすをのぞいては、辛そうな顔でだまって帰っていた青木が、口をひらいた。

「なあ、お凜、おまえの手紙をあずかった日な、おれは時蔵の顔を久方ぶりに見た気がしたんだ。ここに立ち寄った折に、ちらりと見かけたことはあったが、真正面で奴の面を拝んだなぁ、手鎖をとかれてここへつれてきた日以来だった」

長火鉢にかけられた鉄瓶から、白い湯気が立ちのぼっていた。お凜はぼんやりとそれに目をあてるだけで、うなずきさえしなかったが、青木はかまわず先をつづけた。

「正直、おれは驚いた。しばらく見ぬうちに、あいつの顔はずいぶん変わっていたように思えた。愛想のなさは相変わらずだが、漂っているものはまるで違った。からだ中に刃物を呑《の》み込んでいるような危うさが消えて、妙に穏やかな……いや、ちょっと違うな……あれは、そうだな……憑物《つきもの》が落ちて、きょとんとしているような、そんな顔だった」

時蔵は、妙に満足げに見えた。大きな仕事をやりおえて気が抜けているんだろうと、そのときはそう思った。だが、どこか合点がゆかなくて、青木は長いこと気になっていた。

「それがこの前、ふっと閃《ひらめ》いた」

細工にかけては人一倍、欲の深い時蔵が、いくら大細工とはいえ、それを仕上げたくらいであんな顔になるものか。時蔵の性分なら、どんな見事な拵えだろうとよしとせず、すぐに先への欲がでるはずだ。

「時蔵の満足は、別のところにあったようにも思えてな」

言って青木は、細くあけた障子の隙間《すきま》から、冬枯れの庭に目をあてた。庭のすみに、お房とお菊の姿があった。お房に抱き上げられたお菊が、枝に散り残った楓《かえで》の葉に、懸命に手を延べている。青木の口許に、小さな笑みが浮いた。

「あいつはきっと、嬉《うれ》しかったんじゃねえかな」

これまでずっと、時蔵は独りきりだった。よけいな節介は、かえって疎《うと》ましがるような性分だから、たいして寂しそうにも見えなかったが、どこへ行っても厄介がられることには、己でそうと気づかなくとも、それなりこたえていたのかもしれぬ。誰もがその腕や細工に恐れ入っても、肝心の時蔵を認めてくれた者は誰もいなかった。時蔵をそっくり受け入れて、わかろうと骨を折ったのは、おそらく椋屋と、そしてお凜が初めてだったのではないか。

　青木は静かな調子で、己の推量を口にした。

「そんなつまらないことがこんなに嬉しいものかと、てめえでびっくりしているような、あれはそういう顔だったんじゃねえかと思うようになった」

　鉄瓶の中の湯がなくなってきたらしく、湯気はたよりなくなっていた。青木は気軽に立って、長火鉢の傍らの水差しをとり上げた。

「あいつの死は、たしかに早すぎた。悔んでも悔みきれねえ、おめえさんの気持ちもわかる。だがな、お凜、時蔵はやっぱり、幸せだったと思うぜ。椋屋で過ごして、お凜に大事にしてもらって、時蔵はきっと、そんなあったかな気持ちのまま逝《い》ったんだ」

　鉄瓶に水をつぎ足していた青木が、ぱたぱたという水音にふり返った。お凜の瞳《ひとみ》からあふれた涙が、頬を伝って畳にこぼれ落ちる音だった。

「……あ……たしは……」

　短い返事よりほかに、お凜がまともにしゃべったのは、これが初めてだった。

「なんだ、お凜？」

「……あたしは、ただ……切なくて、たまらないんです。……時蔵さんが、この世にいない……それが、どうにも、苦しくて……」

しゃくりあげながらそれだけしぼり出すと、お凜は畳につっ伏して声をはなって泣き出した。

声におどろいてお清が駆けつけるまで、青木はだまってお凜の背をなでていた。

お凜が外に向かって気持ちを吐いたのは、それ一度きりのことで、表向きはやはり抜殻のような有様で、まわりの者をがっかりさせた。

それでもお凜の内側では、なにかがゆっくりと変わりかけていた。黒く染めた布をかぶせられてでもいるように、まわりの一切が暗くぼんやりと映り息苦しくてたまらなかったものが、次第に布目が麻のように粗くなり、だんだんと目の前にあるものが像を結び色がついてきた。ちょうどそんな按配《あんばい》だった。

十月もそろそろ晦日《みそか》というこの日、留五郎がお凜の部屋にやってきた。

「こいつの細工を、お凜ちゃんにたのもうと思ってね」

留五郎が広げたものは、いつか青木から見せられた、時蔵が描いた香炉の図案だった。

「柴太郎がな、こさえてもらえねえかと伍一のところにもってきたんだ。おれの平戸の腕じゃまだ無理だが、お嬢さんならできるはずだと、伍一が言うもんでな」

「……あたしが……これを……？」

「あいつもきっと、それを望んでいるんじゃねえかと、見てるとそんな気がしてな」

留五郎の無骨な指は、幾重にもかさなった、花と思われる丸い模様を示した。

「ごらんよ、お凜ちゃん、この意匠はいままでの奴《やっこ》さんのものとは、ひと味もふた味も違うと思わねえかい？　形はまっとうな香炉だし、この模様も言ってみればありきたりだ。あいつの細工につきものの、人の度肝を抜くような攻めっ気がねえんだ。大錺の後だから腑《ふ》抜《ぬ》けちまったんじゃねえかと、そんな軽口をたたく奴《やつ》もいるが、おれは違うことを考えた」

お凜は食い入るように絵図を見詰めているばかりだが、留五郎はつづけた。

「あいつは、なにかを抜けたんだ……壁だか修羅だかそいつはわからねえが、きっとあのお不動さんの火がよ、浄《きよ》めてくれたんだ。本当の名人ってのは、そういう心静かなもんじゃねえのかな。せっかくそこまでとどいたってのに、運の悪い……」

言ってはならぬ愚痴がとび出し、留五郎はあわてて己の口をふさいだ。お凜は相変わらず、覆《おお》いかぶさるようにして絵図に見入っている。

――それがあの男の、こたえなんじゃねえのかい？

頭の中では、この図面をたずさえてきたときの青木のことばがひびいていた。

「これが……こたえ……」

そして思い浮かべていたのは、別の光景だった。半年前、時蔵と一緒に銀師《しろがねし》の親方のところに行った帰り道、柿《かき》にのせる雪の工夫が思いつかないと、時蔵に助言を請《こ》うた。

「お凜ちゃん、その、どうだい？　いや、なにもすぐとりかかれってわけじゃ……」

ひょい、とお凜が身を起こし、留五郎は思わずのけぞった。

「これは……雪華じゃないかしら……」

お凜の指は、図面に描かれた丸い模様を示している。

「丸いのは花じゃなく、雪紋ではないのかしら」

留五郎が、はっとした。ふたたび図面にかがみこみ、膝《ひざ》を打った。

「なるほど、そうかもしれねえ。雪紋はさまざまあって、『雪華図説』でも見なけりゃ細かなところまで描けねえ。そうと考えれば、白抜きのままにしてあるのも合点がいく」

と、顔を上げた留五郎は、どきりとした。お凜の口許に、淡い笑みが浮いていた。

「この香炉には、銘があるんです」

「どんな……銘だい」

本当に久方ぶりに灯《とも》った小さな明かりを消さぬよう、留五郎は用心深くたずねた。

「初代の香炉と同じ……あたしの名とおんなし銘です」

「そうかい……いい名だな。雪華紋の香炉に似合いの、本当にいい銘だ」

うんうんとうなずいた留五郎の目には、光るものがあった。

どうやら細工をする気になったようだと、留五郎から仔細《しさい》をきいたお房とお清は、やれ助かった、と胸をなでおろしたが、まもなくふたりには、またぞろ別の気がかりが生じた。

「あの子はまあた朝から晩まで、納戸に籠《こ》もるようになっちまったじゃないか。まったく、どこまで気を揉《も》ませりゃ済むんだろうねえ」

「おまんまがいただけるようなら、まずは心配ありませんよ。ほら、ご覧なさいましな、今日のお膳《ぜん》も猫が舐《な》めたみたいに、きれいなもんじゃありませんか」

お清はほくほく顔で、お凜がへらした目方を年の内にとり返さんと、食事に気を配った。

幸いなことに、御改革でぎゅうぎゅうにしめつけられていた景気は、水野忠邦という綱が切れたとたん、はじけるようにひと息にふくらんで、生駒屋と椋屋の商いも繁《はん》昌《じょう》し、お清も存分に魚や菜を購《あがな》えるようになっていた。

「お凜、おまえ、五代目の話なんだがね、どうするつもりだい？」

お房が切り出したのは、大晦《おおつごもり》の晩のことだった。お房にしてはよく堪えていたほうだが、年が明け、松がとれれば、すぐに三年の日切りがくる。

「品を見ぬうちは、決めようもないでしょう」

落ち着きはらった妹の居住まいに、お房はなにかを感づいたようだ。

「そのようすじゃ、見当くらいはつけちまったんじゃないのかい？　もったいぶらずに、はやくお言いな。いったい誰にしたんだい？　おまえは誰を、婿《むこ》にとるつもりだい？」

「姉ちゃんたら、せっかちだわね。ほら、除夜の鐘がきこえてきたわよ。ちゃんと百八つ数えてお床に入らないと……来年こそはいい年にしなくちゃね。そうでしょ、姉ちゃん」

お房はあらためて、にっこりと笑う妹の顔をまじまじと見詰めた。

ひところの憂《うれ》いも哀《かな》しみもその笑顔から消えてはいたが、まるで寒の水でといた白粉《おしろい》をひと刷毛《はけ》はいたように、きわ立ったものがひと筋、お凜の頬に浮いていた。

十六

天保十五年一月二十三日、椋屋では三年前と同じに奥座敷の襖《ふすま》がとり払われた。時蔵がいないことをのぞけば職人衆は同じ顔ぶれだったが、上座はいささか華やかになっていた。

広左衛門の座を伊左衛門が占め、兄のいた席には、いまはお千賀が端座していた。

「じつは、とんでもないものが出てきまして……四代目の、二通目の遺言状です」

一同の目が、はじかれたように伊左衛門に向けられた。

「しかもここには、五代目の名が記されているそうです」

お房がたちまち叫んだ。「いったいぜんたい、どういうことです、若旦那《わかだんな》?」

「あたしも昨晩はじめて、父からきいたばかりなのですよ」

声には常の張りがなく、伊左衛門は疲れたように低く言った。青白い顔には、怒りとも落胆ともとれるものがただよい、ひどくおさまりの悪いようすだった。

「若旦那、なんて書いてあるんですか？　いったい誰を五代目にしようというんです？」

伊左衛門はすでに中身を知っていたが、お房にせっつかれ、遺言状の封をあけた。

「五代春仙は、椋屋お凜とす」

座敷の誰もが、庭石のように固まった。どの顔も、あっけにとられた間抜け面《づら》になっている。

お凜は、きゅっと唇をかんだ。お凜もまた、伊左衛門とともに、昨夜生駒屋を訪ねてはじめて知った、寝耳に水の話なのである。

「但《ただ》し、此《こ》れを判じる者は、生駒屋広左衛門殿とす。お凜の技、才、器量に於《おい》て不足があれば、先の一状通り跡目決めを行うものとす」

伊左衛門は、まるで気持ちのこもらぬ調子で、淡々と読みすすめる。

「広左衛門の旦那は、なんと仰《おつしや》っていたんです？」

お房に詰め寄られても、伊左衛門は下を向いたまま黙っている。かわりに、鈴のような声がこたえた。

「生駒屋広左衛門は、椋屋お凜を五代春仙に不足なしと判じました」

お千賀はかっきりと前を向いて、背筋をしゃんと伸ばしている。びっくりまなこの一同に見詰められても、その姿は身じろぎもしない。

伊左衛門が、苦しそうに顔をゆがめた。

「なぜいままで、言ってくれなかったのです！　疎《うと》んじられるのは仕方がないとして、そこまでないがしろにされるほど恨まれていたとは……」

伊左衛門は昨晩、父と妹を存分に責めた。

跡目決めの段取りを、たしかめておきたい。そう乞《こ》われ、お凜は昨日、商いをしまう刻限に生駒屋をたずねた。広左衛門はようやく床から離れられるようになっていたが、ひとまわりは縮んだからだを脇息《きょうそく》にあずけ、いまだに口はおぼつかないものだから、通詞役のお千賀が、兄とお凜に一切を話してきかせた。

五代目に据えるのはお凜だと、広左衛門は生前の宇一からきかされ、すっかりたのまれていたのである。倒れてから広左衛門は、一時《いっとき》はもういけないと諦《あきら》めていたようで、二通目の遺言状の仕舞い場所と、中になにが書いてあるかをお千賀にうちあけていた。

「勘違いしないでちょうだい。おとっつぁんはもちろん、兄さんにも話すつもりでいたのよ。兄さんが、あんなことさえ言い出さなければね」

お千賀は暗に、伊左衛門がお凜を嫁にと望んだことをさして言った。お凜の五代襲名に、兄が異を唱えることは目に見えていた、大事なときに、余計な厄介をもち込むことははばかられたと、お千賀にそう説かれても、傷ついた伊左衛門の気持ちは晴れなかった。

伊左衛門同様、大いに困惑しながらも、ふいにお凜は気がついた。

「お千賀ちゃん、ひょっとして……あの千両の大細工は、あたしのため？」

「ええ、そうよ。あんなご時世じゃ、腕試しの場さえない。それでもお凜ちゃんは苦しい中できりもりして、その頑張りはおとっつぁんの見込み以上だった。だから尚《なお》のこと、なんとか後押しをしてあげたかったのよ」

もっとも、明神祭と江戸の街をもりあげたいという、その大本は嘘《うそ》ではなく、おかげで御改革の幕切れにふさわしい大花火を打ち上げることができて、広左衛門の力づけにもなった。

お千賀はそう言って、お凜に向かってあらためて礼を述べた。

「でも、なんだって義兄《にい》さんは、そんな突拍子もないことを……」

たとえ細工で人を驚かすことはあっても、生真面目《きまじめ》で地に足のついた商いを心がけていた、生前の宇一とどうにも結びつかない。とまどうお凜に、お千賀は一本の簪《かんざし》を見せた。

「とっかかりは、この簪だったようね」

「これは……」

団扇《うちわ》をかたどった簪だった。銀の骨に、つややかな白蝶貝《しろちょうがい》の面が涼やかで、赤い金魚に見立てた珊瑚《さんご》がついている。

「何年前だったかしら……これと同じ意匠の簪を、仕上げたことがあるわ。貝の張り具合などがうまくゆかなくて、こんなにきれいにはできなかったけれど」

「お凜ちゃんの意匠を真似《まね》て、四代目が拵《こしら》えたものよ」

「義兄さんが、あたしの意匠を？」

「どうやら四代目は、生駒屋お千賀の趣味を、高く買ってくれていたようなの。あたしの好みは、江戸の誰より新しい。この江戸でいちばんなら、国中でもいちばんだって」

お千賀はてれもせず、逆にひどく真面目な調子で言った。

宇一は、お千賀の気にいる錺《かざり》をつくろうと躍起になった。お千賀は宇一の細工にことさらけちをつけたことはないが、決して満足はしていないようだと宇一は気づいていたからだ。

「どれも立派な出来ばえだったけど、なにかが違うのよ」

お千賀のその気持ちは、お凜にはよくわかる。

錺だけではなしに、お千賀が認めるのはごくわずかな品に過ぎない。こう見えてお千賀は、精一杯不平を我慢しているのである。それはひどく、寂しい思いに違いなかった。

いつになっても世の中の流行《はや》りは、お千賀を追い抜いてくれない。お千賀はたったひとりで、いちばん前を走り続けなければならない。

「ある日、この簪を見せられて、あたしはたちまち夢中になった。それはもう、口をきわめて褒めそやした。四代目は、ひどく曖昧《あいまい》な顔をなさっていたわ」

己がどんなに工夫を重ねても納得しなかったお千賀が、職人でさえないお凜の意匠を手放しで喜んだのである。それは口惜《くや》しいのをとおりこして、目から鱗《うろこ》だった。お凜には、ひとり先駆けるお千賀と、肩をならべるだけの才があると、宇一は広左衛門に語ったという。

「才だなんて……小さいころから仲良しだから、好みがおのずと似ただけじゃ……」

「それもあるかもしれないわね。互いに技をみがきあう、職人みたいなものかしら。でもね、お凜ちゃんの錺には、いつだってはっとさせられる。四代目が江戸いちばんだと認めてくれたこのあたしが、お凜ちゃんにだけは驚かされる。それが大事なんじやないかしら」

娘のことばに、背中にいた広左衛門が静かにうなずいた。

だが、お凜はいずれ嫁ぐ身であったし、そのころの宇一にはまだ、どうこうしようという腹はなかった。けれど病をえて、跡目を誰に継がせるか、寝床でその思案に暮れるようになると、今度はお凜の錺が頭からはなれなくなった。

どこの錺師より先をゆく、そんな五代目を椋屋に据えたいと、宇一は願うようになっていた。しかしいくら宇一が声を張っても、この世界のしきたりは、楽にくつがえりはしない。女の親方なぞ、世間も椋屋の弟子筋も誰も認めるはずがない。

「だから義兄さんは、時蔵さんを呼んだのね」

お千賀の口から宇一の思惑をきいて、お凜はようやく合点がいった。

時蔵の細工を、宇一は知っていた。京の見知りにたのんで、来し方も調べあげた。

そして機は、巡ってきた。時蔵が五十日の手鎖をうけ、権《ごん》の松《まつ》を破門されたことである。図抜けた腕と天分に、職人には収まりきらぬ性分と、すべて勘定した上で、その男をつかい、お凜を五代目に据えるための策を、宇一は練った。

お凜はすでに、年季明けの職人ほどの腕はあった。だが、このままでは、そこどまりだ。職人は、そこから先の精進にかかっており、御礼奉公のあとに諸国をめぐるのもそのためだ。他人の技にふれ、たくさんのものを見ききして手前の腕を見極める。女のお凜は、それをこの椋屋の内で修めなければならない。

　時蔵の技は、そんなお凜にうってつけだった。お凜には跡目の話はふせて、技を盗めとだけ命じた。めずらしい平戸細工なら、箔《はく》づけにはもってこいだ。さらに宇一は、若い職人連中が当面は平戸に手をつけまいと、おそらくは諍《いさか》いが生じ、揉《も》めることになろうと、そこまで見越していた。親方がいなければ、これを収めるのもお凜しかいない。

　三年のあいだ辛抱すれば、お凜は椋屋に欠かせぬものになる。椋屋を仕切り、内外《うちそと》に目配りしてまわしてゆくのはお凜しかいないと、誰もがわかるはずだ。そのお凜が新しい技をひっさげて、五代目を継ぐと思いきめれば、一門や世間の風あたりはずっと凌《しの》ぎやすくなる。

「明日の跡目決めの席でいきなりきかされては、お凜ちゃんも返事のしようがないと思って。ひと晩じっくりと考えて、腹を据えてちょうだいな」

　決心をうながすように、お千賀はお凜の両手をにぎりしめた。

「さすがは四代目だ。なんてえ奇天烈《きてれつ》なからくりだ」

音助が、そう唸《うな》った。

四代宇一の深慮遠謀に、その場の誰もが茫然《ぼうぜん》となっていた。

遺言状につづき披露された添状には、作夜お千賀が語ったと同じ話がつづられていた。

『女の身には酷な申し出だろうが、それでもおまえはなによりも細工大事で、錺師になりたい望みもあるはずだ。どうかおれの最期《さいご》のたのみと思って、五代春仙の座を引き受けてほしい』

宇一の手紙はそう締められて、あとはこの場にいるひとりひとりに、時蔵にはことさら念を入れて、詫《わ》びとたのみごとが長くつづいていた。手指に力が入らぬほどに、宇一は弱っていたのだろう。仕舞いのほうにくると墨がかすれ、文字は不様によれていた。

添状は、お凜とお房を経て職人たちの手をまわり、いまは伊左衛門のもとにもどっていたが、しばらくは誰も口をきかなかった。伊左衛門とお千賀は、座のなりゆきを黙って見守るつもりのようだ。昨晩は結局、お凜が帰るまで、ひと言ものを言わなかった伊左衛門も、遺言状をたしかめて、ようやくあきらめがついたものか、静かな横顔を見せていた。

「おれはお嬢さんこそ、五代目を継ぐにふさわしいと思いやす」

沈黙を破ったのは、意外なことに、いっとう若い伍一だった。

「この三年、おれはずっとお嬢さんの傍におりやした。腕も才も器量も、親方として申し分ありやせん。御改革の荒波を乗り切れたのは、間違《まちげ》えなくお嬢さんのおかげです」

「……おめえの言うとおりだ、伍一。おれは中途でとび出しちまったが、あの大細工を見りゃあわかる。あれはお嬢さんの力なしには、できなかったろうよ」

音助が伍一の肩をもち、おめえらにそう言われちゃあ、遠くにいたおれたちは反対もなにもねえと、庄六と新兵衛が苦笑いした。留五郎は顔をほころばせ、うんうんとうなずいた。

「皆さんがよしとするなら、障《さわ》りはありますまい。五代目はお凜さんということで……」

大きなため息をひとつつき、伊左衛門がとりまとめに入ったところで、

「お待ちください」

お凜の声が、座敷にひびいた。

「私、凜は、跡目をご辞退させていただきます」

昂然《こうぜん》と頭を上げて、お凜はきっぱりと言い切った。

「お凜、おまえ、うちの人の遺言を、一切なしにするつもりかい？　この文を読んだうえで、あの人の最期のたのみを蹴飛《けと》ばそうっていうのかい？」

「ごめんなさい、姉ちゃん。でもこれは、四代のお考えとはまったくかかわりのない、あたしのわがままです。あたしには、五代春仙を継ぐよりも大事なことがあるんです」

それがなんなのかは、いくら皆にせっつかれてもお凜はこたえようとはせず、

「あたしは五代目を、留五郎さんにお願いしたく存じます」と、跡目を名指しした。

あわてたのは、当の留五郎である。歳《とし》がゆき過ぎているだの、ほかの者より技が劣るだの、必死に辞退を乞うた。

「あたしはみなさんの細工を拝見し、その上で決めさせていただきました」

五人の職人の細工は、過日、お凜のもとにとどけられていた。どれも見事な出来で、単なる技くらべであれば、たしかに留五郎がいちばんとは言いがたい。だが、技に走らぬ気負いのなさが、他の者にはない品のよさを醸《かも》し出し、ごく自然に手がのびていた。

立派な細工ではなく、もっともよい品をえらんだ。お凜の気持ちに、揺らぎはなか

った。

「おまえがいるのに夫婦養子はご免だと、そう言っておいたじゃないか」

お房はぷりぷりと文句をならべ、留五郎もいまだに困惑している。

「留さん、先行きが長くないと、それを言い訳にするのなら、せめて十年、そのあいだだけでも、引き受けてもらえませんか。十年たてば、お菊に婿《むこ》をとらせて六代目を継がせます。姉ちゃん、これならどうかしら」

先に伊左衛門が出した案そのままを示して、お凜は姉と職人頭を説き伏せた。狐《きつね》につままれたような面持ちでいた職人たちも、留の頭ならおれたちも異存はないと応じた。伊左衛門はといえば、お凜は生駒屋へ嫁ぐ気になったものかと大いに期待をもったが、そのつもりはないと、後日お凜ははっきりと断りを入れた。同じく川越へきてはくれぬかとの、熱心な音助の申し出にもやはり応じなかった。

「お凜ちゃんには、してやられたわ。おとっつぁんに、なんと言えばいいものやら」

床の間にかざられた椿《つばき》を手にとって、お千賀が大げさなため息をついた。

ひとまず座はおひらきとなり、そのまま留五郎の五代就任を祝う祝宴が張られることとなった。用意はすでに、お清が調えている。皆はそちらの座敷へ移り、お凜とお千賀が最後にのこった。ふたりきりになったのは、時蔵の死からはじめてのことだった。

「ごめんなさいね、おじさんとお千賀ちゃんのせっかくのお志《こころざし》を……」

「いやね、そんなこと気にしなくっていいのよ。お凜ちゃんさえよければ、お凜ちゃんが幸せになってくれれば……」

と、お千賀はことばを切った。桜模様の着物の背が、小さく震えている。

「お千賀ちゃん……？」

お千賀はくるりと向き直り、いきなりお凜の首ったまにしがみついた。

「ごめんなさい、ごめんなさいね、お凜ちゃん。あの大細工のために、お凜ちゃんのいっとう大事な人を死なせてしまった。あんな注文をしなければと、どれだけ悔んだかしれないわ」

時蔵の死で、誰よりも罪の意識に苛《さいな》まれていたのは、このお千賀だった。

母親の葬式でさえ、涙をこぼさなかったお千賀が泣いている。それだけでお凜は、胸がいっぱいになった。

十七

留五郎一家が気兼ねなく暮らせるようにと、建増しさなかの母屋《もや》に槌音《つちおと》がひびく。

その心地よい音をききながら、お凜は納戸《なんど》にこもり、時蔵がのこした図案の細工に精を出した。櫛簪《くしかんざし》のたぐいばかりを手掛けていたお凜にとって、香炉ははじめての大物である。なかなかうまい具合にはかどらず、ひどく暇はかかったものの、あと半月で入梅という頃に、香炉はようやく仕上がった。

親方となった留五郎は、その出来ばえにため息をついた。

「見事な香炉だよ、お凜ちゃん。いい趣向だ、やっぱり雪紋で当たりだよ」

香炉は一面、花のような雪の結晶を象《かたど》った、雪華紋で埋められていた。

いまの老中首座にある土井利位が著わした『雪華図説』『続雪華図説』は、すでに市《し》井《せい》にも出まわっており、意匠の参考にと椋屋でも手に入れていた。お凜は五つの雪華模様をえらび出し、交互に組み合わせて香炉を仕上げ、蓋《ふた》の取手にも小さな雪紋をあしらった。

「時蔵さんの在所の出羽《でわ》秋田は、雪深いところだとききました。たいしたいい思いもしなかったって、時蔵さんはそっけない口ぶりでいたけれど、やっぱり生まれたところが懐《なつ》かしかったんじゃないかしら」

たちまち時蔵の思い出があふれ出し、胸がしめつけられるように苦しくなった。それを知ってか知らずか、留五郎はだまって細工に見入っている。

「それでね、親方、この香炉を納めたいところがあるんです」

お凜の申し出により、香炉は出羽秋田、久保田藩主である佐竹家へ献上された。

生駒屋の伝手《つて》をたよりに佐竹家の御用商人を通じねがい出て、殿様との目どおりなぞはかなうはずもないが、佐竹家の用人に引きわたすはこびとなった。町名主と留五郎にともなわれ、向柳原にある佐竹家中屋敷へとお凜が赴いたのは、香炉を仕上げたひと月後、五月初旬のことだった。

「なるほど、では当城下の馬具師のもとにいた時蔵という男が、平戸や長崎へわたり、新しい細工を編み出したというわけだな」

三十くらいとおぼしき、存外年若い用人は、留五郎の語った経緯《いきさつ》にそう応じると、桐箱《きりばこ》の蓋をあけ袱紗《ふくさ》に包まれた香炉をとりだした。

「……なんと、見事な……」

用人が、息を呑《の》んだ。それまでのしかつめ顔がほどけ、しげしげと細工に見入る。国許《くにもと》の雪景色が思い起こされる――。しばしの後に、しんみりと呟《つぶや》いた。

「殿もさぞお喜びになろう。江戸詰めのあいだ、無聊《ぶりょう》をお慰めするにはなによりのものだ」

このときの秋田二十万石の藩主は、十代佐竹右京大夫義厚《よしひろ》だった。

「あの……お伺いしたいことがございます」

それまで留五郎の陰で、じっと控えていたお凜が、初めて口をひらいた。

「なんだ？」

「お国許のお城から、海は見えますでしょうか？」

用人は怪訝《けげん》な顔をしながらも、

「そうだな、ご本丸からなら見えるやもしれぬ。西に町をはさんで、その先はすぐ海だからな」

「でしたら、お願いがございます。お殿さまが国許へお帰りになるとき、この香炉を一緒に秋田へおもちいただけませんか」

「なに、久保田の城へもち帰れとな？」

「はい、陽の沈む海を見たいと、時蔵さんは生前、そうもらしていたことがありました。ですが己の目では、ながめることはかないませんでした。せめてその香炉をとおして、見せてあげとう存じます」

「……さようか……これほどの腕をもちながら若くして命を落とすとは、かえすがえすも惜しいことだ。よかろう、殿に申し上げてみよう。西に面した座敷におけば、海に陽の落ちるさまもよう見えよう」

お凜は深々と頭を下げて、もうひとつだけ念を入れた。

「お手数になるとは思いますが、年に一度で結構ですので、御城下の錺師《かざりし》へ磨きをお願いできませんでしょうか？　銀《しろがね》はどうしても、くすみが出ると輝きが失《う》せますので」

とうに衰退していた石見《いわみ》銀山にかわり、このころ銀で国内随一を誇っていたのは、秋田藩の院内銀山だった。金工師の数もそれなりに多く、容易《たやす》いことと用人は請け合ったが、ふと、不思議そうにお凜をながめた。

「おまえはひょっとして、その時蔵とやらと夫婦《めおと》約束でも交わしておったのか？」

お凜のような小娘が、銀の磨きのことまで申し立てたのに、合点がゆかなかったのだろう。用人は屈託なく訊《たず》ねたが、お凜は恥ずかしそうにうつむいた。傍らにひかえた町名主もおなじ考えに至ったようで、目顔で留五郎に問うた。

「ここにおりますお凜は、時蔵がいちばん弟子にございます」

ゆったりとした笑みを含んで、留五郎がこたえた。

「なに、この娘が、職人だというのか？」

用人が仰天し、町名主もにわかに色を失った。

「へい、時蔵亡《な》きいま、唯一《ゆいいつ》、平戸の技を受けつぐ者にございます。この香炉も、仕上げはこの娘の手によるものです」

とまどいぎみのお凜の前で、留五郎は自信たっぷりに重ねて宣した。

「この者は紛れもなく、椋屋が錺師、お凜にございます」

終章――

「おやおや、ちっと見ぬうちに、ずいぶんと育っちまったねえ」

お千賀の腹に目をやって、お房が相好《そうごう》を崩した。

「ええ、このあいだから一人前に蹴《け》るようになって、あんまり勢いがよいものだから、うちの人やおとっつぁんは男の子に違いないって」

「広左衛門のご隠居にとっちゃ初孫だもの。さぞかし楽しみにしてなさるだろうよ」

「あのご隠居さまは、すでに蘭斉屋《らんさいや》のふたりのお孫さんに、骨抜きにされちまってるじゃありませんか」

お清の言うとおりだ、とお千賀は笑い、広左衛門の爺馬鹿《じじばか》ぶりを披露した。

「この前なんて、ふたりが菓子屋でさんざん迷っているのを見かねて、端から端までみんな買い占めちまったのよ。このままではいつか、江戸中の菓子屋を総ざらえしかねないと、弥惣《やそ》一《いち》さんは真顔で案じていなさるわ」

「ご隠居が丈夫になったのは、蘭斉屋の坊ちゃん嬢ちゃんのおかげなんだろう？　そのくらいの見返りはもらっても、ばちはあたらないさ」

　したり顔でうなずくお房は、なにも子持ちやもめに嫁がなくとも、と一時はさんざん騒いでいたものだが、けろりと忘れてしまったようだ。

　二年前まで寝たきりだったとは思えぬほどに、広左衛門の回復は目覚ましかった。お千賀が嫁に行くころは、伝い歩きがせいぜいだったのに、孫の顔見たさにせっせと蘭斉屋へ通うようになると、見違えるほど元気になった。

「子はかすがいって言いますが、孫となると不老長寿の妙薬さながらですね」

「いまじゃ兄さんも、すっかり諦《あきら》めちまったわ。もう先《せん》の道具道楽にくらべれば、孫道楽のほうがましだろうってね」

「そういや若旦那《わかだんな》……じゃない、旦那のことで小耳にはさんだんだがね」

　伊左衛門の名前があがるとお房は、この二年でさらに肥えたからだを乗り出した。

「縁談がまとまったんだって？」

「さすがお房姉さん、早いわね」

相手は油問屋の出戻り娘だと、お千賀が明かした。十七で提灯《ちょうちん》問屋に嫁いだが、旦那には三年で身罷《みまか》られ、子供もなく実家《さと》に帰されたと仔細《しさい》を語る。

「歳《とし》はあたしのひとつ上だから、お凜ちゃんと同じだわね」

「旦那には降るようにいい縁談があったはずだろう？　よりによって出戻り女なぞを嫁にしなくとも」

「いいんじゃありませんか。ご兄妹《きょうだい》そろって物好きな相手をえらびなさるなんて、おつな話ですよ」

「ええ、そこばかりは兄さんとあたしは、よく似ちまったみたいだわ」

ずけずけと言うお清に、お千賀は晴れやかな笑みを向けた。

「おとっつぁんの話じゃあ、たいそういい人みたいだし。気働きがあってやさしくて、あれなら申し分ないっておとっつぁんも喜んでいるの。それにね、その人どこか、お凜ちゃんに似ているんですって。顔形じゃなしに、立居とか口ぶりとかね」

きいたお房の顎《あご》が、がっくりと落ちた。

「ああ、やっぱり叩《たた》いてでも蹴っとばしてでも、お凜を生駒屋に嫁にやるんだったよ。あの子ももう二十二、立派な年増《としま》じゃないか。まだ五代目が決まったころは、いくつも見合話がきていたんだよ。それを片端から断っちまって、朝から晩まで細工ばかり……川越の音助も、やっぱり先ごろ嫁をとったというし……」

首をふりふりこぼしていたお房は、決心したように顔を上げた。

「こうなったら、やはり伍一をあてにするしかないようだ」

「伍一さんは、このまま椋屋にとどまるつもりなの？」

お千賀は、お房でなしにお清に首をふり向けた。

「さて、そのあたりはどうでしょうかね。いまはお嬢さんともども、平戸修行に余念がありませんが」

「そうだよ、せっかく仲良くやっているんだ。あのふたりをくっつけて、伍一に六代目を継がせりゃいいんだ」

「少なくともお嬢さんは、そんな気はないようですがね。お菊嬢ちゃんと柴太郎あたりを一緒にさせて六代目に据えなさる、そんな腹でいるみたいですよ」

「まあっ！　あんなもっさりした奴《やつ》に、お菊をやれるものかい」

「嬢ちゃんも気に入ってるみたいですよ。このごろは柴太郎の後ろにばかりくっついて」

「あの子はまだ子供だから、男を見分ける目ってもんをもっちゃいないんだよ。それっぱかりは、お凜もちっとも変わらないんだからね」

しきりと気を揉《も》むお房を、お千賀がなだめにかかる。

「お菊ちゃんはともかく、お凜ちゃんは大丈夫よ」

「大丈夫なもんかね。あたしはね、あの子には幸せになってほしいんだよ。いつまでもああして嫁にもゆかず細工ばかりにかまけてさ、ああいうあの子を見ていると、まるで隣にあの男が立っているような気がするんだ」

「……時蔵さんが……」

「あの男がいまだにあの子を雁字《がんじ》搦《がら》めにしているようで、不《ふ》憫《びん》で不憫でならないんだよ」

弘化《こうか》三年、師走《しわす》初旬のその日は、朝から雲行きが怪しかった。

外出先からもどったお凜が、椋屋の木戸門に辿《たど》りついたころ、とうとう白いものが落ちてきた。

まるであの日の空のようだ――。

ぴったりと雲にふさがれた灰色の空を見上げて、お凜は時蔵とはじめて会った日のことを思い出していた。年が明けて季節は春だったけれど、時蔵が五十日の手鎖を終えたのは、やはり今日のような雪の午後だった。あれからもうすぐ、五年が経《た》とうとしている。

天保が十五年をもって終わりを迎えたのは、秋田藩佐竹家へ香炉を献上した年のことだった。その年の十二月二日、弘化元年がはじまったのである。

その半年前の天保十五年六月、水野忠邦は老中にかえり咲き、水野を裏切った南町奉行鳥居耀蔵は逆に職を追われた。しかし皮肉なことに翌年の二月、ふたりは同時に処分を受けて、水野忠邦はふたたび老中を退き、鳥居耀蔵は肥後《ひご》人吉藩《ひとよしはん》にお預けとなった。以後、このふたりが歴史の表舞台に出てくることは、二度となかった。

幸いこれらのごたごたは下々にはたいした余波も与えず、江戸の街は弘化というのびやかな時代を満喫していた。

お凜はこの二年、ただひたすら細工に精を出した。平戸細工の最たる錺師《かざりし》として、椋屋の女職人お凜の名は、錺師仲間のあいだでしきりと囁《ささや》かれるようになっていた。それは決して耳に心地よい噂《うわさ》ばかりではなかったが、よい話も悪い話も、当のお凜は右から左へきき流し、細工に向かう姿は静かで穏やかだった。

お凜はそうして、ただ待っていた。時蔵が果たせなかった望みを、いつか己がかなえてあげられる日がくることを――。

「時蔵さんはそんなこと、ちっとも望んじゃいなかったかもしれないのに」

落ちてくる雪に目を細め、お凜は独《ひと》り言《ご》ちた。あまりにもたよりない希望だと、わかっていたからこそ、こればかりはお千賀にさえも語らなかった。

「まあ、気長に待つとしましょうか」

口をあいた拍子に、冷たいものが舌の上でとけた。知らずに案外長くその場にいたようで、気がつくと一町先がかすんで見えるほど雪はさかんに落ちていた。

ふいに白い幕間《まくあい》から現れるように、往来の向こうに、ひとりの男の姿が浮かんだ。

お凜は思わず、その人影に目をこらした。

編笠《あみがさ》を目《ま》深《ぶか》にかぶり蓑《みの》を負った姿は、田舎から出てきた旅人のように見える。その背格好が、見慣れた男にあまりにも似ている。

「……時蔵……さん……？」

お凜が茫然《ぼうぜん》とたたずんでいるあいだに、相手はずんずん近づいてきて、お凜の目の前で足をとめた。

「あの、ここはァ、錺屋の椋屋さんであんすか？」

黒目がちの一重の目は、なんの邪気もなく正直そうにまたたいている。時蔵の三白眼ぎみな切れ長の目とは、似ても似つかない。寒さのためか、少し赤らんでみえる頬の線にもほどよい丸みがあって、まるでヤスリのように尖《とが》っていた時蔵の骨格とは明らかに異なっていた。たぶん、お凜と同じくらいだろう、歳も時蔵よりだいぶ若い。

——違う。時蔵さんじゃない……

あたりまえのことなのに、お凜はひどくがっかりしていた。よくよく見れば、お凜より頭ひとつ以上も背が高いというよりほかは、時蔵とはまるで対極にあるような若者だった。

——なんだってこの人を、見違えちまったものかしら

お凜は内心であきれかえりながら、ここが椋屋だと相手に告げた。

「ああ、えがったァ……」

相手は日焼けた顔をくしゃりとほころばせ、大きな息をついた。

「なんせ江戸ははずめてだで、こだらでけぇ街さ、西も東もさっぱりわがらなぐで、えらく迷っちまっただ」

「……はあ……」

ひどくききとりにくいお国訛《くになま》りに、お凜は辛うじて相槌《あいづち》だけを返した。

「ここに、お凜さんつう職人さんば……」

「はい、あたしがお凜です」

「へっ！」

と、若者は、目を丸くしてお凜を見詰めた。

「あんだが！　あんだが、お凜さんだか！　こっだら若《わげ》えお人とは……あんな見事な香炉さ仕上げた腕前だば、さぞお年を召した婆《ばあ》さまかと……はァ、こォんなわがい別《べっ》嬪《ぴん》さんだば、夢にも……」

お凜のからだの中を、ぴりりと稲妻が走った。

「……香炉！　いま、香炉と仰《おっしゃ》いましたね！　ひょっとしてそれは、佐竹のお殿さまにさし上げた雪華紋の香炉では？」

男がうなずいた。秋田久保田城下で装剣金工師の親方のもとにいたが、先年の暮れ、親方が御城から磨きをたのまれて、あの香炉を見せてもらったという。

「あれァ……あの銀《しろがね》さァ、肝ば冷えた……」

それからというもの、香炉が頭からはなれなくなった。七郎《しちろう》と名乗った男は、そう語った。

七郎は年季があけたばかりで御礼奉公も残っていたが、思いあまって親方に相談したところ、親方もまた同じ気持ちだったと明かされた。香炉を作った職人は亡《な》くなったが、立派な女弟子が江戸にいると、城の役人からきいてもいた。

「どんぞ、その凜さお人んとごろば、修行さ行がしてくれねべがって親方に頭下げた。

親方ばもう還暦間近で、おればもう行げぬがら、おめが行げと、そう許しさ……」

お凜がいきなり、両手で顔をおおった。

懸命に言葉を紡《つむ》いでいた男が、ぎょっとなって口をつぐんだ。指のあいだからこぼれる嗚咽《おえつ》と、ふるえる肩先をながめ、相手はたちまち狼狽《ろうばい》した。

「すまね、堪忍《かんにん》してけれ。親方にも言われてだ。あっだら見事な技さ、そう楽に外さ漏らすはずはねえと……そこさおれが無理言うで……すまね、すんませ、たのむがら泣がんでくだせぇ。駄目なばこのまま郷里《くに》さ帰るつもりで……」

と、お凜が、顔を上げた。

「いいえ、いいえ、どうか帰らないで……ここで、椋屋で、平戸を修行してください」

涙まみれのお凜の顔に、雪が落ちては、とけて消えた。男は、眩《まぶ》しそうに目を細めた。

お凜が五代春仙の座に就かなかったのは、平戸を椋屋だけの技にせず、外へ広めたいと願ったからだ。親方となれば、技を軽々しく門外に出すことははばかられる。それをお凜は、なにより恐れた。

「ずっと待っていました」

「……え？」

「あの香炉を見て、己も平戸を作りたいと望む職人がくることを……あの技をお国許《くにもと》へ、秋田へもち帰ってくれる人が現れるのを」

両の目から、また涙がふきこぼれ、お凛はたまらずその場にしゃがみ込んだ。

「……よかった……これでやっと……あの人も……浮かばれる……」

雪はさらに、その厚みを増した。お凛の肩にも頭にも、うっすらと白いものが積もっている。お凛の髪に手がふれて、雪がやさしく払われた。

――行こう

時蔵の声がきこえたようで、お凛は顔をあげた。目の前にいる若い男の顔が、照れたように微笑《ほほえ》んだ。

謝辞

本作品の執筆にあたっては、さまざまな方々にご協力をいただき、お忙しい中取材を受けて下さり、あるいはご指導を賜りました。この場を借りて、あらためて御礼申し上げます。

その中でも特に、ふたりの職人の方々にお話を伺うことができたのは、資料不足に悩んでいた著者にとってはなによりの幸運でした。

秋田銀線細工師・進藤春雄氏、そして、江戸彫金錺師《かざりし》上村三代目・上村康重氏。

おふたりには技術的な知識から職人の心構えまで、本当に多くのことを教えていただき、また、すばらしい作品の数々は、小説の中でも意匠の参考とさせていただきました。心より感謝してやみません。

最後に、長期にわたる執筆期間中、あきらめずに支えて下さった担当の高梨通夫氏をはじめとする新潮社の方々に、心より御礼を申し上げます。

西條奈加

参考文献

「伝統工芸職人の世界」　田中喜男　雄山閣出版

「彫金教室」　ヒコ・みづの　創元社

「天保改革町触史料」　荒川秀俊編　雄山閣出版

「天保の改革」　藤田覚　吉川弘文館

「続・江戸型山車のゆくえ」　千代田区教育委員会・千代田区立四番町歴史民俗資料館編

「団十郎と『勧進帳』」　小坂井澄　講談社

解説

細谷正充

西條奈加作品の文庫解説を書く機会があったなら、ぜひとも作者本人にいいたいことがあった。それは〝ごめんなさい〟である。何が、ごめんなさいなのか。意味を説明するために、まずは作者の経歴を紹介したい。

西條奈加は、一九六四年、北海道に生まれた。帯広市立三条高等学校卒。貿易会社勤務の傍ら投稿した『金春屋《こんぱるや》ゴメス』で、二〇〇五年、第十七回日本ファンタジーノベル大賞を受賞する。この作品は現代日本に、独立を宣言した〝江戸国〟があるという、ユニークな設定のファンタジーであった。物語の魅力は設定に負うところ大であり、

「疫病《えきびょう》の拡散を防ぐため封鎖された土地が、独立国を宣言し、何から何まで江戸の暮らし方に徹する。この設定がファンタジーとしての爆発力を予感させた」（荒俣宏）

「『そうか、江戸のファンタジーとして、こういう斬新《ざんしん》なやりかたがあったのか』という驚きの作品である」（小谷真理）
「現代日本から『江戸』が分離独立しているという設定で、これはみごとな発想であり、すばらしい思いつきである」（井上ひさし）

といった選考委員の選評が並んだ。「受賞のことば」の冒頭で、「数年前から江戸という時代に惹《ひ》かれ、それが昂《こう》じて思いついたストーリーでした」といっているように、江戸時代への憧《あこが》れが、この作品の原動力になったのであろう。たしかに読んでいると、作者の江戸時代への愛が感じられる内容であった。

しかし、作者の江戸好きが伝われば伝わるほど、ひとつの疑問を抱いてしまった。なぜ、実際の江戸時代を舞台にした作品を書かなかったのか。日本ファンタジーノベル大賞だから？　でも、この時点で、すでに藤田《ふじた》雅矢《まさや》の『糞袋《くそぶくろ》』や、畠中恵の『しゃばけ』といった、江戸時代を舞台にした作品が日本ファンタジーノベル大賞から出ているではないか。

ここまで考えた私は、疑問を疑惑へと変えた。もしかしたら作者は、時代考証に自信が持てず、だからわざわざ、このような設定を創《つく》ったのではないか。だってこれならば、どんな風に書いても「設定です」で済ませることができるのだから。二〇〇六年に第二著書『芥子《けし》の花』（文庫化に際して『金春屋ゴメス　異人村阿片奇《あへんき》譚』）が上《じよう》梓《し》されたが、デビュー作の設定を踏襲したものであったことから、さらに疑惑を強めることになった。

しかし、二〇〇七年七月に出た第三著書『烏金《からすがね》』を読み、自分の考えが間違っていることを知った。なにしろこの作品、純然たる時代小説だったのだ。おお、普通の時代小説も書けるではないかと、ひとりの時代小説ファンとして、嬉《うれ》しく思ったものである。そして二〇〇九年四月に新潮社から書き下ろしで上梓された第四著書『恋細工』（新装版にあたり『千両かざり』）で、私は大きな衝撃を受けることになった。書けるなんてもんじゃない。これほど江戸の町と、そこに生きる人々の哀歓を描き出すことができるとは！　私は毎年の年度末に、毎日新聞でその年の歴史・時代小説のベスト10を選んでいるが、二〇〇九年には当然のごとく本書を入れた。それほどの作品であり、西條奈加は、それほどの時代小説家だったのだ。

だから〝ごめんなさい〟なのである。デビュー作で作者の実力を見抜けず、失礼なことを考えていたことを、深く反省したのである。——よし、禊《みそぎ》は済んだ。そろそろ作品の内容を見ていこう。

ざっと百年の歴史を持つ錺《かざり》職「椋屋《むくや》」では、四代目春仙《しゅんせん》こと宇一が三十代半ばで死の床についていた。宇一の頼みで、「椋屋」を切り盛りしている義妹のお凜《りん》は、時蔵という職人を引き取ることになる。しかし、〝平戸〟という独自の技術を持つ天才肌の職人の時蔵は、周囲と打ち解けることなく、細工場の空気は悪くなっていった。宇一の死後、公開された遺言により、三年後に五代目を決める役目を負わされたお凜は、時蔵に振り回されながら、彼の技に惹かれていく。

そんなお凜には、職人たちに隠している秘密があった。実は秘《ひそ》かに、錺細工の腕を磨いていたのだ。「椋屋」と深い関係にある小間物問屋「生駒屋《いこまや》」の娘で、突出したセンスを持つお千賀は、そんなお凜の細工を高く評価している。やがて、お凜の才能に時蔵も気づき、ふたりの関係は微妙に近づいていく。だが、その間に時代は、天保の改革に突入。贅沢品《ぜいたくひん》禁止により「椋屋」も「生駒屋」も苦しくなる。そんなとき「生駒屋」の主人の広左衛門とお千賀が、とんでもない大仕事を持ち込んできた。御禁令に触れることを怖《おそ》れながらも、「椋屋」の職人は一丸となって、江戸の町を活気づける、一世一代の仕事に挑むのであった。

本書で注目したいのは、時蔵とお凜のキャラクターである。錺職の細工にのみ熱中する時蔵は、周囲との摩擦も気にしない。〝平戸〟という技法を編み出し、優れた作品を作りながらも、満足することができない。一言でいえば天才である。

そんな時蔵を見て（この人は、己の才がどれほどのものか、本当に気づいてないのかしら）と呆《あき》れるお凜だが、案外人間とは自分のことは分からぬもの。お凜もまた、細工の天才であった。そう本書は、ふたりの天才による職人物語であり、恋物語になっているのである。

いや、しかし、ずいぶん難しいキャラクター設定にしたものだ。スポ根漫画などによくあるのだが、このように人物を対比させるときは、努力型と天才型というコントラストを付けがちである。そして主人公が努力型、もしくは最初は努力型に見えることが多い。当然であろう。世の中、天才は少ないが、何かの努力をしたことのある人はたくさん居るのだから。広範な読者を獲得しようと思うなら、努力型主人公にした方が、感情移入を得やすいのである。

ところが本書は、お凜と時蔵を天才（ついでにいえば、お千賀も天才といっていい）にしながら、しっかりと読者に感情移入させてくれる。なぜ、それが出来たのか。人物の描き方が見事だからだ。天与の才を持ちながら、女ゆえに職人になれないお凜の鬱屈《うっくつ》。天才ゆえに孤高にならざるを得ない時蔵の寂しさ。そして天才同士だからこそ寄り添えた、ふたりの関係。作者は、お凜と時蔵の心の襞《ひだ》に分け入り、肌理《きめ》細やかに人物像を立ち上げる。だからいつしか天才の〝人間臭い〟魅力に、惹かれていくのである。

また、作品の隅々まで神経の行き届いた、ストーリーも見逃せない。四代目春仙こと宇一は、からくり細工の名人なのだが、このことが後半になって、意外な形で生かされている。さらに天保の改革により、歌舞伎《かぶき》スターの市川海老蔵《えびぞう》が江戸から追放。この史実が、「椋屋」の大仕事に関係してくる。しかもこれにより、職人の意地が、庶民の意地となり、理不尽な権力者への抗議となるのだ。なるほど、このために海老蔵の江戸追放のことに触れていたのか。史実を踏まえながら、江戸の人々の心意気を活写した本書は、市井《しせい》物としても抜群の読みごたえなのだ。

本書の中で、お千賀がお凜に向けて、こんなことをいっている。

「お凜ちゃんの意匠は、いつもあたしの先を行く。あたしの考えどおりのものを、あたしが思い描くよりずっと面白く目の前に見せてくれる。こんなにどきどきすることって他にないわ」

この言葉は、そのまま本書に当てはまるのではないだろうか。未読の人もいると思うので、詳しくは書かないが、一世一代の仕事を世に披露したときの高揚から、あまりにも意外な展開へと続く終盤の流れ。そして胸の熱くなるラストまで、作者はお千賀の言葉通りの物語を見せてくれたのだ。読者が求めるものを提供しながら、想像を超えた面白さを堪能《たんのう》させてくれる。本当に〝こんなにどきどきすることって他にない〟のである。

（二〇一一年七月二十日、文芸評論家）

本書は二〇〇九年四月新潮社より刊行され、二〇一一年に文庫化した『恋細工』を新装版にあたり『千両かざり　女細工師お凜』と改題したものである。

西條奈加著　**善人長屋**

差配も店子も情に厚いと評判の長屋。実は裏稼業を持つ悪党ばかりが住んでいる。そこへ善人ひとりが飛び込んで……。本格時代小説。

西條奈加著　**閻魔の世直し**　―善人長屋―

天誅を気取り、裏社会の頭衆を血祭りに上げる「閻魔組」。善人長屋の面々は裏稼業の技を尽し、その正体を暴けるか。本格時代小説。

西條奈加著　**大川契り**　―善人長屋―

盗賊に囚われた「善人長屋」差配の母娘。店子が救出に動く中、母は秘められた過去を娘に明かす。縺れた家族の行方を描く時代小説。

西條奈加著　上野池之端　**鱗や繁盛記**

「鱗や」は料理茶屋とは名ばかりの三流店。名店と呼ばれた昔を取り戻すため、お末の奮闘が始まる。美味絶佳の人情時代小説。

藤沢周平著　**竹光始末**

糊口をしのぐために刀を売り、竹光を腰に仕官の条件である上意討へと向う豪気な男。表題作の他、武士の宿命を描いた傑作小説5編。

藤沢周平著　**時雨のあと**

兄の立ち直りを心の支えに苦界に身を沈める妹みゆき。表題作の他、江戸の市井に咲く小哀話を、繊麗に人情味豊かに描く傑作短編集。

藤沢周平著

冤（えんざい）罪

勘定方相良彦兵衛は、藩金横領の罪で詰め腹を切らされ、その日から娘の明乃も失踪した……。表題作はじめ、士道小説9編を収録。

藤沢周平著

橋ものがたり

様々な人間が日毎行き交う江戸の橋を舞台に演じられる、出会いと別れ。男女の喜怒哀楽の表情を瑞々しい筆致に描く傑作時代小説。

藤沢周平著

神隠し

失踪した内儀が、三日後不意に戻った、一層凄艶さを増して……。女の魔性を描いた表題作をはじめ江戸庶民の哀歓を映す珠玉短編集。

藤沢周平著

春秋山伏記

羽黒山からやって来た若き山伏と村人とのユーモラスでエロティックな交流——荘内地方に伝わる風習を小説化した異色の時代長編。

藤沢周平著

時雨みち

捨てた女を妓楼に訪ねる男の肩に、時雨が降りかかる……。表題作ほか、人生のやるせなさを端正な文体で綴った傑作時代小説集。

藤沢周平著

驟《はし》り雨

激しい雨の中、八幡さまの軒下に潜む盗っ人の前で繰り広げられる人間模様——。表題作ほか、江戸に生きる人々の哀歓を描く短編集。

山本周五郎著

町奉行日記

一度も奉行所に出仕せずに、奇抜な方法で難事件を解決してゆく町奉行の活躍を描く表題作ほか、「寒橋」など傑作短編10編を収録する。

山本周五郎著

一人ならじ

合戦の最中、敵が壊そうとする橋を、自分の足を丸太代りに支えて片足を失った武士を描く表題作等、無名の武士の心ばえを捉えた14編。

山本周五郎著

人情裏長屋

居酒屋で、いつも黙って飲んでいる一人の浪人の胸のすく活躍と人情味あふれる子育ての物語「人情裏長屋」など、〝長屋もの〟11編。

山本周五郎著

花杖記

父を殿中で殺され、家禄削減を申し渡された加乗与四郎が、事件の真相をあばくまでの記録「花杖記」など、武家社会を描き出す傑作集。

山本周五郎著

扇野

なにげない会話や、ふとした独白のなかに男女のふれあいの機微と、人生の深い意味を伝える〝愛情もの〟の秀作9編を選りすぐった。

山本周五郎著

泣き言はいわない

ひたすら〝人間の真実〟を追い求めた孤高の作家、周五郎ならではの、重みと暗示をたたえた言葉455。生きる勇気を与えてくれる名言集。

山本周五郎著

あんちゃん

妹に対して道ならぬ感情を持った兄の苦悶とその思いがけない結末を通して、人間関係の不思議さを凝視した表題作など8編を収める。

山本周五郎著

彦左衛門外記

身分違いを理由に大名の姫から絶縁された旗本が、失意の内に市井に隠棲した大伯父を天下の御意見番に仕立て上げる奇想天外の物語。

山本周五郎著

やぶからし

幸せな家庭や子供を捨ててまで、勘当された放蕩者の前夫にはしる女心のひだの裏側を抉った表題作ほか、「ばちあたり」など全12編。

山本周五郎著

花も刀も

剣ひと筋に励みながら努力が空回りし、ついには意味もなく人を斬るまでの、平手幹太郎（造酒）の失意の青春を描く表題作など8編。

山本周五郎著

楽天旅日記

お家騒動の渦中に投げ込まれた世間知らずの若殿の眼を通し、現実政治に振りまわされる人間たちの愚かさとはかなさを諷刺した長編。

山本周五郎著

雨の山吹

子供のある家来と出奔し小さな幸福にすがって生きる妹と、それを斬りに遠国まで追った兄との静かな出会い――。表題作など10編。

山本周五郎著
月の松山
あと百日の命と宣告された武士が、己れを醜く装って師の家の安泰と愛人の幸福をはかろうとする苦渋の心情を描いた表題作など10編。

山本周五郎著
花匂う
幼なじみが嫁ぐ相手には隠し子がいる。それを教えようとして初めて直弥は彼女を愛する自分の心を知る。奇縁を語る表題作など11編。

山本周五郎著
風流太平記
江戸後期、ひそかにイスパニアから武器を密輸して幕府転覆をはかる紀州徳川家。この大陰謀に立ち向かう花田三兄弟の剣と恋の物語。

山本周五郎著
艶書
七重は出三郎の袂に艶書を入れるが、誰からか気付かれないまま他家へ嫁してゆく。廻り道してしか実らぬ恋を描く表題作など11編。

山本周五郎著
菊月夜
江戸詰めの間に許婚の一族が追放されるという運命にあった男が、事件の真相を探り許婚と劇的に再会するまでを描く表題作など10編。

山本周五郎著
朝顔草紙
顔も見知らぬ許婚同士が、十数年の愛情をつらぬき藩の奸物を討って結ばれるまでを描いた表題作ほか、「違う平八郎」など全12編収録。

千《せん》両《りょう》かざり

女細工師お凜

新潮文庫　さ-64-3

令和二年十月一日発行
令和四年九月二十日九刷

著者　西《さい》條《じょう》奈《な》加《か》

発行者　佐藤隆信
発行所　株式会社新潮社
郵便番号　一六二―八七一一
東京都新宿区矢来町七一
電話　編集部(〇三)三二六六―五四四〇
読者係(〇三)三二六六―五一一一
https://www.shinchosha.co.jp
価格はカバーに表示してあります。

印刷・錦明印刷株式会社　製本・錦明印刷株式会社

ISBN978-4-10-135778-2 C0193